다음이 없어야
용기가 생기는 나잖아.
다음은 없어.
　　　　김빵

　　　　그러면 마지막 빙하에
　　　　내 운명을 맡길게
　　　　　　　김청귤

내 마음은 항상
하나가 아니야.
그게 나를 힘들게 해.
　김희진

　　　　아무 생각 없이
　　　　기억리고 싶었던 거나
　　　　　　　구소현

　네가 살아온 시간을 담은 게 기억이야.

투 유
TO YOU

투 유

TO YOU

김빵 ♥ 김화진 ♥ 김청귤 ♥ 구소현 ♥ 명소정

자이언트북스

차례

좀비 라떼

♥

김빵

1. 열매

　내가 라떼를 만난 건 몰래 문을 따고 들어간 슈퍼에서 레토르트 식품을 가방에 쓸어 담고 있을 때였다. 폐쇄 구역과 통제 구역에서 식량을 구하기 어려워 날을 잡고 안전 구역으로 잠입한 날이기도 했다. 도둑질이 문제가 아니라 존재 자체가 문제였다.

　어디선가 인기척이 났다. 긴장한 상태에서 천천히 고개를 돌리는데, 누군가 몰래 숨어 있는 내 쪽으로 우두둑우두둑 팔다리를 괴이하게 움직이며 다가오고 있었다. 걷는 모양새가 좀비 바이러스 감염자로 보였는데 좀비라고 하기에는 공격성이 보이지 않을뿐더러 심히 느렸다.

"가. 여기 오지 말고 다른 데로 가라고."

작게 말하며 손등을 휘저었다. 들킬세라 주변을 살피며 물러가라고 신호를 보내는데 완전히 무시당했다. 모르는 체 동태 같은 눈으로 나를 보며 다가오고 있었다. 뭐야, 왜 저래. 나를 먹잇감으로 인식한 건가? 불길했다. 이유는 몰라도 피해야 할 것 같은 느낌. 후다닥 걸음을 옮겨 계산대 아래에 몸을 숨겼다. 조금 더 가방을 채워야 했다. 우선 일보 후퇴라는 생각으로 지퍼를 잠그는데 지척에서 데굴데굴 후추통이 굴러왔다. 내가 모르고 떨어뜨린 걸 녀석이 발로 찬 것이다. 설마 여기까지 따라오나 했는데 따라왔다. 느린 걸음으로, 끈질기게. 저건 대체 무슨 의지야. 내가 잡아먹기 쉽게 생겼나.

다리 길이가 맞지 않는 상처럼 삐거덕거리며 걸어온 녀석이 앞에서 걸음을 멈추었다. 나는 계산대 아래 쪼그린 채로 식량으로 가득 채운 가방을 안고 있었고, 눈이 희뿌연 좀비는 척추를 꼿꼿하게 세운 채 나를 내려다보고 있었다.

마침 옆 매대에 판매용 우산이 있어 검처럼 손에 쥐고 방어태세를 취했다. 나는 우산으로 녀석의 턱을 조준했고, 내가 들어올린 우산대의 거리가 우리 사이의 거리였다.

"야, 나 이미 물렸거든. 감염됐어."

바깥에서 구둣발 소리가 났다. 아마도 순찰대일 터였다. 플래시라이트가 유리창을 투과해 천장과 허공을 획획 가로질렀다. 들키기 딱 좋게 녀석의 머리가 위로 솟아나 있었다. 나는 총알이 유리를 깨부수고 들어와 녀석의 이마를 관통하는 미래를 상상했다. 아, 젠장. 그냥 넘어가는 법이 없지. 불빛이 이쪽을 비추기 전에 나는 우산을 치우고 녀석의 팔을 잡아 아래로 당겼다. 우두둑, 소리가 났는데 다행히 팔이 빠진 것 같지는 않았다.

쪼그리고 앉은 녀석이 뚫어지게 나를 봤다. 조금 뿌옇게 변하긴 했어도 축소된 동공이 파란 바다 한가운데 있는 끝 모를 심해 같았다. 아니, 눈이 내린 호수가 더 어울리겠다. 녀석이 가까이 다가오며 고개를 기울였다. 더 가까이 오지 못하게 뒷머리를 잡아 떼어냈는데 드러난 목에 낙인처럼 찍힌 코드 번호가 보였다. 분류 기호를 보니 바이러스 전이 속도가 느린 감염자였다. 전이 억제 캡슐을 복용했다는 뜻이다. 그건 임상 시험에 참여했고 연구소에 감금되었었다는 것을 뜻하기도 했다. 격리실에 있어야 할 녀석이 여기 있는 걸 보면 무슨 이유가 있는 모양이었다.

"너도 참, 혼란한 상황이구나."

나는 잡은 녀석의 팔을 놓고 시선을 거두었다. 구둣발 소리가 멀어지고 불빛은 더이상 보이지 않았다. 나는 품에 안고 있던 가방을 어깨에 메며 물었다.

"탈출했어?"

"……."

"이름은 뭐야?"

"……."

아무런 소리도 내지 않는 녀석을 향해 흘긋 눈을 올렸다.

"아, 혹시 혀가 굳었나?"

시체가 되어 걸어 다니는 것도 아닌데, 좀비와 같은 태도를 보인다고 하여 좀비 바이러스라고 이름이 붙었다. 감염되면 피부 위로 핏줄이 도드라지는 증상을 공통으로 보이고, 사람에 따라 혀가 굳어서 말을 하지 못하거나 눈동자가 탁해졌다. 정신을 잃고 사람을 공격했다. 먹지도 자지도 않으니 살아 있는 시체나 마찬가지이긴 했다.

"온갖 증상이 다 발현했구나."

"……."

말도 없이 눈만 느리게 끔뻑거리는 녀석의 이마에는 프랜차이즈 커피숍의 주문 내용 스티커가 붙어 있었다.

라떼 2shot W.milk 리유저블컵.

"라떼?"

고개를 갸웃하며 혼자 한 말에 녀석이 으으어어어, 알아들을 수 없는 소리를 냈다.

"어, 말을 하네."

말은 아니었으나 이것도 소통이라면 소통이었다. 이마의

스티커를 자기가 붙였는지, 누가 붙여줬는지 알 길이 없지만 나는 그 스티커를 이름표라 생각하기로 했다.

"이름표는 이마가 아니라 가슴에."

나는 이마에 붙은 스티커를 떼어 녀석의 가슴에 팍팍 여러 번 두들겨 붙여주었다.

"으으으어어?"

녀석은 제 마음처럼 움직이지 않는 고개를 숙이려고 애쓰며 가슴에 붙은 스티커를 보았다. 녀석이 입은 검진복이 신경 쓰였다. 임상 시험중에 연구소를 탈출한 게 맞다면 발각될 시 다시 붙잡혀갈 것이다.

위험에 처한 바이러스 보유자. 속도가 느려도 너무 느린 굼 뜬 좀비. 라떼이자 투 샷이며 리유저블컵인 이름 모를 사람. 이것이 라떼와 나의 첫 만남이었다.

*

깡, 까강, 까가가강. 깡통 차는 소리가 요란하게 뒤를 좇았다. 라떼가 대놓고 내 뒤를 밟고 있었다. 휑한 거리가 망한 도시처럼 쓰레기 천지였다. 어지러이 나뒹구는 깡통이며 페트병이 발에 너무 쉽게 차였다.

"아, 정말 시끄러워."

걸음을 멈추고 뒤를 돌았다. 어깨를 축 늘어뜨리고 걸어오던 라떼가 맥주 캔을 밟고서 멈춰 섰다. 거리 가늠도 하고 상대방의 움직임에 대응도 하는 걸 보면 의식이 있었다. 개인적인 감정이나 견해까지 있는 줄은 모르겠으나, 목적이 있는 것은 분명했다.

"왜 자꾸 따라와?"

"……으으어."

"어?"

"……으어, 으어어."

"좀 조용히 오든가. 여기 좀비 걸어가요, 광고해?"

멀뚱히 쳐다보는 라떼에게 나는 녀석이 밟고 있는 캔을 가리킨 뒤에 팔을 겹쳐 엑스를 만들었다. 그러곤 두 손을 번쩍 들고 와아아앙! 하며 좀비 흉내를 냈다가 발견하고 총을 쏘는 군인 흉내를 냈다.

"으아아."

보디랭귀지가 통한 모양인지 라떼가 발을 떼고 한 걸음 뒤로 물러났다. 눈꺼풀마저 굼뜨게 움직이는 저 좀비를 어쩌면 좋을까. 한숨이 절로 나왔다. 연구소로 다시 돌려보낼 수도, 폐쇄 구역으로 함께 가기에는 선뜻 마음이 동하지 않았다. 굳이 혹을 하나 더 달고 갈 필요가 있나. 누군가와 무엇을 도모하며 더불어 지낸 지가 너무 오래되었다. 라떼가 도움이 될 것 같지도 않고.

나는 가방에서 스팸 한 캔을 꺼내 라떼에게 건넸다. 상태를 자세히 알지는 못하지만 혹시 배가 고파서 나를 따라오나 하는 생각이 들어서였다.

"자, 이거 먹어. 조용히 다니고."

갸웃하며 캔을 보던 라떼가 고개를 들었다.

"그리고 안전 구역에 있으면 백이면 백 잡힌다. 통제 구역으로 넘어가. 거기에 가면 머무를 집은 있을 거야. 버려진 집이 많으니까. 항상 사람 조심하고."

나는 라떼의 어깨를 한 번 토닥이고는 걸음을 돌렸다. 그러곤 라떼가 쫓아올 수 없게 달렸다. 도망이었다. 안전 구역의 어두운 골목길에 라떼를 두고 온 나는 슈퍼 한 곳에 더 침입해 먹을 것을 훔쳤다. 가방을 두둑이 채우고 슈퍼를 나가려는데 유리문에 누군가 얼굴을 붙이고 안을 들여다보고 있었다.

"헛, 씨. 깜짝이야."

하마터면 너무 놀라 소리를 지를 뻔했다. 라떼였다. 아니, 대체 얘는 뭐지? 밖으로 나가자 마치 나를 기다렸다는 듯 라떼가 몸을 돌렸다. 의아해하며 쳐다보는 내 앞으로 조금 전에 내게서 받은 캔을 내밀었다. 배가 고프지 않으니 돌려주겠다는 건가?

"안 먹어?"

라떼가 느리게 고개를 끄덕였다.

"그래, 그럼."

꾹꾹 눌러 잠근 가방을 다시 열기 귀찮아 받은 캔을 주머니에 넣었다. 뒤돌아 걷는데 따라오는 라떼의 발소리가 조용하다. 너무 조용해서 기가 막힐 정도였다. 그게 참 신경에 거슬렸다. 말을 왜 잘 듣지? 휙 뒤돌아 라떼를 봤다. 내가 멈추자 자기도 걸음을 멈춘다. 그것마저 몇 박자가 느렸다.

"왜 따라와."

"……."

"왜 자꾸 내 뒤를 밟는 거냐고. 너 나 알아?"

"으어어……."

"뭐래. 따라오지 말고 네 갈 길 가."

엄포를 놓고 돌아섰다. 이제는 라떼가 조금의 거리를 두고 내 뒤를 쫓았다. 우두둑우두둑, 하는 소리가 왜 이렇게 구슬픈지. 무시하고 앞서가는 내가 인정머리 없는 사람처럼 느껴질 정도였다. 한숨을 뱉으며 돌아보자 따라오던 라떼가 벽에 슬그머니 몸을 숨기고 없는 척했다. 저거 진짜 좀비 맞아? 헛웃음이 났다.

안전 구역에 들어와서 날을 새운 적은 한 번도 없는데. 느려빠진 좀비를 내버려두고 달려가자니 유달리 마음에 걸렸다. 지금 라떼의 걸음 속도로는 방호벽을 지나기 전에 동이

틀 게 분명했다. 하루 지낼 곳이 필요하겠는데. 바이러스가 창궐하며 다른 나라로 탈출한 내국인이 많았다. 빈집을 찾아야 했다. 고개를 들고 주변을 둘러보았다. 밤이라 웬만하면 불이 다 꺼져 있었다.

"하, 나 지금 뭐 하냐."

갑자기 자괴감이 몰려왔다.

*

"눈치챘겠지만 나도 감염자야. 너나 나나 공격성은 없으니 반만 좀비인 거지. 내가 반반을 엄청나게 좋아했거든? 프라이드 반, 양념 반. 짬짜면이나 탕볶밥. 피자 반반, 만두 반반, 갈릭 팝콘과 치즈 팝콘 등 무수히 많은 반쪽을 섭렵해왔는데, 보니까 둘 중 하나가 꼭 먼저 동나더라고. 그러니까 이게 무슨 말이냐면, 언젠가 우리의 확률이 백이 된다는 뜻이야. 잡아먹히는 날이 오긴 올 거야. 치료제에든, 바이러스에든."

가구에 쌓인 먼지, 꽤 크게 지어진 거미집을 보니 비운 지 몇 달이 된 집이었다. 곰팡이가 핀 이불을 탈탈 털며 긴소리를 늘어놓던 나는 허리를 펴고 인기척 없는 뒤쪽을 쳐다보았다. 방구석 한쪽에서 라떼가 고개를 기울이고 무언가를 응시하고 있었다. 시선의 끝에는 헤드셋이 있었다. 아마도 이 원룸에서 지냈을 대학생의 것이겠지. 라떼는 그것을 손댈 듯 말 듯 요리조리 봤다. 나는 이불을 내려놓고 라떼에게 다가갔다. 그러곤 헤드셋을 들었다. 라떼의 시선이 헤드셋을 따라 움직인다.

"자, 봐. 내 말 잘 들으면 이거 너 줄게."

물론, 훔쳐서 준다는 뜻이었다. 라떼의 탁한 눈이 나를 향했다. 의지가 느껴졌다. 이렇게 분명한 눈동자를 탁하다고 한 내 잘못이다.

나는 라떼를 일인용 소파에 앉혀두고 삭막하고 혼란한 상황 속에서 살아남는 법을 가르쳐주었다. 질서가 없는 세상이다 보니 갈취가 만연하고 폭력이 난무했다. 지금 이 세상에서 빼앗을 게 없는 건 완전한 좀비뿐이다. 그러니까, 위기의 순간에 중요한 걸 지키려면 위장술이 필요했다. 좀비를 보고 기절초풍하는 비감염자를 마주친다면 포악한 좀비 흉내를, 총을 들고 좀비를 사살하는 군인을 마주친다면 비감염자 흉내를 낼 수 있어야 했다.

짤막한 설명을 끝내고 곰팡냄새가 나는 이불에 드러누웠다. 눈꺼풀이 무거웠다. 나는 치료제를 반만 투약했다가 반만 좀비가 됐다. 밥도 먹고 잠도 잤다. 그래서 완치가 된 줄 알았는데, 야간 투시가 잘되는 것을 보고 아니라는 것을 깨달았다. 좀비들도 달려들지 않았다. 저들과 같은 바이러스 보유자로 인식하는 것이다.

　누워서 흘긋 위를 보았다. 라떼는 소파에 그대로 앉은 채로 가만히 나를 내려다봤다. 소파가 마음에 드는 건지, 조금 이 따가 나를 잡아먹으려고 그러는 건지 알 수가 없다. 아무튼, 라떼는 특이한 미지의 좀비였다.

　"너 마지막으로 잔 게 언제야?"

　"……으으어."

　"아니다. 됐다."

　물어본 내가 잘못이다. 고개를 돌리고 눈을 감았다.

　"나 자는 거 아니다. 생각하는 거야."

　"으어어."

　좀비는 함부로 믿는 거 아닌데. 등에 칼을 꽂을지도 모를 일인데. 이상하게 웃음이 났다. 으어어, 하는 소리 때문인가. 지금까지 만난 좀비들은 으와아아앙! 하고 포효했는데. 올라 가는 입꼬리를 정신 차려 내리고 잠을 청했다.

　동이 틀 무렵 잠에서 깬 나는 미세하게 번지는 불빛에 퍼뜩 몸을 세웠다. 군인들의 총에 장착된 플래시라이트인 줄 알고 한껏 긴장했는데 어이없게도 티브이가 켜져 있었다. 소리 없 는 불빛을 정면으로 맞는 것처럼 라떼가 티브이 앞에 앉아 있 었다. 티브이가 스스로 켜질 일은 만무하고. 나는 발로 이불을 걷어내고 라떼를 쳐다보았다. 손은 빈손. 살펴보자 엉덩이 아래에 리모컨이 삐죽 튀어나와 있다. 모르고 누른 모양이었다.

밝아졌다 어두워지는 티브이 불빛에 라떼의 희뿌연 눈이 드러났다가 잠겼다. 라떼가 너무 뚫어지게 화면을 응시하고 있어서 그런가. 좀비 바이러스 감염자들이 나타나기 전의 평범한 하루처럼 느껴졌다. 금방이라도 주문한 배달 음식이 도착할 것만 같고, 둘이 캔 맥주를 한 캔씩 따서 마시다가 누군가는 영화가 끝나기 전에 잠들 것만 같았다. 그러다 아침이 되면 야, 어제 그 영화는 어떻게 끝났냐? 하고 묻는 지극히 무난하고 소소한 하루. 너무 아무런 일도 일어나지 않아서 일기에 먹은 음식만 기록하는 그런 나날.

자리에서 일어난 나는 라떼가 눈여겨보던 헤드셋을 가져와 리모컨에 연결했다. 그러곤 라떼의 귀에 씌워주었다. 리모컨으로 음 소거 상태를 해제하고 볼륨을 조금 키우자 나를 보는 라떼의 눈이 동그래진다.

"왜. 신기해?"

헤드셋을 리모컨에 연결하는 게 신기한 것인지, 헤드셋에서 나는 웅장한 소리가 신기한 것인지는 모르겠으나 동그래진 눈이 무언가에 놀란 것은 확실했다. 분명 움직이는 내 입을 보았을 텐데 라떼는 대답하지 않고 다시 티브이에 시선을 주었다.

이부자리를 정리하고 집주인의 야구 모자를 빌려 썼다. 신발을 신으며 방안의 라떼를 봤다. 저렇게 두면 종일 티브이만 볼 기세였다. 눈 나빠진다며 누군가 잔소리를 해줘야 하는 상황 같은데, 좀비가 되니 아무 노력 없이도 시력이 좋아졌다. 아마 라떼도 마찬가지겠지. 즐거워하는 라떼를 방해하고 싶지가 않았다. 그래서 조용히 현관문을 열고 밖으로 나왔다. 라떼가 탈 만한 바퀴 달린 무언가를 구해야 했다.

길에 버려진 게 워낙 많아 '사장님이 미쳤어요!' 하는 할인판매 상품이나 자선 행사 나눔 물품을 득템하는 느낌이었다. 아무거나 줍지 않고 개중에서 고르는 여유가 있었다. 발 치수를 몰라 어렴풋이 보았던 라떼의 발을 계속 떠올렸다. 너 발 치수가 어떻게 되니? 물었어도 대답을 듣지는 못했으리라.

마트 앞에 버려진 카트에 롤러스케이트와 보드를 싣고 하루 묵은 숙소로 향했다. 오는 길에 비감염자를 마주쳤으나 괴이하게 뛰지 않는 나를 딱히 의심하지 않고 스쳐지나갔다. 라떼도 제대로 걷기만 하면 수월할 텐데. 이상하게 꺾이는 그 팔이 문제다.

위험을 감수할 필요는 없으니, 통제 구역까지만 같이 이동하고 헤어지는 걸로! 잠을 청할 때 내린 결론이었다. 비감염자가 거주하지 않는 통제 구역에는 좀비가 많았고 안전 구역으로 돌진하지만 않으면 군인을 맞닥뜨릴 일이 드물었다. 의식이 있는 라떼라면 잘 숨어 지낼 수 있을 것이다.

달달, 카트 바퀴가 불안하게 굴러가 빠지지는 않는지 계속 주시했다. 그러다 숙소에 가까워졌을 때 나는 충격적인 현장을 목격했다. 라떼가 집밖에, 그러니까 길 한복판에 나와 있었다. 헤드셋을 쓰고 있어서 뒷모습은 얼추 비감염자 같은데 문제는 라떼의 얼굴이었다. 검붉게 도드라진 핏줄, 희뿌연 눈, 자연스럽지 못하게 움직이는 입과 사지. 여기서 누가 라떼를 보고 비명을 지르며 신고라도 하면 출동한 군부대에 잡혀가는 건 시간문제였다.

썰렁한 거리, 저만치 모퉁이를 돌아오는 사람이 보였다. 비감염자다. 어제 라떼에게 네가 비감염자를 마주쳤는데 감염자인 걸 들키게 된다면 포악한 좀비 흉내를 내 도망가게 하라고 가르쳤던 게 생각났다. 양손을 번쩍 들고 와아아앙! 소리를 내며 키를 더 크게 보이게 하라고도 했다. 그걸 라떼가 꽤 그럴싸하게 따라 해서 내가 손뼉을 쳐줬는데. 힘찬 박수에 라떼가 어깨를 으쓱했던 것 같기도 하고. 아, 안 돼. 고민이 길지 않았다.

"야, 김라떼!"

내가 소리쳤고, 라떼가 천천히 돌아보았다. 달려가 라떼를 두 팔 벌려 안았다.

"너 진짜 가출하는 거야? 내가 잘못했다. 다시는 너 몰래 뭐 먹지 않을게! 가자, 가. 밖은 위험해. 좀비 나올라!"

좀비 라떼

나는 괜히 큰소리를 치며 라떼를 안고 후다닥 건물 안으로 들어갔다. 그러곤 라떼의 몸을 막무가내로 끌며 계단을 올랐다. 라떼의 신발 한 짝이 벗겨진 건 현관문을 이중으로 잠근 뒤에야 발견했다. 라떼가 놀란 눈으로 나를 봤다. 자꾸 저 흐리멍덩한 눈에 감정이 담긴 것처럼 보인다. 진짜 있는 건지, 나 혼자 착각하는 건지 모르겠지만. 라떼가 눈을 깜빡였다. 눈꺼풀이 내려왔다가 올라간 건 진짜였다.

"으어어."

라떼가 무어라 말했고, 현관의 센서 등이 꺼졌다.

"너 뭐야? 말도 없이 밖으로 나가면 어떡해? 내 뒤통수 치냐?"

"으으어어, 으으."

뭐라고 하는지는 몰라도 억울함이 느껴지네. 하, 나도 모르게 한숨이 샜다.

"일단 들어와."

신발을 벗고 안으로 들어오자 내 움직임에 다시 등이 켜졌다. 불빛 아래에서 나를 눈으로 좇던 라떼가 뒤늦게 한쪽 신발을 벗고 따라 들어왔다. 내 눈치를 보더니 일인용 소파에 앉았다. 역시 그 자리가 마음에 들었던 거군. 머리에 쓴 헤드셋의 선이 연결된 리모컨은 한 손에 든 채였다. 다가가 리모컨을 뺏었다. 전원 버튼을 눌러 여전히 켜져 있는 티브이를 끄자 원래부터 소리가 없었는데도 적막해지는 느낌이 들었다.

라떼가 고개를 푹 수그리고 헤드셋 선을 만지작거렸다. 좀비가 좀비답지 않게 의기소침하니 이상하리만치 마음이 쓰였다. 아버지가 근무했던 연구소의 검진복을 입고 있어서 더 그러는지도 몰랐다. 세상이 이렇게 망해버린 가운데 내가 반만 좀비가 된 건 아버지 때문이니까. 라떼가 다른 좀비와 다르게 어설프게나마 소통이 되는 이유도 아버지와 관련이 있지 않을까 하는 생각에.

번뜩, 눈을 떴을 때 보았던 광경을 잊은 적이 없다. 내 팔을 포박했던 흔적, 바닥에 흩어져 있는 약병과 주사기, 피가 솟구치는 목을 부여잡고서 나를 보고 있던 아버지. 내 목에 꽂혀 있는 주사기를 빼서 보자 누름대가 밀대의 중간 눈금까지 들어와 있었다. 말도 안 되게 넓고 선명해진 시야, 차게 식은 몸, 그러나 세차게 뛰는 가슴. 아버지는 계속 입을 벙긋거렸으나 목소리는 들리지 않았고 피만 토할 뿐이었다. 그러다 다른 감염자들처럼 포악하게 변했다. 밧줄로 아버지의 몸을 포박하며 목을 놓아 운 나는 나를 살렸을지 헤쳤을지 모를 아버지를 데리고 폐쇄 구역으로 숨어들었다. 그렇게 폐허가 된 곳에서 죽은 것도 산 것도 아닌 아버지와 죽은 것도 산 것도 아닌 시간을 보냈다. 아무런 생각도 감정도 없었는데, 저 집 잃고 길 잃은 동물 같은 녀석은 왜 자꾸 나를 한숨 쉬게 만드는

지. 라떼에게 느끼는 감정이 낯설었다.

롤러스케이트를 가져오기 위해 현관으로 다가가자 라떼가 소리를 내며 소파에서 일어났다. 돌아보자 불안한 표정이다. 그래. 저건 표정이 분명하지. 더이상 내 착각이 아니라는 생각이 들었다.

"기다려. 아래에 뭘 두고 왔어. 금방 올게."

움직일 듯 움직이지 않는 라떼를 두고 현관을 벗어났다. 계단을 내려가며 라떼의 신발 한 짝을 주웠다. 그러곤 카트에서 롤러스케이트를 챙겨 올라왔다. 현관문을 열자 소파 앞에 그대로 서 있는 라떼가 보였다. 순간 뼈마디가 저릿했다. 착각일지도 모르겠지만, 그런 느낌이 들었다. 누군가가 나를 기다리는 게 오랜만이라 그런가. 아득하게 멀어졌던 순간이 난데없이 가까워졌다. 라떼, 저 이름 모를 좀비 때문에.

2. 목화

열매를 처음 본 건 고등학교 입학식 때였다. 눈길을 사로잡는 무언가가 있었다. 깔끔하게 다려 입은 교복, 곧은 자세. 싱그럽고 풋풋한 풋사과나 청매실, 개복숭아를 생각나게 했다.

열매와 같은 반이 된 건 고등학교 삼학년 때였다. 잘 알지도 못하는 아이인데 같은 학급이라는 사실에 괜히 기분이 들떴다. 이따금 교실을 벗어난 곳, 이를테면 화장실이라든지 복도 귀퉁이에서 아이들이 열매에 관해 이야기하는 것을 들을 수 있었다. 열매 엄마 없잖아. 아빠랑 둘이 살아. 열매 돌잔치 한 다음날 엄마가 돌반지 들고 튀었다던데. 도망간 거 맞아? 사라졌다고 하던데. 사라진 게 도망간 거지. 아니, 말 그대로 사라졌다고. 도망간 건 자의고 사라진 건 타의일 수 있잖아. 헐, 대박! 미친, 소름 돋아.

나는 자주 열매를 곁눈질했다. 여전히 명랑했다. 열매나 나나 비슷한 형편 같은데 늘 의기소침한 나와는 다르게 잃을 게 없다는 듯 당당한 열매가 부러웠다. 그러다 한번 열매가 뺨에 캐릭터 밴드를 붙이고 왔다. 나는 왜 뺨에 밴드를 붙여야 했는지, 저걸 떼어내면 무엇이 있는지 매우 궁금했고, 그날 이상하게 깊은 동질감을 느꼈다.

열매의 열쇠고리, 연필, 필통, 양말과 슬리퍼. 자질구레한 것들을 따라 샀다. 열매를 닮고 싶었고, 무언가를 공유하고 싶었다. 그래서 똑같은 지우개를 사서 점심시간 교실이 비었을 때 열매의 지우개와 바꿔치기했다. 똑같은 물건을 가지는 것을 넘어 열매의 것을 하나쯤은 가지고 싶었다. 지우면 어차피 가루가 되어 소멸하는 물건이니 크게 죄책감을 느끼지 않아도 된다고 생각했다. 열매에게 들키기 전까지는.

좀비 라떼

"이거 내 지우개 아니야?"

열매가 물었고, 나는 얼었다. 멍청하게도 거짓말은 하지 못했다. 삐질삐질 땀이 흘렀는데, 열매가 그런 나를 보고 정곡을 찔려 당황했다고 생각할까봐, 냉큼 입을 열어 날씨가 덥지 않냐고 대답했다. 열매는 엉뚱한 내 답에 고개를 가웃했고, 웃었다. 명랑한 웃음에 내 얼굴이 달아올랐다. 열매의 눈이 책상 위의 필통이나 연필, 내가 신은 양말이나 슬리퍼를 훑는 것 같아 수치스러워졌다. 사실 지금 와서 생각해보면 열매의 웃음에 어떤 의도가 있었는지 모르겠다. 내가 따라 산 물건을 정말 훑어봤는지도. 그 순간의 나는 갑자기 커다란 열등감 덩어리가 되어 있었다. 다른 생각이나 감정은 이 덩어리를 뚫고 들어올 수 없었다.

따지고 보면 열매의 잘못은 없었다. 그런데 그때의 나는 나도 잘못한 게 없다고 생각했다. 열매를 보고 따라 산 물건을 모두 버렸다. 버리면서도 이런 데 돈을 쓰게 만든 열매를 탓했다. 덩어리가 나를 삼켜가고 있었다. 그즈음 나는 열매의 아버지가 꽤 큰 제약 회사의 연구원이라는 사실을 알게 됐다. 열매의 상황이나 형편이 나와 비슷하다고 믿고 있었던 나에게는 그 사실이 꽤 충격적이었고 배신감을 느꼈다. 덩어리의 진화였다.

며칠 뒤 나는 버스 정류장에서 누군가와 다투는 열매를 발견했다. 열매의 두 눈에 차가운 분노가 묻어 있었다. 앞에는 담배를 손가락에 끼운 사람이 있었다. 담배 피우지 마시라고요. 어린 게 겁대가리를 상실했나. 죽을래? 진짜 죽어볼래? 분위기가 험악했다. 정류장에는 열매 외에도 몇 명의 사람이 더 있었으나 쳐다보기만 할 뿐이었다. 그건 먼발치에 있는 나도 마찬가지였다. 열매와 눈이 마주친 것도 같았으나 더 쳐다보지 않고 걸음을 뗐다. 등뒤에서 욕지거리가 쏟아졌다. 쿵, 쿵, 정류장의 유리벽에 뭔가가 부딪히는 소리도 났다. 그러나 돌아보지 않았다. 아무것도 알고 싶지 않았다.

다음날 학교에 간 나는 열매의 자리를 먼저 확인했다. 자연스레 눈길이 갔다. 언제 올까, 기다리는데 수업이 시작할 때까지 모습을 드러내지 않았다.

"저 자리 누구지?"

"열매요."

"결석이야?"

"몰라요."

마치 입을 맞춘 것처럼 아이들이 대답했다. 빛이 드는 창가 자리가 썰렁했다. 열매는 끝내 학교에 나오지 않았다. 결석일수가 늘어갔다. 나는 비어 있는 열매의 자리를 계속 바라보았다. 교실에서는 열매에 대한 소문이 난무했다. 열매 도망갔대. 집에 아무도 없다는데. 아빠도 없대. 엄마만 없는 거 아니었어? 아니, 아빠가 없다는 게 세상에 없다는 게 아니라 집에 없다고. 사라졌네. 도망간 걸 수도 있고. 뭐야. 이번에는 그럼 자의야 타의야? 누구. 열매 아빠? 아니면, 열매? 왜 그렇게 물어? 같이 사라졌잖아. 한 사람은 도망일 수도 있지. 아, 미친! 소름 돋았어. 열매의 책걸상은 단풍이 물드는 가을까지 빈 채로 있다가 눈이 덮인 겨울에 교실에서 빠졌다. 그렇게 열매가 사라졌다. 소식을 아는 사람은 아무도 없었다.

졸업식 날, 나는 학교에 가지 않고 열매의 집 앞을 서성거렸다. 한 번도 학교를 결석한 적이 없는데, 마지막날 결석할 용기가 생긴 게 우습기도 했다. 늘 자퇴하고 싶다는 말이 입 속에서 맴돌았었다. 맴돌다가 사라졌다. 그런 마음이 사라진 것은 아니었고, 용기가 사라진 것이었다. 다음이 없어야 이런 용기도 생기는구나. 처음 깨달았다.

열매의 집 앞. 열매가 수없이 잡았을 현관문 손잡이. 안쪽에서만 볼 수 있는 문구멍인 걸 아는데도 나는 도어 뷰어에 눈을 대고 집 안쪽을 보려고 했다.

"아무것도 안 보이네."

한 시간 동안 벨을 누를까 말까 고민했다. 복도를 지나가던 주민이 나를 보고는 그 집에 아무도 없는데? 했다. 나는 걸음을 돌려 엘리베이터 앞에 섰다가 다시 돌아가 벨을 눌렀다. 진짜 아무도 없나. 무릎을 꿇고 앉아 우유 투입구를 열어보려고 했는데 닫혀 있었다. 열매야, 그 안에 있어? 너 거기에 있어? 그런데 이상하게 목소리는 나오지 않았다. 현관문에 귀를 대고 집중하는데 어디선가 비명이 들렸다. 안이 아닌 밖이었다. 나는 복도 난간을 잡고 아래를 내려다보았다. 피칠갑인 사람이 우악스럽게 경비원을 쫓아가고 있었다.

"뭐야? 저 좀비 같은 건?"

사고가 났나. 장난을 치나. 요란하다고 생각하며 걸음을 돌렸다. 아무리 기다려도 엘리베이터가 올라오지 않아 계단으로 내려갔다. 계단을 다 내려와 모퉁이를 도는데 복도에서 웬 사람이 튀어나왔다. 미처 뒤로 피하지 못한 나는 어깨를 맞고 넘어졌다. 통증에 얼굴을 찌푸리며 몸을 일으키는데 손바닥에 피가 묻어 있었다.

"어?"

몸에 상처가 난 곳이 없는지 살폈다. 아무리 봐도 피가 비치는 곳이 없어 이상하다는 생각이 들 즈음, 어깨를 치고 간 사람이 사라진 방향에서 불쑥 손이 튀어나왔다. 흠칫 몸이 떨렸다. 손톱이 들린 손가락이 까득까득 바닥을 긁었다. 그러다 훅, 어딘가에 빨려들듯 사라졌다.

점점 호흡이 거칠어졌다. 조심스레 일어나 모퉁이 너머를 살폈다. 검은색 패딩을 입고 몸을 웅크리고 있는 사람의 팔이 땅을 파듯 계속 움직이는 게 보였다. 기이한 모습에 덜컥 겁이 나는 순간, 웅크린 등 아래에서 경련하듯 움직이는 발이 보였다. 비명이 터질 뻔한 입을 급히 막자, 몸을 웅크린 사람의 팔이 천천히 멈췄다.

심장이 쿵쿵쿵 뛰었다. 이건 장난이 아니지? 저거 진짜 좀비인가? 영화에서 어땠더라. 숨을 참았던가. 그렇다면 숨을 쉬지 않고 있어볼까. 그런데 내가 얼마나 숨을 참을 수 있지? 그런데 좀비가 아니면. 사람이면. 지금 상황에서는 그게 그거 같은데. 도망가야겠지.

검은색 패딩을 입은 사람이 돌아보기 전까지 별별 생각이 머리를 스쳤다. 이렇게 고민만 하다 시간을 까먹을 순 없다. 눈이 마주치기 전에 잽싸게 달음질쳤다. 복도 끝으로 달려가 아파트 현관을 벗어났다. 사람이 많은 곳으로 가야 한다는 생각에 버스 정류장으로 향했다. 다다랐을 때 속도를 멈추지 않은 버스가 앞 차를 그대로 들이받았다. 쿵, 쿵, 쿵, 차가 연달아 앞으로 밀리며 충돌했다. 놀라서 두 손으로 귀를 막은 나는 그제야 거리의 사람들이 이상하다는 걸 알았다. 언제부터 이렇게 소란했을까. 귀에서 손을 떼자 질서가 무너진 세상의 소리가 사납게 들려왔다.

"아……."

제정신을 잃고 멍하니 사람이 사람을 무는 장면을, 눈이 뒤집힌 채로 공격하는 모습을 보고만 있을 때 뒤에서 쿵, 하고 소리가 들렸다. 놀라서 돌아본 버스 정류장 바닥에 새 한 마리가 떨어져 있었다. 정류장 투명창에 머리를 박은 듯했다. 갑자기 정신이 들었다. 달려가 바닥에 떨어진 새를 조심스레 집어 주머니에 넣고 방향을 틀었다. 대중교통은 글렀다. 집을 향해 전속력으로 달렸다. 갑자기 튀어나온 사람에 놀라 악을 지르고 뿌리치며 필사적으로 도망쳤다. 붙잡힌 가방은 버렸고 신발도 어디선가 잃어버렸다. 너절한 모습으로 도착한 아파트의 입구는 봉쇄되어 있었으나 문을 지키고 있는 사람은 아무도 없었다. 기어 올라가다시피 해서 담을 넘어 집에 도착한 나는 꽉 닫힌 현관문을 마주했다. 벨을 눌러도 나오는 사람이 없었다. 소심하게 문을 두드리다가 현관문에 귀를 댔다. 말소리가 들렸다. 작은아버지와 작은어머니, 사촌동생이 우리 학교 졸업식에서 감염자가 나왔으니 내가 감염됐을지도 모른다며 문을 열어주느니 마느니 논의중이었다. 나는 투표 결과가 내게 좋지 않을 것을 예상했다. 내 고등학교 졸업식에 관심도 두지 않던 사람들이었다. 저 오늘 학교 안 갔어요. 감염 안 됐어요. 문 좀 열어주세요. 그 말을 생각만 했는지 진짜로 뱉었는지는 잘 기억이 나지 않는다. 차가운 문에 등을 기대고 앉아 주머니 속의 새를 조심히 꺼내 손바닥에 올렸다. 손바닥보다 작은 새의 몸이 차갑게 굳었다. 그곳에 그냥 두었으면 살았을까. 통유리에 부딪혔을 때 이미 죽었을까. 그래도 차가운 길에서 발에 차이고 밟히는 것보다는 낫지 않을까. 하지만 이 모든 게 내 생각일 뿐이라는 점에서 허무해졌다.

"좋은 곳으로 가."

다른 손으로 죽은 새의 몸 위를 가만히 덮은 나는 모은 무릎 위에 손을 올리고 열매를 생각했다. 열매는 어디로 갔을까. 세상이 이렇게 혼란해진 건 알까 궁금하기도 했다. 하나부터 열까지, 열매의 모든 이유에 내가 없었을지라도 사과하고 싶었다. 그날 그렇게 너를 외면하면 안 됐다고. 닫힌 현관문은 밤이 되어서도 열리지 않았다. 그렇게 나는 집도 없는 떠돌이가 됐다.

*

"자, 여기 모두 동의한다는 것에 체크하시고 서명하세요."

내가 바깥에서 버티고 버티다 포기하고 들어온 곳은 좀비 바이러스 치료제를 개발하는 연구소였다. 사망을 책임지지 않음에 동의하라니. 조금 섬뜩했지만, 자포자기에 가까운 심정으로 왔기에 망설이지 않고 서명했다. 조그만 창 하나 없는 곳이었지만 내 방이 생겼고, 침대도 생겼다. 이곳은 바깥과 다르게 안전하고 규칙적이었다. 약물을 투약한 뒤에 지급받은 캡슐을 먹고 경과를 지켜봤다. 실험실의 쥐처럼 감시받는 것만 빼면 만족스러웠다. 증상이 나타나기 전까지는.

감염자들이 보이는 증상의 발현은 없을 거라는 처음의 설명과 다르게 온갖 증상이 다 발현했다. 혀는 굳고 눈은 탁해졌으며 걸음걸이도 부자연스러워졌다. 사람을 이상하게 만들어놓고 아무런 설명이 없었다. 다래끼가 나서 안과에 가도 이유는 설명해주는데. 선생님, 저 궁금한 게 있는데요, 제가 진짜 좀비가 된 건가요? 뭔가 다른 것 같은데. 배가 안 고파요. 이상해요. 저기요, 잠도 오지 않아요. 선생님, 선생님?

시간이 어떻게 흘러가는지도 몰랐다. 낮과 밤이 사라진 세계에 갇혀 살던 나는 핏줄이 도드라진 팔목을 쓸어내리다가 방탄 유리벽에 머리를 박았다. 쿵, 쿵, 쿵. 기억 속에서 열매를 마지막으로 본 날이 소리에 꼬리라도 잇듯 불려 나왔다. 내가 기억하는 열매의 마지막은 장면이 아니라 이 소리였다. 쿵, 쿵. 무언가 충돌하는 소리. 그건 무엇이었을까. 소리가 귀를 파고들 때마다 열매의 얼굴이 떠올랐다. 그때 그러는 게 아니었는데. 벽에 이마를 붙이고 가만히 있는데 문 앞에서 사람들의 말소리가 들렸다.

"아직도 그대로지?"

"응."

"실패네."

"경과보고 기간 어제까지였지?"

"맞아. 이제 실험 대상 기간 만료야."

"애는 어떡해? 처분 지시 내려왔어?"

"방사하래."

무슨 이야기를 하는 거지? 생각하고 있을 때 잠겨 있던 방문이 열렸다. 열린 문 너머에서 방호복을 입은 두 사람이 나를 봤다. 말뜻을 알아차리는 데는 그리 오랜 시간이 걸리지 않았다.

멸망 직전의 도시처럼 어수선할 줄 알았던 통제 구역은 의외로 한산했다. 게릴라처럼 좀비 떼들이 출몰했으나, 내가 조심해야 할 건 좀비가 아니라 그들이 일정 선을 넘어서면 사살하는 군인이었다. 최대한 방호벽에서 멀어지던 나는 부서지지 않은 멀쩡한 공중전화 부스를 발견했다. 들어가 수화기를 들고 귀에 대보았다. 뚜우, 소리가 들렸다. 주변을 둘러보았다. 피가 묻은 부스 주변에 동전이 흩어져 있었다. 동전 몇 개를 주워 전화기에 넣고 기억나는 번호를 눌렀다. 안녕하세요. 저 목화예요. 잘 지내세요? 갑자기 연락드려서 많이 놀라셨죠. 전화를 드린 건 다른 게 아니고요, 제가 지금…… 그러니까 제가 현재 갈 곳이 없는데요. 혹시 도움을 좀 받을 수 있을까요?

간절하게 부탁했는데 상대는 내 말을 끝까지 듣지도 않고 끊어버렸다. 한 명이 아니라 여럿이 그랬다. 내가 연구소에 임상 시험 대상자로 들어간 것이 소문이라도 났나. 무시하고 외면하는 듯했다. 어렸을 때 아버지가 왜 여기저기 돈을 빌리러 나갔다가 술만 마시고 왔는지 알 것도 같았다. 도와주는 곳이 한 군데도 없었던 거겠지.

나이 오십에 결혼해 나를 가진 아버지는 내가 초등학교를 졸업하던 해에 폐암으로 세상을 떠났고 어머니는 아버지의 병수발을 들다가 집을 나갔다. 마음대로 내게 세상을 주고 떠난 사람들. 윤회를 믿었던 아버지는 다시 이 세상에 왔을까. 어머니는 아직 이 세상에 있을까. 아주 가끔 그들의 안부가 궁금했다.

하염없이 걷다가 걸음을 멈추고 땅을 기어가는 벌레를 가만히 쳐다보았다. 예전 같았으면 기겁하며 도망갔을 텐데, 지금은 굳이 그럴 필요를 느끼지 못했다. 그저 가만히, 눈으로 움직이는 벌레를 좇을 뿐. 비감염자에 속하지도 않고 그렇다고 좀비 떼에 섞여 마라톤을 하지도 못하는 나는 수취인불명의 반송할 곳도 없는 편지처럼 겉돌았다. 이어폰을 귀에 꽂고 음악을 들으며 풍경에 내 마음대로 서사를 주고 기분을 내던 때가 그리웠다. 딱 지금 이맘때, 초여름의 녹음이 아름다워 창밖을 보는 척 창가 자리의 열매를 자주 보았는데.

지켜보던 벌레가 수풀 사이로 사라졌을 때였다. 갈대숲에서 누군가 자전거를 타고 나왔다. 사라졌던 열매였다. 두 눈이 동그랗게 커졌다. 〈TV는 사랑을 싣고〉를 찍고 있는 것만 같은 느낌. 재회의 노래가 흘러나와야 할 것 같은 상황. 진짜 열매잖아. 어떻게 여기서, 딱 이렇게 마주치지.

암흑 속에서 열매와 정면으로 눈이 마주쳤다. 바이러스를 보유하며 야간 투시가 좋아졌는데, 분명 열매도 나를 쳐다보고 있었다. 가로등 빛 하나 없는 이 새까만 곳에서, 꽤 거리를 두고 있는 나를. 외적으로 발현된 증상이 없는 것으로 보아 비감염자인데. 열매가 원래 저렇게 시력이 좋았던가? 교실에서 열매의 자리가 끝이긴 했는데, 하는 엉뚱한 생각을 했다. 이렇게 위험한 곳에 왜 혼자 있는 거지? 걱정되는 동시에 마음이 초조해졌다. 어둠 속에서 눈만 깜빡거리고 있을 때 잠깐 자전거를 세웠던 열매가 무심히 고개를 돌리고는 갔다. 간다. 가버린다. 놀라서 열매가 멀어지는 방향을 보았다.

열매다. 열매라고. 다음이 없어야 용기가 생기는 나잖아. 다음은 없어. 그 짧은 순간 나는 내게 엄청난 주문을 걸었다. 쿵, 쿵. 충돌하는 소리와 담배를 태우는 냄새. 차가운 분노가 묻어 있던 열매의 얼굴. 지우개의 감촉과 땀방울이 묻은 입술을 말아 물었을 때 느껴지던 눈물의 맛. 열매가 있던 순간과 감각들이 바람처럼 나를 스쳤다.

열매야. 용기를 내 이름을 불렀는데 열매는 돌아보지 않았다. 열매야, 나 너한테 할말이 있는데. 여, 열매야? 내, 내 말,

내 말 안 들려? 나 기억 안 나? 너랑 고등학교 삼학년 때 같은 반이었던 목화야! 멀어지는 열매의 뒷모습을 보았다. 안전 구역의 방호벽으로 향하고 있었다. 열매야, 나 너한테 꼭 할말이 있는데……. 나는 열매의 뒤를 쫓아갔다. 벽 너머의 도시에서 건물 불빛이 반짝거렸다.

3. 열매

"파수꾼 담배 타임에 통제 구역으로 넘어갈 거야."

나는 카트를 밀며 나직하게 말했다. 그러자 잎사귀가 부스럭 흔들리더니 그 틈으로 라떼가 눈을 내밀고 으어어, 소리를 냈다. 바로 이마를 밀어 잎사귀 안쪽으로 집어넣었다.

"너는 지금 뱅갈고무나무라고. 움직이지 말고 조용히 해."

롤러스케이트를 신긴 라떼를 카트에 태우고 방호벽으로 가는 길이었다. 라떼를 숨기기 위해 주택가에서 화분을 좀 훔쳤다. 그런 다음 좀비들로 혼란한 상황에서도 화분을 구매한 식물 애호가로 위장했다. 최대한 잎이 크고 무성한 나무들을 배치해 라떼를 숨겼지만, 그러다보니 너무 큰 나무만 골라 꼴이 이상하긴 했다. 야밤에 식물을 카트에 넣어 끌고 가는 인간이라니. 좀비가 없던 시대라고 해도 이상할 것 같았다. 한번은 뒤돌아 쳐다볼 것 같은 그림.

여유로운 듯 그러나 빠른 걸음으로 카트를 밀었다. 그러다 어느 지점부터는 달렸다. 조금이라도 빨리 안전 구역을 벗어나고 싶었다. 나 혼자면 모를까, 라떼와 같이 있으니 불안하고 초조한 건 어쩔 수가 없었다.

"아이고, 달리는 걸 보니 어지간히 무서운가보네."

"급한 일이 있을 수도 있지."

한 손에 목줄을 쥐고 강아지를 산책시키던 노부부가 달려가는 나를 보며 말했다. 수상하지 않게 보이려고 일부러 가로등 불빛이 밝은 길을 이용했다. 누군가 어둠 속의 우리를 보고 수상한 사람이 있다며 신고라도 하면 끝이니까.

"저 너머에 내가 봐둔 괜찮은 집이 있어. 보고 괜찮으면 그 집에서 지내."

사르륵, 잎사귀가 흔들렸다.

"이 식물들은 네가 잘 돌보고."

임상 시험을 받았던 연구소보다 더 좋은 환경일 거라고 장담할 수는 없지만, 탈출해서 갈 곳 없는 라떼에게 좋은 안식처 정도는 되지 않을까 생각했다.

방호벽에 가까워졌을 때였다. 덜커덩, 카트가 돌멩이에 걸렸다. 결국, 바퀴 한 개가 빠져나갔다. 그러면서 카트의 한쪽이 기울며 주저앉았다. 우당탕, 중심을 잃고 넘어졌다. 충격에 나무가 뿌리째 화분에서 튀어 나갔고 쏟아진 흙이 아스팔트 바닥 위를 덮었다. 데구루루, 빈 화분이 굴러갔다. 화분처럼 몇 바퀴 구른 나는 벌떡 일어나 주위를 살폈다. 혹시 소리를 듣고 내다보는 사람이 없는지 확인했다. 다행히 잠잠했다.

"야, 괜찮아?"

고개를 내리고 엎어진 카트를 살피는데 어딘가 썰렁했다. 화분과 나무는 있는데, 그 사이에 숨겨둔 라떼가 없었다.

"어?"

라떼, 라떼가 보이지 않아. 놀라서 돌아보았다. 밤길을 가로지르는 무언가가 보였다. 조용히, 소리도 없이, 스케이트를 신은 라떼가 방호벽을 향해 돌진하고 있었다. 동그랗게 파인 방호벽 틈을 향해 나아가는 라떼는 꼭 전원 표시 아이콘 같았다. 동그란 행성에서 혼자 우뚝 솟아 앞을 향하여 가는 숫자 1의 모험.

저러다 넘어지면 앞니가 다 없어지고 얼굴이 갈리는 건데. 나는 왠지 라떼가 저 추진력을 이용해 방호벽을 넘을 것 같다는 생각이 들었다. 넘어지지 않게 자전거를 뒤에서 잡아주다가 몰래 손을 놓고선 혼자 페달을 굴리며 멀어지는 누군가를 지켜보는 사람들의 심정이 이럴까. 마음이 조금 벅차올랐다. 라떼야 할 수 있다. 두 팔을 번쩍 들어 응원했다. 방호벽을 받치고 있던 진압 방패를 타고 라떼가 날아올랐다. 캄캄한 밤

좀비 라떼

하늘에 뜬 라떼는 화분에서 뿌리째 뽑힌 뱅갈고무나무 같기도 하고 스키 점프 선수 같기도 했다. 포물선을 그리며 라떼가 어둠 속으로 사라졌다. 1이 있다가 0이 된 세계. 너머에서는 아무런 소리도 들리지 않았다.

*

안전 구역에서 빠져나온 나는 통제 구역 초입에서 야간 적외선 카메라를 머리에 단 채 무어라 중얼거리는 비감염자를 발견했다.

"네. 저는 지금 통제 구역에 들어왔고요, 좀비는 보이지 않습니다. 의외로 한산한데요?"

라이브 방송을 하는 듯했다.

"제가 조금 더 자세히 보여드릴까요?"

상대방이 플래시라이트를 켜는 순간이었다. 빛이 정면으로 내 얼굴에 닿았다.

"저기요, 여기서 그렇게."

함부로 라이트 켜면 안 되거든요? 당장 끄는 게 좋을걸요? 말하려는데, 다 뱉기도 전에 남자가 꺅 비명을 질렀다. 그러면서 무기랍시고 챙겨 왔는지 칼을 마구 휘두르기 시작했다.

"좀비! 좀비가 나타났습니다!"

남자는 뒤로 물러나지 않고 나를 향해 계속 다가왔다. 그런데 근거리 공격은 원치 않았는지 빗자루 막대기에 청테이프로 칼 손잡이를 칭칭 감아뒀다. 남자가 들어올린 빗자루의 거리가 우리 사이의 거리였다. 나는 그 의미를 안다. 나와 이 거리만큼은 유지하고 싶다는 거다. 안전하기 위해서.

"그거 끄시라고요. 목숨 두 개 아니면."

"어? 사람? 사람 맞아요? 왜 여기 있어요?"

"그쪽도 있잖아요. 여기에."

이것저것 몸에 장착한 남자가 두둑한 가방을 든 나를 위에서 아래로 훑었다. 아이템이며 모양새가 모험심으로 이곳에 온 사람 같지 않다고 느낀 듯했다.

"안 물렸어요?"

안 물렸다. 오늘은. 말이 없자 미간을 찌푸린 남자가 다시 묻는다.

"감염 안 됐냐고요. 왜 여기가 집인 것처럼 여유로운데? 여러분, 이상하죠? 진짜 이상하죠? 좀비 아니야? 예? 말하는 좀비도 있다는 말을 들었다고요? 꺄악!"

혼잣말하다 비명을 내지른 남자가 공격을 재개했다. 꼭 잊을 만하면 안전 구역에서 비감염자가 넘어왔다. 대부분 좀비 사냥을 콘텐츠로 만드는 비인간적이고 폭력적인 종속이었다. 가끔 이렇게 지레 겁을 먹고 이 구역에서 마주치는 모든 것에 다짜고짜 공격을 퍼붓는 놈들도 있었다. 모험심인지 호기심인지. 끝내 살아서 돌아가지 못하는 꼴이 내가 보기엔 그냥 우둔한 비행 같았다. 나는 남자가 다가오는 속도에 맞춰 뒤로 걸으며 칼날을 피했다.

"제가, 한번! 죽여보겠습니다!"

목소리는 또 왜 이렇게 우렁찬지. 파이팅이 넘쳤다. 좀비들에게 넘어지지 말고 거침없이 달려서 여기까지 오라고 격려하고 있다는 걸 아는지 모르겠다.

"아, 진짜 누가 누구를 죽인다고."

좀비가 만만하니. 너를 잡으면 놔주지 않을 거라고. 계속 설명하는데도 소용이 없었다. 칼끝이 계속해서 내 목을 겨냥했다. 목을 찔러야 죽는다는 이야기를 주워들은 모양이다. 목이 아니라 머리라고 말을 해줄까, 하다가 말았다. 어차피 이미 늦었다. 그냥 내버려두고 가자는 생각에 몸을 돌릴 때였다.

"으와아아앙!"

라떼가 나타났다. 어디서 주웠는지 모를 나무의 뿌리를 손에 들고서, 흙을 투두둑 떨어뜨리며 포악한 좀비 흉내를 그럴싸하게 냈다. 남자가 비명과 함께 욕지거리를 뱉었다. 라떼가 우두둑우두둑 몸을 괴이하게 꺾으며 다가가자 남자가 뒷걸음질쳤다. 뒤로만 물러나는 나를 보고는 공격할 용기가 있었는데, 이상하게 몸이 꺾이는 라떼에게는 그럴 용기가 안 생기는 모양이었다.

"와앙!"

라떼가 회심의 일격을 날리듯 팔을 더 높이 올리며 소리를 내자 남자가 달음질쳤다. 바보같이 비명을 지르며 갔다. 그게 좀비를 더 부르는 줄도 모르고. 구구궁, 땅이 울렸다. 저만치에서 좀비가 몰려오는 소리였다. 눈 깜짝할 새 달려온 좀비가 남자를 덮쳤다.

"으아아! 살려, 살려주세요!"

남자가 목이 찢어져라 소리쳤다. 저건 누구에게 하는 구조 요청일까. 조금 전까지 칼을 들이밀었던 나에게? 남자의 비명이 좀비 소리에 묻혔다. 그 광경을 나와 라떼는 나란히 서서 멀거니 지켜보았다.

"진짜 포악한 좀비가 된 거야, 아니면 내가 널 잘 가르친 거야?"

팔을 위로 쭉 뻗은 라떼가 내 쪽을 돌아보았다.

"으어어."

눈꺼풀이 굼뜨게 움직이는 것을 보니 내가 잘 가르친 모양이다. 시선을 내려 라떼의 발을 보았다. 스케이트는 온데간데 없고 맨발이다.

"혼자 잘도 날아가기에 알아서 갈 길 가는 줄 알았더니."

"……으으어."

바람이 불자 뿌리에서 떨어진 흙이 라떼의 얼굴로 날렸다. 질끈 눈을 감는 모습에 피식 웃음이 났다.

"연기 잘하더라. 고마워."

라떼가 움직였다. 고개를 도리도리 흔드는 것 같았는데, 어깨까지 흔들려서 춤을 추는지 고개를 젓는지 정확히 알기는 어려웠다. 저만치에서 좀비에게 물린 남자가 팔다리를 꺾으며 기이한 모습으로 일어났다. 탕, 타탕. 총성이 울린 건 그때였다. 방호벽 근처에서 나는 소란에 군대가 사격을 시작한 것이다.

라떼의 두 눈이 동그래졌다. 타타타타탕. 가까운 곳에서 총성이 울렸고, 탄피가 쉴 새 없이 떨어졌다. 잇따른 발사에 남자 때문에 몰려온 좀비들이 비명도 없이 죽었다. 물론, 이제 막 좀비가 된 남자도 머리에 구멍이 난 채로 죽었다. 나는 라떼의 손에 이끌려 바닥에 누웠다. 나는 나무를, 라떼는 나무뿌리를 얼굴에 올리고서 죽은 척했다. 얼마나 그러고 있었을까.

"경계선 클리어."

지척에서 앳된 목소리가 들렸다. 지지직, 무전기 소음 뒤로 다른 목소리가 울렸다.

—수신 완료.

무전 송신을 마친 사람의 발소리에 집중했다. 멀어지는 듯싶더니 멈춘다. 나는 그가 멈춰 서서 쳐다보는 게 우리 쪽이 아니기를 바랐다. 다가와 총구를 겨누지를 않기를. 총에 맞서 싸우는 일이 없기를.

다행히 발소리가 멀어졌다. 그가 멀어진 뒤에도 우리는 한동안 움직이지 않았다. 처음에는 안전한 시간 확보를 위해서, 그 이후에는 가만히 있으니 편안해서. 그러다 문득 조용한 라떼가 신경이 쓰였다.

"야."

작은 목소리로 불렀다.

"……으, 으어."

라떼가 대답했다. 그래. 아직 있었구나. 알 수 없는 안도감이 들었다. 천천히 상체를 일으키고 주위를 확인했다. 이제 이동해도 안전할 것 같았다.

나는 통제 구역의 외곽에 있는 전원주택의 명패를 떼어내서 라떼에게 주었다. 통제 구역에서는 소유하는 것에 의미가 없으니 이건 훔쳐서 주는 것도 아니었다.

"이 집에서 지내. 여기면 안전할 거야."

두 눈을 느리게 끔뻑거리며 라떼가 집을 한번 쳐다보았다.

"담이 높은 편이라 방어가 잘될 거야. 너는 다른 좀비처럼 빨리 못 뛰잖아. 이 집 마당이 넓거든. 그러니까 괜히 밖에 나가서 고생하지 말고 이 안에서 지내."

높은 담과 대문을 쳐다보던 라떼가 고개를 돌리고 나를 보았다. 무슨 말을 할 것처럼 입술을 달싹거리더니 이내 다물었다.

"잘 지내."

마지막 인사를 건넸다. 가벼이 손을 흔들고 돌아서는데 이상하게 발이 무거웠다. 왜 이래. 청승맞게. 힘주어 발을 뗐다. 돌아보지 않고 빨리 걸었다. 이 정도면 괜찮은 이별 아닌가. 헤어질 대상을 보며 인사는 했으니까.

골목으로 들어가 폐건물 안에 숨겨둔 자전거를 꺼내는데 라떼의 목소리가 들렸다. 으, 으어어, 으어어.

"어?"

설마, 또 따라왔나? 자전거 손잡이를 놓고 걸음을 옮겼다. 문밖으로 빼꼼 눈을 내밀고 봤다. 역시나 라떼였다. 나를 보며 팔을 위아래로 어색하게 흔들었다. 할말이 있다는 듯, 뭘 놓고 갔다는 듯. 뭐지? 하며 한 걸음 내딛는데 내게 다가오던 라떼의 발에 소주병이 채며 공중에 붕 떴다. 멀리 날아간 소주병이 오락실의 게임기를 들이받으며 산산이 조각났다. 이해할 수 없는 소주병의 비행이었으나 아무튼 날아갔고, 쨍그랑 소리를 내며 깨졌다. 문제는 게임기에서 요란한 음악과 함께 흘러나오는 기계 음성이었다.

"아……."

불길한 예감에 탄식하는 것도 잠시, 한데 모여 달려오는 좀비들이 보이기 시작했다. 반만 좀비일지라도 같은 바이러스를 보유하고 있어서 저들에게 우리는 공격 대상이 아니었다. 다만, 막무가내로 들이받는 저들을 상대하기 어렵다는 게 문제였다.

나는 내디딘 걸음을 물려 건물 안으로 몸을 숨겼다. 걸음이 느린 라떼가 계속 나를 향해 걸어왔으나, 달려오는 좀비 떼가 더 빨랐다. 라떼가 해변의 게라면 좀비 떼는 밀려오는 파도였다.

역을 무정차하며 통과하는 기차처럼 한데 뭉친 좀비 떼가 우르르르 지나갔다. 쿠당탕, 쿠당탕, 기차와 흡사한 소리를 내며 떼거지의 꼬리가 길을 빠져나갔다. 골목길이 잠잠해지자 문을 열고 건물 밖으로 나왔다. 부연 먼지가 날려 나는 두 손으로 입과 코를 가렸다. 인간이 가진 습관적인 반응이자 행동이었다. 좀비 무리가 휩쓸고 지나간 자리에 라떼는 만신창이가 되어 바닥에 웅크리고 있었다.

"괜찮아?"

고개를 쭉 빼고 살피는데, 살며시 고개를 든 라떼가 나를 보며 입술을 휘어 내렸다.

"으, 으아아, 으아."

대충 아프다, 억울하다, 자비 없다 뭐 그런 소리로 인식되었다. 나는 다가가 라떼에게 손을 내밀었다. 바닥에 웅크린 라떼가 내 손과 얼굴을 번갈아 쳐다보았다. 동태 같은 눈이 요리조리 움직이는데 왜인지 웃음이 나서 피식하고 말았다.

"일어나."

내 손과 얼굴을 번갈아 보던 라떼가 상체를 들었다. 그렇게 내 손을 잡을 줄 알았는데. 난데없이 내 손바닥 아래 제 뺨을 갖다 댔다. 체온이 잘 느껴지지 않는 우리의 피부. 감각이 무뎌 피부의 감촉도 알기 어려웠으나 무언가 닿아 있다는 느낌만은 확실했다. 어처구니없는 상황에 당황한 나는 웃지도 못하고 멍하니 라떼를 봤다.

라떼가 두 눈을 한 번 깜빡였다. 다시 보니 너는 눈이 참 크구나. 거품 같은 저 뿌연 색을 거두어 선명한 라떼의 눈을 보고 싶다는 생각이 들었다.

"뭐 해."

다소 퉁명하게 뱉은 말에 라떼의 입에서 어? 하는 소리가 났다. 지금껏 뱉은 으어어, 으어, 으어어어 하는 말소리의 단축인데, 진짜로 내게 놀라서 되묻는 느낌이 들어 기분이 이상했다. 나는 손을 거두어 주머니에 쑤셔넣고 다시 건물 안으로 들어갔다. 자전거를 가지고 나오자 혼자서 일어난 라떼가 나를 쳐다보고 있었다. 순간 뼈마디가 저릿했다. 착각이 아니었다. 이제 라떼의 존재에 어떤 의미가 생겨서 그런가. 가슴이 조금 먹먹했다.

"이번에는 또 왜. 할말 있어? 그런데 나는 네가 무슨 말을 해도 못 알아듣잖아. 여기까지 왜 왔는데?"

라떼의 주먹 쥔 손이 내 앞으로 밀려나왔다. 손등을 뒤집더니 거뭇해진 손가락을 한 개씩 폈다. 라떼가 준 건 다래나무의 열매였다. 주웠다고 자랑하는 건가. 먹으라고 주는 건가. 아니면 자기 딴에 고맙다고 선물하는 건가. 이유를 추측하는데, 라떼가 주머니에서 주섬주섬 다른 것도 꺼냈다. 미역, 안약, 해바라기씨. 뒤이어 나온 것들은 도통 결이 맞지 않아서 나는 수렁에 빠졌다. 뭐야, 뭔데. 이게 대체 무슨 의미인데.

"으어어, 으어, 어."

"뭐라고 하는지 모르겠어."

고개를 푹 수그린 라떼가 다시 열매 한 개를 내게 건넸다.

"열매 왜. 먹으라고 주는 거야?"

라떼가 어설프게 고개를 젓는다. 그러곤 미역, 안약, 해바라기씨를 순서대로 가리켰다. 먼길 가니 챙겨가라고? 아니, 그런데 이건 대체 다 어디서 구했어? 언제부터 가지고 다녔는데? 여기에 와서 주웠나? 손에 쥔 열매를 만지작거리는데 퍼뜩 다른 생각이 떠올랐다.

"너 내 이름 알아?"

바닥에 내리꽂을 듯 수그러들던 라떼의 고개가 멈칫했다. 나를 보며 고개를 끄덕거렸다. 우연히 마주친 반만 좀비가 내 이름을 알고 있다니. 적잖이 충격을 받았다. 묻고 싶은 게 많은데 라떼의 대답은 예 아니면 아니오가 전부라 원하는 답을 얻으려면 스무고개를 해야 할 터였다.

"우리가 만난 적이 있어?"

라떼가 고개를 끄덕였다.

"그렇구나."

라떼의 얼굴을 뚫어지게 봤다. 이런 좀비의 몰골을 한 사람은 솔직히 바이러스 창궐 이후 너무 많이 봤다. 손을 올려 라떼의 앞 머리카락을 쓸어넘겼다. 아무리 봐도 모르겠다.

"미안해. 지금은 네가 누구인지 모르겠어."

나는 라떼가 준 열매를 주머니에 넣었다.

"아무튼, 너는 나를 안다는 거지?"

라떼가 망설이다가 고개를 주억거렸다. 머리가 그냥 앞뒤로 조금 흔들리는 정도였다.

"이거 주려고 왔어?"

"으어어어."

"그럼, 그냥 나를 따라오는 거야?"

"으어, 으어어."

"뒤에 탈래?"

가져온 자전거를 눈짓하며 물었다.

"으, 으어어."

라떼가 대답했다. 좀비 바이러스 보유자 둘이서 자전거를 타고 혼잡한 길을 가로지르는 상황이 우스웠다. 이따금 바람을 일으키며 지나가는 우리를 좀비들이 돌아보았지만 쫓아오지는 않았다. 어설프게 내 허리를 안은 라떼가 곧 얌전히 내 등에 머리를 기댔다. 새까만 밤, 손톱달이 붉다. 금방이라도 쏟아질 것처럼 하늘에 박힌 별이 무수히 많았다. 도시에 빛이 사라진 뒤에야 매일 밤 머리 위에 이렇게나 많은 별이 있었다는 사실을 알게 됐다. 라떼는 대체 누구일까. 너는 나를 어떻게 아는 걸까.

지금의 상황과 아무런 연관이 없는데 교실에 앉아 창문 너머로 보던 교정의 버드나무가 생각났다. 어긋나기로 난 잎이 웅장하고 푸르러서 보고 있는 것만으로도 위안을 받았다. 바람이 불기라도 하면 무성한 잎이 물결치듯 산들거렸다. 선생님이 칠판에 분필로 수업 내용을 쓰는 소리, 앞으로 당긴 의자가 바닥을 끄는 소리, 운동장에서 체육 수업중인 아이들의 목소리, 새소리, 차 소리, 불현듯 상기되는 기억이나 공상하는 미래. 아마 이제는 그런 하루를 보통의 하루라고 부르지 못할 것이다. 보통, 그 어디쯤에 라떼가 있었을 텐데. 네 기억 속에서 나는 어떤 모습을 하고 있을까. 라떼 너는 내 기억 어디쯤에 있을까. 자전거 바퀴가 빠르게 돌아갔다. 바람이 선선했다.

4. 라떼

　너무 뒤늦게 내가 뱉은 말이 내가 생각한 언어가 되지 않는다는 사실을 깨달았다. 그래서 그간 그렇게 누구와도 제대로 된 대화를 하지 못했던 거였다. 오래전부터 혼자였고 다른 사람과 마땅히 소통한 적이 없어서 이상하다는 생각을 못했다. 늘 그랬어서. 그런 게 익숙해서.

　어떻게든 열매에게 미안하다는 말을 하고 싶은데 뻣뻣해진 손가락이 펜을 쥐지 못했다. 그래서 이상한 줄 알면서도 이것저것 주워서 메시지를 만들었는데, 실패했다. 그래도 괜찮았다. 너를 알고 있다고, 그 사실은 전했으니까.

　"저 갈대숲을 지나면 내가 지내는 집이 있어. 아빠랑 같이 사는데, 상태가 안 좋아."

　자전거 바퀴가 바람을 가르는 소리가 이상하게 우렁찬 밤, 열매의 목소리가 조용히 울렸다. 나는 열매의 등에 귀를 붙이고 열매의 몸속에서 웅웅 울리는 목소리를 들었다.

　나는 이제야 열매가 왜 하루아침에 증발한 것처럼 사라져야 했는지 어렴풋이 이해했다. 열매는 작년 초여름, 며칠 사이의 기억이 사라졌다고 했다. 아마 그때 자신이 정신을 잃고 좀비가 된 것 같다고 추측했다. 열매의 아버지가 근무하던 제약 회사는 내가 임상 시험에 참여했던 연구소와 같은 곳이었다. 우리에게 같은 약을 투약했는지는 모르겠지만, 나는 왠지 모르게 기분이 조금 좋았다. 비로소 우리가 비슷해진 것 같아서. 내가 너를 닮을 수 있어서.

가만히 눈을 감았다. 부서지며 들어온 햇빛에 그림자가 지던 교실이 떠올랐다. 열매의 자리는 창가였다. 늘 빛이 드는 곳이었다. 하늘이 파랗던 날에도, 장마로 날이 우중충할 때도 열매는 한 손으로 턱을 괴고서 무심한 눈으로 창밖을 보았다. 열매의 세상은 어떤 모습을 하고 있었을까. 이렇게 혀가 굳어버릴 줄 알았다면, 그때 열매에게 하고 싶은 말을 마음껏 할 걸 그랬다. 사실은 너랑 친해지고 싶었어. 내가 너를 선망한 거야. 그 지우개는 네 지우개가 맞긴 한데, 대체 어떻게 알았니. 고작 지우개인데. 그리고 진짜 하고 싶은 말이 있었어. 그날 버스 정류장 앞에서 그렇게 너를 외면하고 지나쳐서 정말 미안해.

갈대숲을 지나 폐쇄 구역으로 들어섰을 때였다.

"네 진짜 이름은 뭘까, 라떼야. 다음에는 꼭 알려줘."

열매가 말했다. 나는 천천히 눈꺼풀을 올렸다. 모든 게 망가져서 폐허일 것 같다는 생각과는 다르게 탁 트인 전경이 시원했다. 조금 이르게 꽃을 피운 목화밭이 보였다. 신비한 광경을 목격한 것처럼 정신이 멍해졌다. 순간의 장면이 너무 아름다워서 말을 잃었다. 그런 식으로 말을 잃었다고 생각하면 마음이 편할지도 몰랐다.

　열매야, 내 이름은 목화야.

　"어, 그래. 다음에."

　열매가 말했다. 못 알아들은 게 틀림없었다. 목화, 목화라고. 열매는 더이상 대꾸하지 않았다. 나는 다시 열매의 등에 귀를 붙이고 너머에서 들리는 소리에 집중했다. 그러면서 열매의 안에 바다가 있는 상상을 했다. 생김새를 상상도 할 수 없는 심해어들이 열매의 슬픔을 먹으며 헤엄치고 있을지도 모른다. 하늘을 올려다봤다. 유성이 쏟아지는 것 같은데 정작 떨어지는 것은 없었다. 그래도 아름다웠다. 풍경에 내 마음대로 서사를 주고 기분을 냈다. 수취인불명의 편지는 열매가 가졌다. 열매는 알까. 반송이 불가하다는 걸.

　시원한 바람에 머리칼이 나부꼈다. 긴 하루가 지나가고 있었다.

시간과 자리

♥

김화진

오전 열시에는 새들이 바빴다. 서쪽이라고 추정되는 쪽에서 동쪽이라고 여겨지는 쪽으로(혹은 반대로) 무리를 지어 날아갔다. 예리하고 뾰족한 화살표 모양(혹은 부등호 모양) 대형이었다. 분주하고 아름다웠다. 지호는 아침이면 자주 가는 카페 건물의 옥상에서 이쪽에서 저쪽으로 저쪽에서 이쪽으로 떼 지어 날아가는 새들을 네 번 정도 보았다. 아침 공기는 차갑고 아침해는 뜨거워서 지호는 자신이 서로 다른 두 세계 사이에 서 있는 것 같다고 느꼈다. 매일 느끼는 그 온도 차가 좋았다. 지호가 좋아하는 것은 그런 것뿐이었다. 자세히 들여다보면 평면이 아닌 어마어마하게 깊은 파란 하늘을 보기. 날아가는 새들을 보기. 바람이 불어도 가만히 있기. 햇볕 쬐기.

바닷가 마을은 하늘이 넓고 시간이 느리게 갔다. 지호는 그

곳에서 오후에는 절에 가고 밤에는 별을 본다. 그사이 시간에 지역 소식지 문화란에 실릴 글을 쓴다. 그것이 지호의 일상이었다. 이곳에서 지낸 지 벌써 이 년이 지났지만 순간순간 그런 자신의 일상이 낯설어지곤 한다. 내가 어쩌다 여기에 있지, 하는 생각은 맞춘 기억이 없는 알람처럼 울려 지호를 놀라게 했다. 하지만 곰곰이 생각해보면 그리 놀랍지도 않은 일. 십 년이 넘게 살았던 서울에서도 지호는 종종 내가 어쩌다 여기에 서 있는지 까마득해지곤 했다. 장소를 바꿔놓는다고 해서 사람이 바뀌는 것은 아니지. 지호는 매번 그렇게 스스로를 다독였다. 언제나 어디서나 낯설어하는 자신에게 익숙해지기 위해 애썼다.

이곳에서 지호에게 일을 맡기는 사람들은 지호를 아무렇게나 부른다. 연극 기획자, 칼럼니스트, 희곡 작가. 지호는 그 무엇도 자신이 아니라고 생각하기에 부르는 대로 불린다. 그것은 이곳으로 이사 온 이 년 전부터 그랬던 것보다 더 오래되어 온 일이다. 아무렇게나 불리는 일. 생각해보면 중요한 것은 별로 없었다. 전부 말뿐인 말. 필요에 의해 생기는 말. 그보다는 자신이 쓸 수 있는 글들을 생각했고 쓸 수 있는 글만을 썼다. 가끔은 연극을 보러 서울에 갔다. 예전에 함께 일했던 동료들이 티켓을 보내주기도 했고 지호가 직접 예매하기도 했다. 서울에 가도 아는 사람을 마주치지 않으려 이런저런 노력을 했다. 거의 잘되지 않았지만. 친구들과 동료들이 올리는 연극은 꼭 봤다. 실망할 때도 감동할 때도 있었다. 언제나 이어지는 축하 자리에는 가지 않았다. 가까운 두어 명에게 축하 인사와 꽃을 전하고 얼른 기차를 타고 돌아왔다. 나 집이 멀잖아, 기차 시간 때문에, 하면 더는 붙잡지 않았다.

팔 년 전 지호는 극작가인 친구를 따라 극단 연습실에 놀러 갔다가 우연히 연극 일을 시작하게 되었다. 친구가 올리는 공연에서 친구의 요청에 의해 보조로 일했다. 하는 일은 대중없었다. 거의 모든 일을 도왔다. 주로 배우들을 상대로 극의 해석을 돕고, 티켓 관리를 담당했다. 그 외 현장에 필요한 모든 허드렛일을 했다. 시간이 지나자 연출을 보조하고, 지원금 신청과 정산에 필요한 업무와 서류들을 담당하기도 했으며, 유달리 합이 맞았던 작가와 연출가와 함께 연기 워크숍을 진행했다. 그리고 더 시간이 지나자 자연스럽게 극단의 사무실로 정시 출근하기 시작했다. 함께 극을 쓰고 회의를 하고 배우를 캐스팅하고 있었다. 물이 아래로 흐르듯 자연스럽게 해온 일들이었다. 그 일들 중에서 지호가 계획했던 일은 아무것도 없었다. 어느새 손에 쥐게 된 일들은 생각보다 적성에 잘 맞았다. 지호는 자신이 하게 된 모든 일들을 좋아했다. 열심히 했고 잘하고 싶었다. 극단 일을 하며 만나게 된 사람들 중에서는 지호 입장으로선 이해가 안 되는 사람들이 많았지만 그럴 수 있지…… 하고 생각하면 대체로 괜찮았다.

어쩐지 인생은 계획한 대로 풀린 적이 없는데, 지호는 사는 동안 계획한 대로 일이 풀리지 않는 걸 못 견디게 힘들어했다. 일을 하던 도중에도, 문득 자신이 해온 충동적인 결정들을 떠올리면 아득해지곤 했다. 정확히는 계획이 아닌 그런 순간의 결정들만이 자신을 이루고 있다는 사실이. 심리학을 전공하고 극단에서 일한 것도, 일을 (거의)그만두고 이곳으로 이사한 것도 충동에 불과했다. 인생에 계획대로 되는 일은 별로 없다. 정말 없구나 하고 생각했다. 지호는 이 년 전부터 바닷가 인근의 작은 아파트에 살고 있다. 어느 순간부터 지호는 서울에서 말끔하게 사라지고 싶었다. 말 많고 사람 많은 곳, 그런 도시에 질려 있었다.

여름휴가를 왔던 곳에서 대출 한도와 맞아떨어지는 정갈한 아파트를 발견했을 때 지호는 앞을 생각하지 않고 계약을 했다. 그리고 그다음주에 짐을 옮겼다. 회사를 일주일 만에 그만뒀지만 상상했던 것보다 자책감은 크지 않았다. 섭섭함은 조금 컸지만. 원래도 썩 체계적으로 돌아가는 회사는 아니었다. 그동안 어떤 책임감이 지호를 움직이게 했었는데 무책임해도 상관없었다는 사실을 깨달았다. 도시를 옮겨온 날, 최소한의 가구만 놓인 아파트에서 지호는 아주 오랜만에 만족감을 느꼈다. 드디어…… 아파트에 살 수 있다니. 그 문장을 곱씹을수록 놀라웠다. 가파른 오르막길에 쌓이듯 지어진 빌라를 정말 지겨워했다는 것을 떠나와서야 알았다.

그렇지만 그렇게 충동적으로 벌인 짓을 또 후회하겠지. 어쩜 인생은 후회뿐일지도 몰라. 후회로 가득찬 인생은 가득찬 걸까 아니면 텅 빈 걸까. 지호는 예전에 후회하는 사람들을, 후회한다는 말을 입 밖으로 내뱉는 사람들을 경멸하며 살았는데. 이제 와 생각해보면 후회하는 걸 경멸한 게 아니라 그저 그걸 입 밖에 내는 일을 경멸했던 것 같았다. 지호는 후회에 파묻혀도 그걸 입 밖으로 내지 않았다. 자신이 쏟아낸 후회 더미에 정말로 파묻혀 죽을 것 같았기 때문이다. 그건 지호의 비밀이었다. 자신이 언제나 후회한다는 것.

먼 곳에서 혼자 지내게 되면서 생긴 변화는 혼자 술을 마시게 된다는 것이었다. 이전에도 혼자서 술을 마시긴 했지만 어쩌다 한 번, 누구와 아무 말도 하고 싶지 않고 자기 전까지 아무런 생각도 하고 싶지 않을 때, 빨리 마시고 취해서 잠들고 싶다는 욕망이 있을 때 맥주 한 캔, 와인 한 잔 정도였다. 이제는 자꾸 늘어갔다. 맥주 서너 캔, 와인 반병. 혼자 마시지만 상대가 있는 것 같았다. 술을 마시면 마실수록 뜨거워지는 상태가 좋아지다니 신기했다. 그때 나는 뜨거울 수 없었어. 모두가 뜨거웠으니까. 지호는 생각했다. 서울에서 살 때는 혼자

술 마시는 일을 좋아하지 않았다. 혼자일 때에도 비이성적으로 행동하고 생각하는 게 싫었다. 주위에 온통 비이성적인 사람뿐이었으므로.

지호는 상대방이 먼저 위치를 선점하면 그 자리를 내어주는 방식으로 자신의 자리를 정의해왔다. 타의에 의해서건 자의에 의해서건 종종 그 자리를 벗어나게 되면 자책이 심했다. 평소에 조용하던 지호도 여러 사람과 술을 마시면 농담을 하고 사람들을 웃기곤 했는데 언젠가 그런 지호를 보고 주연 배우가 말했다. 지호 씨 되게 연기자 같지 않아? 극작가나 스태프 같지 않고 연기자 같애. 자기 혹시 연기하고 싶었어? 배우들은 악의 없이 웃으며 맞아 맞아 잘 어울린다 하고 동의했지만 지호는 그들이 싫었다. 술자리에서 배우들에게 그런 말을 들을 때마다 얼굴이 달아올랐다. 수치심을 가라앉히려고 그런 말을 뱉는 사람을 반면교사 삼았다. 저런 방식으로 말하지 말아야지, 하고 생각했다. 자신이 누군가에게 수치를 주지 않는다고 생각함에도(혹은 아무런 생각이 없음에도) 누군가에게 수치를 줄 수 있다는 사실을 되새겼다.

그러나 그런 생각을 하지 않는, 내 말에 무슨 문제가 있어? 하고 생각하는 이들, 그런 자신감에 차 있는 사람들이 그때 지호 주변에는 있었다. 수빈도 그중 한 명이었다. 그때 지호는 실제로 자신을 바라보는 사람이 없음에도 누군가는 늘 자신을 바라보고 있다고 생각했다. 그러므로 항상 똑바로 행동해야 한다고. 반면 수빈은 항상 누군가가 자신을 봐줬으면 하는데 보는 사람이 아무도 없다고 생각했다. 그러므로 자신이 엉망인 상태에 대해 아무런 자책이 없었고. 지호는 수빈과 자신을 나란히 놓아볼 때마다 너무 달라 웃음이 났다. 이곳에서 지호는 서울에서 알고 지내던 사람들을 하나하나 꼽아보다가, 마지막으로는 꼭 수빈을 떠올렸다. 인간은 문제투성이지, 지호는 습관처럼 중얼거렸다. 다만 자신의 문제에 대해 각박한 사람과 관대한 사람이 있을 뿐이었다. 지호는 각박했고 수빈은 관대했다. 벌써 오래전 얘기다.

서울을 떠나 지호는 자신에게 보다 관대해질 수 있었다. 서울은 감시가 심한 도시지, 서울을 떠나와서야 마음껏 그렇게 생각할 수 있었다. 서울에서도 그렇게 생각했지만. 서울에서는 그렇게 생각하는 것만으로도 자책감이 들었다. 남들은 안 그런가, 하는 마음에. 다들 그런 압박감을 지니고 있는데 내가 뭐라고, 이 작은 내가 뭐라고, 그런 마음이 지호에게는 있었다. 서울이라는 도시를 인식하고 서울의 입장까지 생각했으므로 어쩔 수가 없었다. 지호는 모든 존재하는 것들에는 입장이 있고 마음이 있다고 받아들였다. 그것이 지호가 세계를 이해하는 방식이었다.

　수빈과 알고 지낸 기간은 팔 년에 가까웠지만 개인적으로 연락하는 사이가 된 것은 지호가 서울을 떠날 무렵인 이 년 전이었다. 수빈이 연기 활동을 그만두고 입시 학원 강사 일을 본격적으로 하게 되었을 때부터.

　두 사람이 처음 알게 된 것은 지호가 일하는 극단에서 올리는 창작극에 수빈이 꽤 비중 있는 조연으로 출연하면서였다. 수빈은 첫 만남부터 지호에게 살갑게 굴었다. 단박에 언니, 하고 부르는 사람. 연극영화과를 졸업한 배우 중에는 그런 사람들이 꽤 있었는데 지호는 그때마다 적응이 되지 않았다. 수빈은 언제나 자신이 맡은 역할에 대한 자기 나름의 해석을 지호와 다른 사람들에게 들려주곤 했는데 같은 장면, 같은 대사, 같은 지문을 놓고도 지호는 수빈의 해석에 동의한 적이 거의 없었다. 동의하지는 않지만 고개를 끄덕인 적도 있고 가만히 듣다가 고개를 젓고 다른 의견을 말할 때도 있었다. 다른 의견을 들으면 매번 수빈의 얼굴은 미세하게 일그러졌다. 지호는 언제나 그 얼굴을 모르는 척했다.

　매일매일 반복되는 연습, 연습이 끝나고 매일매일 되풀이되던 술자리에서 수빈은 주인공이었다. 술자리 주인공. 그 자리를 장악하고 주목받는 사람. 무대 위에서와 술자리에서의 주인공이 다르다는 사실이 지호는 재미있었다. 연습부터 상연까지 일 년에서 이 년 사이 거의 매일 얼굴을 봤다. 그런데도 친해지지는 않았다. 함께하는 연극이 끝나고 난 뒤에도 지호는 종종 대학로나 명동 근처에서 수빈을 볼 수 있었는데, 무대에서는 아니고 언제나 무대가 끝난 뒤풀이 자리, 혹은 어떤 연극의 연습이 끝난 후 술자리, 그런 술자리에서 이어진 2차 술자리에서만 볼 수 있었다.

언젠가부터 지호가 기억하는 수빈의 이미지는 바뀌어갔다. 처음 만났을 때 수빈의 당당한 말투와 활기 넘치는 태도가 인상적이었다면 시간이 갈수록 어딘지 애써 당당하려는 말투와 변명하려는 태도가 인상적인 사람으로 기억에 남았다. 수빈이 통과하는 오디션의 수가 점점 적어진 무렵이었을 것이다. 누군가가 수빈에게 힘들지? 하고 물으면 수빈은 활짝 웃으며 뭐가 힘들어? 나 노는 게 일인데? 하고 반문했다. 그러나 그 느낌이 썩 신나 보이지는 않았고, 어떤 연극, 어떤 웹 드라마에 거의 캐스팅 될 뻔했는데 하필 최종에서 연습 환경이 좋지 않았다거나 컨디션이 좋지 않았다거나 그래서 어쨌든 아깝게 떨어졌다고 말할 때에는 설명이 길었다. 미련 없는 듯 굴었으나 미련이 남은 것처럼 보였다. 지호의 시선에만 그렇게 비쳤을지도 모르겠지만. 끄덕끄덕 깊이 고개를 주억거리며 수빈의 이야기를 듣는 사람들에게는 수빈의 말이 말한 그대로 전달되었을지도 모르지만.

지호에게 수빈은 그런 사람이었다. 너무 안 그런 척하는 사
람. 그래서 이상하게 눈길이 가는 사람이었다. 지호는 듣지
않는 척하면서 수빈의 말을 들었다. 그에게 잘 어울릴 만한
배역을 찾고 있는 극단들, 시나리오 작가들의 근황, 요즘 주
목받는 연기 스타일을 이야기하기도 했다. 수빈도 지호의 말
을 듣지 않는 척하면서 들었다. 관심 없는 척하면서도 수빈
의 눈빛이 총총 빛날 때 지호는 설명할 수 없이 슬펐다. 왜 이
렇게 슬픈지 알 수 없어서 그저 취해서 그러려니 하고 더이상
궁금해하지 않았다. 술자리에서 기분이 좋아진 수빈이 팔짱
을 끼며 우리 같이 먹고 자고 한 사이잖아요 언니, 할 때는 오
히려 슬프지 않았다. 그저 수빈이 매달린 쪽에 힘을 주어 수
빈을 부축하는 듯 걸어갔다. 다음 장소로. 해장국집이나 순대
국집으로.

*

언젠가 수빈은 자신에게 오디션 기회가, 러브콜이 오지 않
는 이유를 지호를 포함한 극단 사람들 때문이라고 생각한 적
이 있다. 주변 사람들이 자신을 돕지 않아서라고 여긴 적이
있다. 그리고 그 생각을 생각으로만 그치지 않고 지호와 지호

의 팀 사람들에게 말로 꺼낸 적이 있다. 술에 잔뜩 취해서였다. 언니들도 나는 생각 안 해주잖아요. 다른 애들만 밀고. 여기서도 안 떠올려주는데 어디서 나를 떠올려주겠어요. 안 그래요? 언니들한테 나는 뭐예요? 나는 왜 혼자 알아서 해야 돼요? 진짜 너무 힘들어요. 그러고는 곧 울 듯한 얼굴과 아직 웃고 있는 얼굴 그 사이 어디쯤의 얼굴을 하고 있었다. 지호는 그 얼굴이 수빈에게 가장 잘 어울린다고 생각했다. 이도 저도 아닌 얼굴. 스스로 결정하지 않고 남에게 해석을 요구하는 얼굴이.

수빈의 말에 모두들 아니야, 왜 그렇게 생각해, 수빈 씨 우리 수빈 씨 생각 진짜 많이 해, 하고 그를 달랬지만 한편으로는 그를 언짢아했고 유치하다고 생각했다. 다들 혼자 알아서 하지 않나. 저런 생각의 방식은 어디에서부터 오나. 어떻게 그렇게 당연하게 생각할까. 생각은 자유지만 그 생각을 말로 뱉을 용기는 대체 누가 주는 걸까. 속엣말을 말할 수 있는 사람 따로 있고 말 못 하는 사람 따로 있다고 생각하는 거겠지. 그런 공통의 감각이 극단 사람들 사이에 은은하게 흘렀다. 수빈은 그걸 느꼈을까? 알 수 없겠지. 알아도 모르는 척하는 게 수빈의 습관이나 생존 방식일지도 모르니까. 하지만 그때는 이렇게 생각하지 못했다. 그냥 싫었다. 그렇게 말하는 수빈이. 자기 잘난 걸 알고 그 맛에 살고 있는 배우들이.

수빈의 그런 투정이 장소를 옮긴 술자리에서까지 두어 번 정도 더 이어졌을 때, 지호는 참지 못했다. 듣기 싫은 소리를 우리만 들어야 하는 건 아니지. 술기운도 의협심도 뭣도 아니었거나, 혹은 그 둘 전부 맞거나, 내뱉게 된 이유를 정확히는 모르겠지만 옆자리에 앉은 동료가 웃는 낯으로 이를 꽉 무는 걸, 그래서 턱 근육이 조용히 눌리는 것을 보고서 참지 못하고 속엣말을 뱉어버렸다. 뱉고 나서는 언제나처럼 괜히 말했다 싶었지만 변명도 하기 싫었다. 순간적으로 욱해서 그만 그랬어, 같은 말은. 그건 사실이 아니었으니까. 순간적으로 나온 말이 아니라 오래오래 생각한 말이었으니까.

지호는 수빈에게 바깥의 이유들로 합리화하는 버릇을 고치라고 했다. 그건 지호의 방식이었다. 남 탓보다 내 탓이 쉬운 사람의 방식. 안 된 건 그냥 안 된 거야. 언제든 잘될 수도 있는 거고. 그건 모르는 거야. 모르는 일에 목매지 마. 모르는 일 때문에 불평불만을 남들에게 돌리지 마. 그런 걸 받아줘야 할 사람은 아무도 없다고, 이 년 전 그날 말했었다. 수빈은 웃자고 한 소리에 왜 그렇게 무섭게 말하느냐고 표정을 바꿔 눙쳤지만 지호의 표정은 여전히 딱딱했다.

—웃자고 한 소리 아니잖아. 들으라고 한 소리잖아. 너도 들어야 할 말이 있어. 우리만 있는 건 아니야. 우리는 항상 극의 완성을 최우선으로 생각하고 있어. 우린 잘할 수 있을 것

같은 사람을 찾지 그 와중에 누굴 밀거나 당기는 일은 없어. 자꾸 없는 말을 해서 열심히 하는 사람들 상처 주니까, 그건 말해줘야 할 것 같아서.

그런 말을 또박또박하는 와중에 지호의 등에서는 식은땀이 흘렀다. 지호 언니 성격 장난 아니다, 하고 익살스레 겁먹은 표정을 지으며 옆자리 남자 배우 뒤로 숨는 시늉을 하는 여자 배우가 보였다. 자신이 만든 냉랭한 분위기, 이 대화를 그저 재미있어하고 흥미로워하는 사람들, 그 사람들이 또 어느 자리에서 오늘 이 대화를 옮길 것이라는 예상, 그 모든 것들이 피곤하고 힘들었다.

수빈은 여러 사람이 모여 있는 자리에서 콕 집어 망신을 당한 것이 수치스러웠다. 나만 그런 얘길 한 게 아니고 배우들 다 그런 얘기를 하는데 왜 나한테만 그러냐고, 주목받지 못하는 배우들이 얼마나 많으며 다들 얼마나 힘들게 역 하나 따내려고 하는데 그런 얘기도 할 수 있는 게 당연하지 않느냐는 말로 둘러앉은 배우들에게 거들어달라는 눈치를 줬지만 다들 모른 척 술만 마셨다. 어떻게 해서든 모두의 관심을 흐트러트리고 싶었으나 지호는 대화의 주제를 바꿀 생각이 없어 보였다.

—그래서 남 탓은 해도 되고 이런 얘기를 한 나만 너무하다는 거야? 연극영화과 나오면 전부 잘나가는 배우 돼야 해? 맡겨 놨어? 그냥 배우라도 되면 되잖아.

그 말은 수빈의 안쪽에 도사린 뭔가를 누른 것 같았다. 더 이상 화제를 돌리기 포기한 수빈이 언성을 높였다.

　─언니는 지금 내가 최선을 다하지 않았다는 거예요? 이 판은 공정하고 언니 오빠들도 전부 열심히 했으니까 내가 안 된 건 전부 열심히 안 한 내 탓을 해야 한다는 거죠 지금?

　수빈과 달리 지호의 목소리는 단조롭고 일정했다. 높아지지도 낮아지지도 않은 목소리로,

　─아니. 네가 최선을 다해도 안 되는 일도 있다는 거야.

　그때 수빈은 지호가 미웠다. 일이 안 풀려서 작가 언니랑 연출 오빠가 나는 밀어주지도, 챙겨주지도 않고 극단과 제작사들에 더 어리고 예쁜 애들만 추천한다고 떠들고 다닐 때보다 더 미웠다. 그 말만은 듣기 싫어서 본심보다 더 화난 척을 하고 더 기분 나쁜 척을 했는데도 지호는 아랑곳하지 않았다. 수빈의 필사적인 방어에도 불구하고 지호는 그 말을 수빈에게 했다. 최선을 다해도 안 되는 일도 있다는 거야. 수빈은 그 말에 본심과 같은 온도로 얼굴을 붉혔다. 화끈거림은 생각보다 잘 가시지 않았다. 그날 이후로도 문득문득 떠올랐다. 그 언니는 진짜 왜 그렇게 못됐지…… 하고 생각했지만 하루 이틀 친구들을 만나지 않고 술을 마시지 않고 노래를 부르거나 욕을 하지 않고, 그저 방 안에 누워 곰곰이 생각해보면 그 말만큼 선명한 말이 없었다. 이제까지 술자리에서 떠들어댔

던 말들은 감정으로 범벅이 된 추측과 소문과 뒷얘기였고 지호가 남긴 말은 뭐랄까…… 제품 사용 설명서 같았다. 진리나 진실이라고 하기에는 자존심이 상했다.

수빈은 스스로에게 지호처럼 말해보았다. 네 기분을 나쁘게 했다고 그 일이 틀린 일은 아니야. 네 기분이 나쁘다고 반드시 그게 나아져야 하는 것도 아니지.

그래도 기분이 나쁜 걸 어떡해, 하고 수빈은 다시 수빈처럼 생각했다. 곰곰이 생각해봐도 기분 나쁜 건 나쁜 것. 이불을 뒤집어쓰고 생각을 떨치려고 해도 나아지지 않았다. 어둡고 더운 이불 속에 있자면 어느샌가 눈물이 흐르곤 했다.

*

그날 이후로 두 사람이 가까워지기까지는 시간이 좀 더 걸렸다. 서로 머쓱한 나머지 이제 진짜 얼굴 볼 일이 없겠지 하고 생각했는데(당연하게도) 그것은 오산이었다. 부대낄 수밖에 없이 좁은 판, 그런 낙관적인 생각이 통할 리가 없는 곳에서 두 사람 모두 이상하게 덮어놓고 모른 척하고 있었다. 다시 만난 것은 역시나 동료들이 올린 연극이 끝나고 열린 축하연 자리였다. 둘은 멀리 떨어진 대각선 끝에 앉아 각자 편한 사람과 이야기를 나누다가 시간이 지남에 따라 점점 좁혀 앉게 되었다. 사람들이 하나둘 일어섰고 수시로 자리가 바뀌었기 때문이었다. 그때 지호는 서울을 떠나기로 막 결심한 참이었다. 아무에게도 말하지 않은, 비밀스러운 이사 계획을 품고 서울에서의 시간을 잔뜩 즐겨야지, 하고 술을 마셨다.

오늘은 적당히 마시고 일어나자! 하는 말을 끝으로 모두 함께 자리를 파하고 가게를 나왔는데, 새벽까지 택시가 죽어도 잡히지 않았다. 남은 몇몇은 이럴 바에 그냥 해 뜰 때까지 마시자, 하고 돌아섰다. 가게들도 하나둘 문을 닫는 시간이었다. 아마도 누군가의 집으로 우르르 몰려갈 발걸음들. 남의 집은 싫고, 더이상 시끌벅적한 건 더 싫어서 수빈과 지호는 따라가지 않고 어정쩡하게 길 위에 서 있었다. 새벽 공기가 점점 쌀쌀해지다가 비까지 내렸다. 두 사람은 할 수 없이 근처의 어느 관광호텔에 들어가기로 했다. 할 수 없이, 라고 얘기했지만 괄호처럼 가려진 마음에는 취중이라 가능한 익숙한 센티멘털이 있었다. 비가 내리는 새벽 이곳을 떠나고 싶지 않다는 마음. 둘 중 누가 더 그 마음이 컸는지 모르겠지만 지호는 더 원했던 것은 자신이라고 생각했다. 모처럼 각오한, 어쩌면 서울에서의 마지막 술자리인데. 술이 모자랐다.

둘만 남게 되자 수빈은 전에 껄끄러웠던 대화를 나눈 적 없는 사람처럼 높은 목소리로 떠들었다. 언니, 아직 잠 안 오죠? 더 마실 수 있죠? 배부르니까 안주는 없어도 되겠죠? 하고. 지호 역시 잠이 오지 않았고 얼마 남지 않은 서울의 시간을 즐기고 싶었으므로 동의했다. 두 사람은 호텔 앞 편의점에서 맥주를 잔뜩 사서 체크인했다. 오래되었지만 단정한 방이었고 이상하게 기분이 들뜨는 것 같았다.

조용한 방에서 수빈은 처음으로 연기를 그만두고 입시 학원 강사로 어떻게 살아야 하는지를 지호에게 물었다. 나 말고 다른 사람은 생각해본 적이 없다고, 내가 원했던 것과 같은 것을 원하는 아이들에게 뭘 가르쳐줘야 하냐고 물었다. 수빈은 자신이 선 자리를 조금 옮기고 나서야 그때 자신에게 냉랭했던 지호의 태도에 대해 어렴풋이 알 것도 같다고 생각했다. 자신이 학원에서 입시생들을 바라보는 마음이 그때 지호 언니가 나를 보던 마음과 비슷하지 않았을까, 하고. 내가 보기엔 하나도 열심히 하지 않는 아이들이 열심히 했다고 우는 소리 하는 걸 볼 때, 가르치는 강사들이 우리에게가 아니라 너희들에게 중요한 시기라고 말하며 전심을 다해 돕고 있는데 정작 그들은 무관심할 때, 온 신경을 그들에게 쏟고 있는데 다른 애한테만 관심을 주고 자기에게는 관심이 없지 않느냐는 투정을 가르치는 아이들에게 들을 때, 그들이 그렇게 볼멘소리를 하고도 뒤돌면 다 잊은 듯 젊음에 가능성에 취해 있을 때, 그럴 때마다 수빈은 지호를 떠올렸다.

—어떻게 하면 나처럼 되지 말라고 말해줄 수 있을까요?

수빈에게 그런 고민은 처음 듣는 것 같아 지호는 놀랐다. 붙드는 사람의 마음은 전부 비슷한 것 같다고 생각했다. 뭐라고 도움이 되는 말을 할 수 있을지 이 말 저 말을 고민하다가 결국 모조리 아닌 것 같아서 자기가 듣기엔 생뚱한 말을 뱉어버렸다.

—네가 어때서. 너는 너를 좋아하잖아. 왜 그렇게 말해.

수빈은 그 말을 하는 지호를 바라보았다. 지호에게서 그런 말을 들을 줄은 꿈에도 몰랐다는 표정으로. 그 표정이 너무 익숙하게 (꿈에도 몰랐다는 표정으로) 라는 지문을 받은 연극배우의 그것이어서 지호는 참지 못하고 웃었다. 그리고 웃음과 동시에 조바심이 들었다. 귀여워서 웃은 건데. 비웃은 거 아닌데. 혹시나 오해하면 어쩌나 하고 해명하려는 찰나 수빈이 먼저 말했다.

—언니, 나 밉죠.

수빈은 그 말을 내뱉고 무너지는 기분에 휩싸였다. 누군가를 충분히 만족시키는 방식으로 살아온 것도 아닌데 실망시켰다고 생각하면 여지없이 마음이 무너지곤 했다. 그게 누구라도. 지호는 고개 숙인 수빈을 바라보다가 대답했다. 얼굴에 남아 있던 웃음을 거두고서.

—나는 내가 제일 미워.

무릎을 끌어안은 팔에 얼굴을 파묻고 수빈이 흐느꼈다. 그

　　　　　　　　　　　　시간과 자리

소리는 빗소리와 비슷하게 들렸다. 비가 쏟아지는 하늘에는 구름이 낮아지고 두 사람의 목소리도 점점 낮아졌다.

수빈과 헤어진 아침에는 일부러 느리게 걸어 편의점에 들렀고 또 느리게 걸어 카페로 갔다. 카페에서 편의점에서 산 샌드위치를 까먹었다. 이천칠백 원짜리 햄샌드위치가 너무 맛있었고 오랜만에 단순하게 행복했다. 수빈의 우는 모습은 찡하고도 예뻤다. 그 모습을 다시 보고 싶다고 생각했다. 수빈에게 그런 생각이 든 것은 처음이었다.

정확히 말하자면 수빈의 우는 모습이란 우는 얼굴이 아닌 우는 뒤통수였다. 무릎에 얼굴을 파묻고 울었으니까. 자신이 그 까만 머리칼을 가만가만 쓸어주었으니까. 앞모습보다 뒷모습이 좋은 사람이 있구나. 지호는 새로이 알게 된 사실을 느리게 생각했다. 문장을 바꾸고 뒤집어서도 생각해보았다. 뒷모습 때문에 앞모습이 좋아지는 사람도 있구나.

출근해서는 자신이 경험한 바를 토대로 정리해둔 연극의 준비 과정, 배역과 극의 해석 방식, 오디션 정보, 극단별 스타일, 연출 의도, 연극 비평과 칼럼들, 그것을 읽을 수 있는 소식지, 수많은 배우와 수많은 연출가의 공통점과 차이점들을 정리했다. 도움이 된다면 수빈에게 보내주고 싶었다. 그렇게 정리하면서 자신에게도 도움이 되었다. 중요한 것을 깨달았기 때문이었다. 나는 이제 이것들이 필요 없구나.

정리한 것들을 보내주겠다는 메시지, 고맙다는 메시지, 그리고 정리한 것들을 첨부한 메일, 메일에 대한 답 메일, 궁금한 게 더 있다는 메시지, 도움이 될 만한 링크를 보내는 메시지, 그리고 오후 세 신데 벌써 네 잔째라는 말과 함께 온 커피잔 사진과 드디어 다 버렸다는 말과 함께 보낸 텅 빈 방 사진, 그런 것들이 꾸준히 오가며 지호와 수빈은 조금씩 가까워졌다. 또 봐요, 가서도 보자, 자주 올게, 바다 보러 갈게요, 하는 말이 늘 끝인사로 따라붙었지만 정말로 다시 본 것은 손에 꼽았다. 못 볼 걸 알면서도 보자고 말했고 안 올 걸 알면서도 언제든 오라고 말했다. 그러나 그게 전부 거짓말이 아니라 진심이었다는 것을 두 사람은 알았다. 만나지 않으면서도 이어진 시간들. 기다리지 않으면서도 기다린다고 믿는 시간들.

*

이곳으로 떠나오기 전 지호의 마음과 생각과 행동을 지배했던 것은 어쩌면 번아웃이나 우울증 증세 같았다. 누가 지호에 대해서 그 사람 일을 못하는 것 같지 않냐, 사회성이 좀 떨어지지 않냐, 무슨 말을 그런 식으로 하냐고 하는 말을 돌아돌아 듣고 나면, 가시 돋친 말이나 거절 연락을 받기라도 하면, 하루에 서너 시간 혹은 일주일 내내 그 생각을 하다가 무기력과 무의미의 상태에 빠지곤 했다. 기나긴 시간 동안 생각하고 생각한 끝에 내린 결론은 언제나 그런 말을 듣게 만든 자신의 잘못을 찾아내는 일이었다. 머릿니 하나를 찾으려 수만 가닥의 머리카락을 한 올 한 올 더듬는 일 같기도 했고 보이지 않고 소리만 들리는 모기를 잡으러 온 방 안을 헤집다가 혼자서 주저앉아 우는 꼴 같기도 했다. 모기 한 마리 같은 것도 지호를 울렸다. 그때는. 숨쉬듯 자책했고 물속에서 숨쉬는 것으로 착각하며 익사하고 있는 것 같은 느낌이었다. 서서히 빠져 죽는 느낌. 온몸이 푹 젖는 느낌.

처음부터 그런 것은 아니었다. 몇 년 전까지만 해도 지호는 그런 말들에 맞설 기운이 있었다. 남들이 뭐라고 하든 그건 해야 할 말이라는 믿음도 있었다. 당신들의 기분이 나쁘다고 해서 내가 잘못된 말을 한 건 아니며, 듣기 좋은 말만 해주는 사람을 곁에 두고 싶어 하는 마음은 뭐 그렇게 어른스러운 마음이냐고 되물을 의지와 그 말에 대한 반박을 들을 수 있는 여유 같은 게 있었다. 그런 게 어느 순간 사라져갔을까. 그 모든 말들이 듣기도 싫고 설명하기도 귀찮고 남의 입장 같은 건 신경 쓰고 싶지도 않고 그저 혼자 있고 싶게 된 것이 언제부터였을까, 지금도 종종 지호는 그 처음을 찾기 위해 기억을 거슬러올라가보곤 했지만 시작은 늘 희미했다.

서울을 떠나온 지 일 년이 채 되지 않은 날이었다. 그날 지호는 카페 옥상에서 아침 햇볕을 쬐며 커피를 마시다가 문득 손에 든 머그컵을 던지고 싶다는 생각을 했다. 떠나오기 전부터 지호는 종종 그런 생각에 휩싸였다. 잡히는 것을 던지고 싶고 망가뜨리고 싶었다. 뭐가 이다지도 억눌린 걸까. 볼썽사나운 자신의 마음이 가장 마음에 들지 않았다. 사는 곳을 바꿨지만 마음은 역시 그대로. 치솟는 못난 마음을 다스리려고 컵을 꼭 쥐어보았지만 별로 도움이 되지는 않았다. 커피는 탈탈 털어 마셨고 아직 녹지 않은 얼음만 달그락거리는 차가운 머그컵. 있는 힘껏 내던지면 얼음과 함께 컵이 산산이 부서지겠지. 그러면 속이 시원할 것 같았다. 그렇지만 던진 뒤에는, 속이 시원한 뒤에는 너저분하게 흩어진 유리와 여기저기 튄 커피와 얼음조각을 치워야 할 것이었다. 치우다가 부주의하게 밟거나 만져 손을 베이지 않도록 조심하면서. 그것은 피곤한 일이었다. 벌인 일에는 항상 책임을 져야 했고 책임을 지는 게 싫었다. 무책임하게 살면 좋겠다고 생각했다. 그래서 들고 있던 머그컵을 던지지 못했다. 머그컵은 깨지지 않았고 지호도 다치지 않았고 아무 일도 일어나지 않았다. 지호는 다시 차가운 머그컵을 손에 쥐고 속 안에 우글우글한 감정들을 느꼈다. 그건 어쩐지 뜨거운 것 같았다. 이제 내려가야 하는데, 카페의 제자리로 돌아가야 하는데 돌아가고 싶지 않았다.

그때 수빈에게 문자가 왔다.

언니. 거긴 어때요?
나 좋아하는 사람이 생겼어요.
그런데 잘 안 될 것 같아요.
그래서 너무 힘들어요.

연달아 도착한 문자를 읽은 지호는 휴대폰을 뒤집어놓은 채 한숨을 쉬었다. 가까워졌어도 수빈은 수빈이었다. 지호가 하지 못하는 말들을 수빈은 곧잘 했다. 얘는 여전히 속 편한 소리를 하네 라고 생각했고 동시에 좀 부럽기도 했다. 힘들 때 힘들다고 말하는 사람. 그런 사람의 말은 속 편하게 들리는 한편 속시원하게 들리기도 했다. 지호는 다른 사람들의 일이라면 덮어놓고 부러워하는 편이었다. 다른 사람들은 어쩐지 모두가 자신보다 삶을 가뿐하게 사는 것 같았고 자신은 어쩐지 똑같은 걸음을 걸어도 물속에서 다리를 뻗는 것처럼 저항을 더 많이 받는 것 같았다. 그래서 쉽게 피로해졌다. 언젠가 수빈은 피곤하고 피로하다고 말하는 지호에게 비타민 B와 마그네슘을 추천한 적이 있으나 지호는 수빈이 추천한 영양제들을 한 번도 구입한 적이 없었다.

이런 속마음과 달리 지호가 수빈에게 보내는 답장은 상냥

했다. 지호는 자신의 마음이 가난할 때 다른 사람에게 마음을 베풀었다. 그것은 상대방을 위한 것이 아니라 자신을 위한 거였다. 자신이 듣고 싶은 말을 상대방에게 했다. 많이 힘들어? 힘내. 너는 용기가 있잖아. 네 마음은 힘이 세잖아. 너는 할 수 있어. 정말이야. 너는 할 수 있어. 그게 안 되더라도 너는 좋은 사람이야. 너도 그걸 알잖아. 너는 너를 좋아하잖아. 다만 마지막 말은 항상 응원인지 비난인지 헷갈렸다. 스스로에게 말할 때도 다른 사람에게 말할 때도 그랬다.

*

지호에게 문자를 보내기 전날 새벽 수빈은 침대에 엎드려 조금 울었다. 좋아하는 마음은 왜 아플까 생각하면서. 더 다가가지 않았다면 좋았을 텐데. 먼 채로 길게 아는 사이였다면 좋았을 텐데.

전화가 오지 않아요. 말로 꺼내보면 너무 우스웠다. 자신의 슬픔에 구체적인 이유가 있다는 사실이, 그 이유가 사라지기 전에는 쭉 슬프다는 사실이 힘겨웠다. 오래 생각하자 수빈은 늘 그랬듯 슬픔의 이유를 찾아낼 수 있었다. 내가 믿는 사람이 나를 의심해서도, 그래서 내가 결국 형편없는 남자를 선택했다는 사실을 확인해서도 아니었다. 그저 자신이 언제고 어디서고 순식간에 혼자가 될 수 있고 그렇게 되리라는 것을 예감한 것에 대한 슬픔이었다. 이 감정이 사라지면 나는 또 혼자가 되겠지. 지금은 감정과 자신이 함께 있는 느낌이었다. 혼자이지만 혼자가 아닌 기분.

이번에도 내가 섣불렀고 어리석었다는 생각에 사로잡혔다. 자신이 어리석은 선택만 한다는 사실이 수빈의 마음을 아프게 했다. 나는 나를 너무 좋아해서, 내가 나를 실망시킬 때 무척이나 가슴이 아프지. 자신의 상태를 스스로에게 설명해보았다. 왜 그래. 왜 자꾸 실망을 시켜. 왜 이렇게 실망스러운 짓만 계속해. 나는 내가 안 그랬으면 하고 바라는 유일한 사람이다, 하고 스스로를 다그치기도 해봤다. 다른 누군가 역시 수빈이 안 그랬으면 하고 바란다고 해도 수빈이 자신에 대해 생각하는 걸 이길 순 없었다. 수빈은 수빈에게 계속해서 말을 걸었다. 제발 같은 실수를 반복하지 않을 순 없니? 왜 항상 똑같은 후회를 해. 엎드린 수빈이 너무 멍청해 보여서 엎드린 수빈이 눈물을 흘렸다. 침대 커버 위로 뚝뚝 떨어진 눈물이 옅은 갈색의 커버를 짙은 갈색으로 만들었다.

부끄러운 슬픔 중 하나는 수빈이 좋아하는 사람이 자신보다 아홉 살이나 어린 남자애였다는 사실이었다. 스물한 살의 연기자 지망생. 왜 자신은 번번이 불나방처럼 구는 건지, 오래 이어질 수 없을 것이 뻔한, 애초에 시작하기에도 힘들고 막막한 사람만 좋아하는 건지 알 수 없었다. 이 문제를 뜯어고치고 싶기도 했고 그냥 놔두고 싶기도 했다. 얼마간은 왜 그들을 좋아하는지 알고 있었다. 그들은 수빈이 되고 싶어 하는 모습을 하고 있었다. 매력이나 외모뿐만 아니라 나이까지도. 아직 모든 것이 가능한 나이. 주목받는 어린 나이. 시작하는 나이. 수빈은 그 나이에 머물고 싶고 그 나이로만 살고 싶었다. 그것이 얼마나 징그러운 것이고 바보 같은 것인지 깨닫게 된 것은 얼마 되지 않았다. 그러나 여전히 그런 사람들만 좋았다.

왜 나만 안 풀릴까? 배우 일을 완전히 그만두기로 결심하기 전, 주변을 둘러보면 그런 생각만 들었다. 어른스러운 인내심과 성실함을 지니고 아니꼬운 회사 일을 꾸준히 묵묵히 해내는 친구들이 수빈 곁에는 있었다. 수빈과 비슷하게, 자신이 선택한 일을 하는 시간보다 습관적으로 신세 한탄을 하는 시간이 더 많은 친구들도 있었지만. 수빈이 생각하기에도 그것은 습관이었다. 이루지 못한 것, 얻지 못한 것에 대해 푸념하고 이룰 뻔했던 것, 얻을 수도 있었던 것에 대해 상상하는 일. 취하고 취해서 다음날 두통과 자기혐오에 시달리는 일. 실은 수빈은 연기가 그만두고 싶던 것이 아니라 변명하는 일을 그만두고 싶어서 연기를 그만둔 거나 다름없었다. 좋아하는 일의 좋은 면이 아니라 나쁜 면에 대해서만 이야기하는 짓을 그

시간과 자리

만두고 싶었다.

그래서 자신의 일을 좋아하는 사람을 만나면 단번에 좋아져버렸다. 지온을 만난 건 수빈이 강사로 일하게 된 연기학원에서였다. 지온은 수빈의 눈에 띄었고 수빈은 그것이 두 가지 의미를 지닌다는 것을 알았다. 그가 자신의 마음에 든다는 것, 그리고 다른 사람의 마음에도 들 것이라는 것. 지온의 매력은 한 사람에게만 적용되는 매력이 아니었다. 지온을 스쳐 가게 되는 대부분의 사람은 반드시 그를 다시 보기 위해 고개를 돌릴 것이었다. 수빈은 가능성의 느낌을 알았다. 자신이 가져보지 못한 것이기 때문에 더욱 잘 알 수 있었다.

지온과 단둘이 이야기하기 시작한 것은 지온이 어느 영화 오디션에서 불합격 통보를 받은 날부터였다. 수빈은 그 사실을 지온이 아닌 그와 함께 입시 준비를 하는 학생들이 떠드는 걸 듣고 알았다. 될 것 같았는데 왜 안 될까 하고 안타까워하는 말도, 될 리가 있나 걔가 뭐라고 하며 고소해하는 말도, 될 때 되겠지 같은 심드렁한 말도 있었는데 수빈은 그 말들에 유난히 깊이 찔렸다. 지온이 했거나 한 적 없는 말들이 상상됐기 때문이었다. 지온은 친구들에게 뭐라고 했을까. '내가 거의 확정이래', '된 거나 마찬가지야', 그렇게 말했을까. '될 일은 되겠지' 하고 초연하게 말했을까. 지온이 어떻게 말했는지는 알 수 없었으나 수빈은 그 모든 말을 해본 적이 있었다. 다른 아이들의 말이 아닌 지온의 말이 궁금했다. 지온은 어떤 방식으로 말할까. 너는 언제. 그렇게 말하는 네 진심은 뭐야. 자꾸 그런 게 궁금해졌다.

지온은 그날 학원에 나오지 않았다. 수빈은 용기를 내어 지온에게 전화를 걸었고 이런저런 이야기를 나누던 끝에 맥주 좀 사 주실래요, 하는 지온의 말에 그럴까, 하고 가방을 챙겨 나섰다. 그날 이후 두 사람은 자주 통화했고 지온은 수빈의 퇴근을 기다렸다. 일정을 묻고 시간이 맞을 때면 함께 저녁을 먹었고 영화나 연극 이야기를 나누다 마침 보려고 하던 작품이 있으면 함께 보러 갔다. 보고 난 후에는 맥주를 마시며 연기와 대본과 장면과 대사에 대해 이야기했다. 연기와 공연에 대해 이야기할 때 두 사람의 눈은 똑같이 반짝반짝 빛났다. 그러다가 수빈이 눈물을 흘리기도 했다. 지온은 현재형으로 이야기하고 수빈은 과거형으로 이야기할 때였다. 나도 그랬어. 그런 게 너무 좋았어. 계속하고 싶고 평생 하고 싶었어. 그런 식으로만 얘기하게 될 때. 수빈의 눈물을 닦아주며 지온도 따라 울었다.

그날 두 사람은 처음으로 서로를 끌어안았고 그다음 만남에서는 헤어질 무렵 수빈의 집 앞에서 키스했다. 그날 이후로 지온은 사귀자는 말을 하지 않았고 자연스럽게 수빈의 집에서 자고 가는 날이 늘었다. 수빈은 우리가 어떤 관계냐고 묻지 않았다. 확인할 용기가 없었기 때문에. 아무 사이도 아니라는 말을 들을 자신이 없었으나 아마도 듣게 되리라고 예측했다. 인생에서 무대에서 대체로 아무것도 아니었기 때문에. 그저 반갑게 지온을 맞이하고 두 팔 벌려 그를 껴안았다. 무리하지 않고 바라지 않으며 그저 시간이 맞는 날에만 그렇게 했다.

그렇게 한 지가 벌써 몇 개월째에 접어들고 있었다. 그 시간 내내 수빈은 하루하루 나는 뭘까, 나는 도대체 뭘까, 하고 생각하게 되는 것을 억누르느라 속이 터져버릴 것 같았다. 가끔 대나무 숲에 털어놓고 싶을 때면 지호에게 문자를 보냈다. 그럴 때면 지호가 서울에 없는 사람이라는 게 좋았다.

언니. 잘 지내요? 거긴 어때요? 나는 좀 힘들어요. 뭐가 힘드냐면, 그냥…… 나는 어떤 마음이 들면, 그걸 품고 가만히 있는 일이 가장 어려워요. 기다리는 일. 하지 않는 일. 마음을 말로 토해내면 속이 시원한데.

그러면 지호에게서는 무슨 일이냐고 묻지도 않고 항상 너 그렇고 상냥한 답장이 왔다. 많이 힘들어? 힘내. 너는 용기가 있잖아. 네 마음은 힘이 세잖아. 너는 할 수 있어. 정말이야. 너는 할 수 있어. 그게 안 되더라도 너는 좋은 사람이야. 그런 말들. 수빈은 지호의 말들을 의심하지 않았다. 좋은 말이든 나쁜 말이든 제품 사용 설명서라고 믿었다.

＊

　수빈에게 다시 연락이 온 것은 그로부터 시간이 조금 더 흐른 뒤였다. 휴대폰에 진동이 울려 꺼내보니 문자가 아닌 전화였다. 여느 때 같았다면 지호는 걸려오는 전화를 받지 않고 두세 시간 뒤에 메시지를 보냈을 것이었다. 여전히, 전화를 받는 일이 어려웠다. 떠나온 지 제법 시간이 흘렀는데도. 그러나 그날은 받을 기운이 있었다. 누구로부터든 전화가 걸려오면 받고 싶기까지 했다. 전화가 걸려오기 전 지호가 바라보고 있던 것은 한 명의 사람과 한 마리의 개였다. 언제나처럼 커피를 든 채 옥상을 서성이던 중이었고 지호가 서 있는 곳보다 조금 낮은 건물의 옥상에 한 남자가 개 한 마리와 함께 나타났다. 지호는 그들을 지켜봤다.

　남자는 옥상을 이리저리 걸어다니며 통화를 했고 개는 서너 걸음 정도 떨어져 남자를 따라 천천히 걸었다. 백 퍼센트 의지하는 존재. 그런 존재를 본 것은 오랜만이었다. 서울에서 지호는 자신에게 의지하는 모든 사람들이 싫었다. 그러나 개는 귀엽지. 지호는 자기도 모르게 웃고 있었다. 통화를 마친 남자는 벤치에 앉았고 벤치에서 조금 떨어진 곳에 물컵을 놓아두었는데 남자의 주위를 돌던 개가 그 컵에 코를 박고 물을 마셨다. 그 모습이 평화로워 보였다.

맞은편 옥상의 남자와 개가 사라지고 나서 지호는 서울에서의 자신을 떠올려보았다. 그때 자신은 개를 데리고 다니는 남자처럼 자신이 나눠주는 일에만 의지하는 사람들과 살았다고 생각했는데, 어쩌면 자신이 저 개였을지도 모른다는 생각을 했다. 지호는 사람이 필요했다. 지호를 필요로 하고 의지하는 사람들이 막상 기대어오면 떨쳐내고 싶어 하면서도 문득, 아주 오랜만에 외롭다는 생각이 들었다. 지호는 걸려오는 수빈의 전화를 받았다. 수빈은 지호가 있는 곳에 오고 싶다고 말했다.

—휴가를 좀 길게 냈어요. 멀리 가고 싶은데…… 언니한테 가도 돼요?

그 말에 지호는 자신이 아는 것보다 더 산뜻한 음정과 덜 망설이는 말투로 대답했다.

—그래. 와.

휴대폰 너머에서 놀란 수빈이 느껴졌다. 지호도 스스로에게 놀랐으므로. 지호도 자신이 수빈의 부탁을 거절할 줄 알았고 수빈도 그랬을 것이었다. 거절당할 것을 알고 건네는 말. 그런 말을 건네는 심정을 잘 알았다. 수빈에게 해줄 수 있는 말은 없었으나 보여줄 수 있는 것들이 있으리라고 지호는 생각했다. 넓게 이어진 바다, 아침 바다의 반짝임과 오후 바다의 반짝임이 다른 것. 부둣가의 고양이들은 언제나 당당하다는 것. 갈매기들이 떼로 날아가고 다시 떼 지어 날아와 바다 위에 앉을 때 그 광경이 몹시 놀랍다는 것. 이른 아침, 절에 가면 희뿌연 안개에 쌓인 숲을 볼 수 있다는 것. 온통 나무들만이 곁에 있고 가끔 새소리가 들린다는 것. 절 앞 매점에서 작은 법구경 책을 사면 머리가 복잡할 때 아무 곳이나 펼쳐 읽게 된다는 것. 여기선 아무도 우리의 선택을 모르고 우리에게 관심이 없다는 것.

지호에게 연락을 하기 전 주에 수빈은 드디어, 자신이 두려워하던 어떤 일을 맞닥뜨린 것 같았다. 수빈은 그것을 지온이 없을 때 그의 얘기를 하는 친구들을 통해 들었다. 정확히는 수빈에 대한 이야기였다. 늙은 여자가 생각이 없나? 하는 궁금증 어린 목소리를, 서로 그냥 물고 물린 거지 하는 심드렁한 목소리를, 그 여자가 그래서 심지온한테만 그렇게 연줄을 대준다며 그렇게 티 나게 챙긴다며 하는 날 선 목소리를 들었다. 공교롭게도 그날 지온은 한 극단 오디션에서 주연으로 발탁되었고 쉽게 연락을 주고받을 수 없었다. 처음으로 지온의 마음을 묻고 싶었지만 용기가 나지 않았다.

휴대폰을 멀리 두거나 혹은 아예 꺼버린 채로 며칠 내내 들여다보고 싶지 않았는데 하루는 무슨, 반나절은 무슨. 자정 무렵 담배를 피우러 집 앞에 잠깐 나갈 때에도 수빈은 휴대폰을 들고 가야 했다. 지온의 전화를 기다리는 마음도 있었지만 수빈은 집 밖으로 담배를 피우러 나갈 때마다 긴장하곤 했다. 언젠가 늦은 밤 괴팍하게 생긴 중늙은이에게 반말로 욕지거리를 얻어먹고 난 뒤에는 담배를 피우는 동안 발소리만 들려도 긴장이 되었다. 언제 어디서 날아들지 모르는 공격. 내가 할 수 있는 최선의 방어는 뭘까. 무시? 혹은 반격? 수빈은 몇 가지 경우의 수를 상상하느라 아까운 담배를 즐기지도 못하고 다 버렸다. 마음이 까맣게 타들어가는 것 같았다. 일하는 학원에 도대체 어떻게 소문이 난 건지, 소문이 아니라고 할 수 있는지, 어떤 얼굴로 출근해야 하는지, 그 모든 곤란이 뒤섞여 죽고 싶은 심정이었지만 그렇게 죽고 싶은 건 아니었다. 여러 갈래인 마음은 괴롭구나, 그렇게 생각했다.

다시 침대에 누워서는 지온과 함께 보낸, 누구에게도 말하지 못한 시간들을 생각했다. 말하지 않고선 절대 못 참는 수빈이 내내 참아야 했던 것들. 바라지 않고, 기대지 않고, 간섭하지 않아야 한다는 것을 철칙으로 삼고 묻지도 따지지도 못했던 날들. 그 이상하지만 사랑하는 나날. 누군가는 그게 무슨 관계야, 당장 그만둬, 할 게 뻔하지만 절대 그만둘 수 없는 것들. 좋아하는 마음만으로 모든 게 가능하다면 좋을 텐데. 그런 애 같은 소릴 곱씹다가 수빈은 스스로를 비웃었다. 내가 좋아한다는 사실이 뭐라고. 그게 뭐라고. 그건 어쩐지 지호의 목소리 같기도 했다. 기분이 더 나빠질 것 같아서 수빈은 지온과 자신에 대한 생각은 그만두고 쇼핑 목록을 헤아렸다. 못 견디게 슬프거나 기분이 울적할 때마다 최근에 산 것들을 읊어 보는 것은 수빈의 습관이었다.

수분크림과 셀 수 없이 많은 마스크 팩. 잘 입지도 않는 반팔 트위드재킷. 새 커피 머신.(커피 머신을 사놓고) 드립 커피용 원두. 새 휴대폰. 지금은 입지 않는 요가복. 지금은 쓰지 않는 요가 매트. 에어프라이어로 구울 수 있는 크로와상 생지. 피부과 연간회원권(제모를 받으러만 몇 번 간 뒤 가지 않고 있다). 수박 한 덩이(며칠 동안 냉장고에 둔 채 먹을 생각을 못하다가 며칠 전 겨우 락앤락에 소분해두기에 성공했다). 수빈은 마음이 헛헛해지면 언제나 쓸데없는 걸 샀고 그걸 잘 쓰거나 한 번도 쓰지 않고 처박아두거나 썩혀버리면서 그 시간들을 보내곤 했다. 카드값이 놀랄 만큼 나오면 슬픔을 잊고 정신을 차릴 수 있어서였다.

*

늦여름이었고 수빈은 길쭉한 팔다리가 예쁘게 드러나는 민소매 원피스를 입고 기차역에서 손을 흔들었다. 마주 손을 흔드는 지호는 반팔에 반바지 차림이었다. 언니 완전 바닷가 사람 같네! 하고 또다시, 언제나 그렇듯이, 어제도 본 것처럼 서슴없이 말을 거는 수빈의 목소리에 지호는 안정감을 느꼈다. 저런 사람이 있었지. 언제든 누구를 낯설어하지 않는 사람이. 이제는 서울의 누군가에게 거의 잊혀진 게 분명해 보이는 자신을 저토록 반갑게 맞아주는 수빈이 고마웠다. 수빈의 짐을 나눠 들고 둘은 바닷가를 걸었다. 지호는 숲을 먼저 보여주고 싶었는데 수빈은 바다가 보고 싶다고 했다.

  ―속이 좀 답답했거든요. 탁 트이네요.

  ―서울은 너무 좁지.

  ―완전요.

  수빈의 대답을 들으며 지호는 다시 한번 우린 참 다르구나, 생각했다. 지호라면 완전요, 같은 말은 하지 않을 것이다. 너무 좁기도 하고 너무 넓기도 하지, 라고 말하는 쪽에 가까울 것이었다. 지호는 이제 매일 볼 수 있는 바다보다 오직 하나만 말하는 수빈의 대답에 속이 더 시원했다. 바닷바람에 나부끼는 수빈의 긴 머리카락을 바라보며(지호가 좋아하는 뒷모습이었다) 너는 내가 못 하는 걸 하는구나, 그런 생각이 들었는데 그것은 자신이 언젠가 따라 해보려고 애를 썼지만 끝내 실패한 부분이라는 걸 깨달았다.

  수빈은 지호가 사는 곳과 이십 분 정도 떨어진 곳, 바닷가 근처에 숙소를 잡았다고 했다. 우리집에서 지낼 줄 알았는데?

하고 묻는 지호에게 언니 보러 온 건 맞지만 너무 귀찮게 하면 안 되니까, 신세 지면 안 되니까, 그런 말을 하는 수빈은 어른 같았다. 지호는 자신의 표정이 안도하는 표정이었는지 서운해하는 표정이었는지 몰라 초조했다. 그 감각도 오랜만이었다. 서울에선 언제나 그랬지. 자신이 짓는 표정이 상대방에게 어떻게 보일지 몰라 늘 전전긍긍했다. 다른 의미로 읽히면 어쩌지, 불안했었다. 그런 건 이사 오기 전에도 포기했다고, 신경 쓰지 않기를 많이 연습했다고 생각했는데 익숙한 감각은 오랜 시간이 흘러도 금세 되돌아왔다. 그래도 수빈에게는 하나의 표정만 보여주고 싶었다. 수빈은 지호가 부러워하는 하나의 목소리로 산뜻하게 말했다.

　—그래도 우리 맨날 저녁 같이 먹는 거예요. 잠은 따로 자도.

　—좋아. 내가 살게.

　—내가 사야죠.

　시답잖은 것들로 이야기를 주고받은 게 언제인지, 지호는 오래 느끼지 못했던 감각에 즐거웠다. 쓸데없는 말을 하는 즐거움. 수빈은 더없이 좋은 상대였다. 별거 아닌 것으로 깔깔거리고 작은 걸 보여줘도 크게 놀라워했다. 지호는 수빈의 반응을 살피는 자신을 보며 여전하구나, 생각했다. 나보다 누군가가 기뻐할 때 더 정확히 기쁜 버릇은 여전하구나, 하고. 내가 언제 기쁜지는 도통 모르겠는데 다른 사람이 기뻐하는 얼

　　　　　　　　　　　　　　　　시간과 자리

굴을 보면 덩달아 기뻤다. 오전에 옥상에서 본 순한 개가 생각났다. 내가 개네. 개 맞네. 자신이 이곳저곳 수빈을 이끌고 있지만 수빈에게 이끌리고 있는 것이 분명하다는 사실을 인정했다.

이튿날은 지호가 계획한 대로 산에 갔고 절을 구경하고 내려오는 길에 칼국수를 먹었다. 칼국수의 맛은 특별할 게 없었는데도 수빈은 먹는 내내 감탄했다. 언니 메뉴 선택 기가 막힌다, 오늘 날씨랑 완전 잘 어울리네, 이런 것도 잘 알고 진짜 어른이다, 하고 지호를 칭찬했다. 수빈의 칭찬에 으쓱해지는 마음이 싫지 않았다. 어떤 말은 가볍고, 어떤 말은 무겁다. 지호는 수빈이 하는 말들을 천천히 기억했다. 자신의 어떤 면들이 수빈의 말에 따라, 그 말대로 바뀌는 것 같다고 생각하며. 수빈이 기가 막히다고 하면 기가 막히게 좋은 것 같고, 수빈이 어른이라고 하면 의심할 새 없이 어른인 것 같았다. 자신을 좋을 대로 그럴듯하게 부르는 말들과 수빈이 하는 말들의 무게가 확연히 차이 난다는 게 신기했다.
비가 오려는지 낮고 어두운 하늘이었고 물기를 머금은 공기는 무거웠다. 높은 습도에 머리카락이 젖었는데도 산 냄새 때문인지 상쾌했다. 산에서 내려온 둘은 지호의 집으로 갔다. 수빈이 언니 집 보고 싶어, 라고 말했기 때문이다. 지호의 아파트에 들어서자마자 창밖으로 비가 쏟아졌다. 공기가 순식간에 쌀쌀해졌고 지호가 때맞춰 들어와 다행이다, 하고 생각한 순간 수빈이 우리 타이밍 짱이다! 하고 말하며 비가 시원스레 내리는 베란다 바깥을 내다보았다.

—언니 멋지다. 이런 집을 어떻게 사요?

—전세야.

—그래도 멋있어. 난 아직도 월세란 말이에요.

—그러게…….

진작 좀 모아두지, 그런 말은 할 수 없었다. 나라고 뭐 모은 돈이 넉넉해서 이곳에 살고 있는 건 아니니까. 지호는 애매하게 웃으며 입을 다물었다.

—언니는 어떻게 서울을 떠났어요? 나는 그게 안 되던데.

—뭐가 좀 쌓였었나봐. 보통 때 같으면 어렵다기보다 귀찮아서 못 했을 텐데.

—나는 억울해서 안 돼요. 언니는요?

—나는 글쎄…… 억울할 것도 없어서.

—예고 붙으면서 집 나왔거든요, 나는. 대학 붙으면서 서울로 왔고. 그래서 그게 뭔가…… 올라가는 계단 같았어요. 다신 내려가기 싫었어요. 더 넓은 곳으로 갈 줄만 알았지, 좁은 곳에 고이고 있다는 생각은 못 했어요. 그래서 완전히는 못 그만뒀어도, 이쯤 그만두길 잘한 것 같아요. 더 우스워지기 전에.

—……좋아하는 사람은 뭐 하는 사람이야?

—뭐야 언니. 걔 때문에 나 우스워진 건 어떻게 알고 귀신같이. 연기하는 애예요. 어린애.

—으음.

—나는 내가 못 한 걸 하는 사람이 좋은가봐요. 언제부턴가 자꾸 걔만 보고 있더라고요. 이러는 거 주책이지, 멍청하지, 저 애들 사이에서 안줏거리가 되겠지, 하면서도. 걔가 웃으면 웃는 대로 쟤가 진짜 즐거워서 웃나, 표정이 없으면 없는 대로 쟤가 무슨 일이 있나, 나한테 한마디만 털어놓으면 다 들어줄 수 있는데 언제 얘기하려나 하고. 근데 쟨 내가 필요 없겠지, 나랑 같지 않으니까, 하고 포기하고. 그러고 나면 마음이 여러 갈래라 힘들어요. 난 하나만 생각하는 쪽이었는데. 그게 안 되니까.

—내 마음은 항상 하나가 아니야. 그게 나를 힘들게 해.

—맨날 마음이 여러 개라니, 난 못 해. 힘들겠다 언니.

—너는 나랑 다르잖아. 너는 내가 못 한 것을 쉽게 하고 나는 네가 하지 못하는 걸 할 수 있지. 그건 별로 어려운 일이 아니고. 그러니까 너는 네가 할 수 있는 일을 해. 너는 용기가 있잖아. 그런 너를 너는 좋아하잖아.

이번만큼은 마지막 말조차 헷갈리지 않았다. 비난이나 부러움 같은 게 담기지 않은 표면 그대로의 말이었다. 그렇게 말하는 게 어렵지 않았다.

　—그럴까요? 나는 진짜 나를 좋아할까요?

　—나는 네가 슬픈 마음에만 있지 않기를 바라.

　—저도 그래요.

　그렇게 말하며 수빈은 옅게 웃었다. 이제까지 본 적 없는 새로운 얼굴이었다. 빈자리가 많은 웃음. 수빈의 그 웃음은 이상하게 지호 마음을 미어지게 해서, 수빈이 얼른 다시 익숙한 얼굴을 보여줬으면, 하고 바랐다. 뻔뻔하지 않고 자신 없는 수빈은 상상한 것보다 훨씬 슬퍼 보였다. 지호는 수빈이 원래 웃던 대로 남김없이 활짝 웃었으면 하는 마음으로 헐한 소리를 했다.

　—근데 혹시 걔가 셰익스피어 대사로 고백하면 차버려.

　—아, 언니.

　수빈은 그 밍밍한 농담에 금세 온 얼굴로 웃었다. 침묵과 농담이 오가는 사이 시간이 훌쩍 흘렀고 밤을 새우려고 한 것은 아닌데 거의 그렇게 되었다. 둘은 내내 오래 이야기를 나누었지만 술은 마시지 않았다. 낮에 시장에서 산 생과자와 함께 따뜻한 결명자차를 계속 마셨다. 비는 그치지 않았고 새벽녘이 되자 거센 폭우로 변했다. 아무 말하지 않아도 귓가에 뭔가가 속살거렸다. 지호의 집 베란다와 부엌과 침실의 창문을 통해 번개가 칠 때마다 흰빛이 번쩍하고 들었다. 쏟아져

내리는 빗소리는 소란하고도 고요했다.

　수빈이 와서 보낸 일주일. 지호는 그 일주일을 자주 되돌아본다. 스물두 살에서 서른 살이 된 수빈을 생각했다. 여전하고 달라진 수빈을. 지호가 아무리 들여다봐도 볼 수 없을, 어떤 부분은 깎여나가고 어떤 부분이 새로 심어진 수빈의 안쪽을. 다만 지호는 그때 얼굴보다 지금 얼굴이 좋네, 하고 생각하다가 실은 그때 수빈의 얼굴을 똑바로 본 적이 거의 없다는 것을 떠올렸다. 그래서 미안, 하고 수빈이 듣지 못할 사과를 혼자서 했다. 나야말로 캐릭터 해석에 실패했던 것일지도 모른다고, 내 해석만 덧붙여서 미안하다고 말하고 싶었다. 벌써 오래전 이야기지만.

*

　며칠 전에는 수빈으로부터 티켓이 왔다. '그 애가 나오는 연극이에요. 언니가 봐주면 좋겠어요' 내가 보는 게 무슨 의미가 있다고…… 생각하면서도 지호는 서울로 향했다. 연극은 항상 그리웠고 지호가 사는 지역에는 연극이 드물었다. 그래도 서울로 돌아가고 싶지는 않았다. 이 그리움의 상태가 좋았다. 다른 생각을 하지 않고 그리워만 할 수 있다는 게 좋았다. 슬프면서도 좋았다. 마음은 하나가 아니었다. 언제나처럼.

그러나 지호의 마음속에 활기를 불러일으키는 문장이 있었다. '네가 나를 보러 왔으니, 나도 너를 보러 가야지' 그 말만은 단순해서 좋았다. 이 삶이 늘 혼자서 던지기만 하는 것이 아니라, 늘 누가 던진 것을 받기만 하는 것이 아니라는 사실이 흡족하게 여겨졌다. 오래도록 불균형의 상태만을 목격하다가 어쩌다 잡힌 균형을 보는 만족감 같은 것이 있었다.

서울로 가는 기차를 타기 위해 집을 나서자 이제는 익숙한 풍경인, 복도에 늘어서 있는 옆집의 화분들이 보였다. 크기도 종도 다양했다. 이름 모를 흰 꽃이 피어 있는 화분도 있었다. 옆집 아주머니는 거의 타샤 튜더였다. 거대한 빨간 고무 대야는 물론이고 스티로폼으로 만들어진 배스킨라빈스 아이스크림 케이크 박스에도 식물을 길러냈다. 나도 언젠가 뭔가를 길러내는 사람이 될 수 있을까, 지호는 생각했다. 언젠가 기르게 될 것이 식물처럼 푸른 마음이어도 좋을 것 같다고, 그 마음도 배스킨라빈스 아이스크림 케이크 상자에서 자라도 괜찮겠다고 생각하자 웃음이 났다. 지호는 (휴대폰으로) 아무것도 보지 않고 (휴대폰으로) 아무것도 듣지 않고 기차역까지 갔고 기차를 탔다. 아직은 아무것도 심지 않은 텅 빈 마음만 가지고서.

그리고 곧 사람이 많고 시끄러울 도시에서 마주할 수많은 얼굴들을 떠올렸다. 이제 아는 얼굴보다 모르는 얼굴이 많을 것이었다. 화내는 대신 슬픔에 익숙한 사람들. 찡그리기보다 고요히 무표정해지는 사람들. 지호는 그런 사람들을 사랑했다. 아주 약하게 사랑했다. 사랑한다고 말하고 싶지 않을 정도로만 사랑했다. 누워서 흘리는 눈물은 귓속에 고인다는 사실을 아는 사람들. 슬픔이 거기에 고이는 걸 아는 사람들을 생각했다. 그 시간만큼만 그 사람들을 사랑했다. 그 속에 자신이 포함된다는 걸 아는 채로. 더 사랑하면 자기 연민이 되므로 그보다 오래 생각하지는 않는다. 그 시간만큼만 자신을 가여워하고, 그 밖의 시간에는 자신을 가여워하지 않는다. 비슷한 무리를 지어 안도감을 얻고 서로를 치켜세우지 않는다. 무리에 속하면 포근함에 계속 거기 있고 싶어진다는 걸 안다. 그러나 그 품에 있는 것은 아주 잠깐. 다시 혼자로 되돌아오는 것을 바란다. 슬퍼도 그쪽을 택하기로 한다. 혼자이기를 선택한 지호가 언젠가 품어졌던 사람들이 있는 곳으로 간다. 텅 빈 마음을 가진 채로. 그것이 지호가 생각하는 균형.

마음을 한차례 털어낸 지호는 요즘도 자주 외롭다. 어쩌면 수빈이 다녀간 후로 선명하게 외로움을 느끼게 된 것 같기도 하다. 낡은 마음을 잘 털어놓고, 새로 둥지를 틀 수 있는 관계들을 많이 만들고 싶다고 생각한다. 인생을 지탱하기 위해. 여기저기 씨를 뿌리고 나무를 가꾸고 싶다고. 서로의 뿌리가 엉키도록. 혼자서 쓰러지지 않도록. 스스로 가꾼 숲에서 살고 싶다고 생각한다. 모든 기르는 일이 마음대로만 되지 않는다는 걸 잘 알고 있지만, 언제든 뿌리가 잘리고 가지가 쳐내진다는 것도 알고 있지만. 죽은 가지에도 다 이유가 있어서겠지, 라고 믿는다. 다만 그전까지는 최선을 다하기. 기쁨과 슬픔을 나누기. 시간을 잘 분배하여 관계를 맺기. 그리고 그런 자신을 좋아하기. 그런 것들을 주문처럼 외운다. 나는 나를 좋아하잖아, 용기가 있잖아, 하고 스스로에게 말해본다. 수빈에게 그랬던 것처럼.

지구의 마지막 빙하에
작별인사를

♥

김청귤

"승객 여러분, 안녕하십니까? 그레이트호의 탑승을 환영합니다. 저는 여러분의 안전을 책임질 그레이트호의 선장 조 제임스입니다. 왕복 약 두 달 정도의 시간이 소요될 것으로 예상되며, 그동안 저를 비롯한 그레이트호의 승무원들은 승객 여러분의 편안한 여행을 위해 노력할 것을 약속드립니다. 이제 출발하겠습니다."

선장의 안내 멘트가 끝나고 얼마 있지 않아 배가 선착장에서 조금씩 멀어졌다. 양산이나 모자를 쓴 사람들이 항구에 서서 배를 향해 손을 흔들고 있었다. 아직도 생방송중인지 탑승객을 향해 마이크를 들이밀었던 리포터가 카메라 앞에 단정히 서 있는 것도 보였다. 배를 탄 사람들 중 몇몇은 그들을 향해 손을 흔들었지만, 대부분 더위를 이기지 못하고 배 안으로 들어갔다.

나는 더운 바람을 맞으며 배가 나아가는 쪽에 위치한 갑판으로 걸어갔다. 배 탑승 직전에 부탁받은 하나라는 이름을 가진 아이도 내 옆을 말없이 따라왔다. 배가 워낙 커서 걸어가는 것도 일이었다. 잠깐 걷기만 했는데도 땀이 주룩주룩 흘러내리는 날씨였다. 하나가 걱정되어 옆을 보니 체질상 더위를 타지 않는지 뽀송뽀송하기만 했다.

우리는 그늘 하나 없는 갑판에 도착해서 끝이 보이지 않는 수평선을 바라봤다. 규모가 큰 배라서 그런 것인지 바다를 가로지르는 물소리가 들리지 않았다. 그저 덥고 습했다. 그러다 문득 열사병 증상 중 하나로 땀이 나지 않는다는 게 생각났다. 나는 서둘러 쪼그려앉아 하나의 얼굴을 확인했다. 맑고 투명하면서도 우울한 눈동자가 보였다.

"안 더워?"

"안 더워요."

"그래…… 그러면 조금만 더 있다가 들어갈까?"

"네. 손…… 잡아도 돼요?"

나는 대답 대신에 손을 내밀었고, 하나는 조심스럽게 손을 뻗더니 힘주어 움켜잡았다. 우리는 손을 잡고 아무것도 없는 바다를 바라봤다. 더운 바람을 가로지르며 지구의 마지막 빙하를 향해서 배가 천천히 나아가고 있었다.

지구의 마지막 빙하에 작별인사를

나는 카페를 비롯해 음식점과 편의점에서도 요일별, 시간별로 일했다. 주휴 수당을 주지 않기 위해 시간을 쪼개 고용했기 때문에 먹고살려면 여기저기서 일할 수밖에 없었다. 지진과 태풍에 대비해 지은 주택과 저층 아파트가 모여 있는 안전 구역 안에 있는 곳이었는데, 가게 대부분이 카페 사장의 부모가 주인이라고 했다.

카페 사장은 월급을 계좌 이체가 아니라 카페 건물 3층에 있는 사무실로 불러 봉투에 현금을 담아 줬다. 카페는 정부 지침인 28도를 칼같이 지키지만, 사장의 사무실은 추울 정도로 에어컨 온도가 낮았다. 그래서 월급날을 기다리는 사람이 많았지만, 나는 싫었다. 카페에서는 일하느라 땀이 났고, 사무실에 들어가면 땀이 식어서 추워졌다. 카페로 돌아오면 버틸 만했던 더위가 더 힘겹게 느껴져서 가고 싶지 않았다. 게다가 덥게 있다가 시원한 곳에 들어와서 순간 풀어지는 얼굴을 유심히 관찰하는 사장의 눈초리가 싫었다. 소파 위에 가지런히 정리된 담요와 값비싼 수입 과자, 사장이 입고 있는 카디건도 다 싫었다.

나보다 나이 어린 사장이 부모를 잘 만나서 에어컨을 빵빵하게 틀며 부를 누리는 게 부러워서 그러는 건 아니었다. 아니, 맞나? 정확히는 빙하가 거의 다 녹아내리게 만든 원인 중 하나인, 여전히 생각 없이 에너지를 무분별하게 쓰는 행태가 싫었다. 피해는 나같이 가난한 사람들이 다 보는 데 말이다.

"얼굴에 열꽃 핀 거 보니 밤에 더워서 잠도 잘 못 잤죠? 수정 씨가 나이도 있으니 제가 더 챙겨주고 싶은데 어떻게 생각해요?"

집에 있을 때는 전기세를 낼 돈이 없어 얼린 물병을 끌어안고 잠을 청했다. 그래도 너무 더웠다. 수도관도 데워졌는지 찬물을 틀어도 미지근한 물이 나왔다. 가만히 있는 것보다는 그래도 샤워하는 게 더 시원하겠지만, 그러기에는 수도세가 무서웠다. 월세도, 관리비도, 식비도 다 무서웠다. 숨쉬는 것 자체가 돈이여서 너무너무 무서웠다. 그래서 그 말을 들었을 때 솔직히 얼마나 어떻게 챙겨준다는 건지 궁금했고, 이런 생각이 제일 먼저 들었다는 사실에 자괴감이 들었다. 태풍 때문에 부모를 잃고 일가친척도 없는 여자가 혼자 사는 게 만만해 보였겠지. 그게 무슨 개소리냐고 길길이 날뛰고 싶었지만 참아야 했다.

"생각해주셔서 감사하지만, 괜찮습니다."

사장의 속을 긁지 않는 말을 고르고 골라 정중하게 거절했다고 생각했는데 사장은 거절당한 것 자체가 마음에 들지 않았나보다. 나는 그 자리에서 바로 잘렸고, 내가 일하던 다른 일자리에서도 잘렸다. 따지고 싶었지만 다시 일할 수 있는 것도 아닌데 따져서 뭐하나 싶었다.

모아둔 돈이 다 떨어지면 죽어야지. 식재료를 사기 전 잔고를 확인하며 생각했다. 그러면서도 평소에 먹어보지 못한 비싼 음식이 아니라 그날의 할인 상품 중 제일 저렴한 걸 사서 생으로 먹을 수 있으면 먹고 아니면 햇빛 아래 달군 프라이팬 안에서 익기를 바라면서 하루하루를 살았다.

바닷물의 온도는 높아지고 빙하가 녹아 해수면이 높아져 땅이 물에 잠겼다. 갑작스러운 태풍과 해일이, 마른하늘의 우박과 끝없이 내리는 비가 사람들을 공격했다. 이런 상황 속에서 가난한 사람들은 더 가난해지고, 부자들은 더 부자가 되었다. 탄소 포집기, 따뜻해진 온도에도 살 수 있는 산호나 황폐해진 땅에서도 더 빠르게 자라나는 식물 등을 심으며 기후 위기에 대응하기 위해 노력하는 사람도 있었으나 바다에 잠기기 시작한 지역에 댐을 건설한다며 사기를 치거나 제대로 관리가 안 된 식량을 팔아치우는 사람도 있었다.

빠르게 대응해야 한다는 이유로 비행기를 타고 세계를 돌아다니며 많은 것을 눈으로 보고 지휘하는 사람이 마지막 빙하를 발견했을 때 어떤 생각이었을까. 지구의 종말을 눈으로 확인한 것 같았을까? 그래서 그 모습을 보고 사람들이 반성하기를 바라서 크루즈 관광 상품을 만든 걸까? 홈페이지에는 지구의 안녕과 인간의 안녕, 우리의 과거와 미래에 대해 생각해볼 수 있으며, 수익의 일부를 환경 단체에 기부하고 있다고 했지만 잘 모르겠다. 그 근처에 가지 않는 게 빙하를 그나마 오랫동안 유지할 수 있는 제일 좋은 방법이 아닐까? 관광에 들어가는 비용과 물품으로 기후 위기로 인해 큰 피해를 입은 사람들을 돕는 건? 그러나 이미 크루즈 관광 상품은 지구상에서 제일 유명한 한정판이 되었고, 가난한 자들에게는 당첨되기만 하면 티켓을 팔아서 인생을 펼 수 있는 복권이었다.

그런데 사는 걸 포기한 내가 왜 크루즈 티켓에 당첨된 걸까. 일자리에서 잘리기 전에 신청한 게 이제 발표되어 연락이 왔다. 전 세계인을 대상으로 하는 추첨이라 그런지 익명 보호가 철저해 찾아오는 사람은 없었다. 어떤 사람은 벌써 판매한다는 의사를 밝혔는지 티켓 경매 일정이 나와 있었다. 경매를 신청하면 꽤 많은, 어쩌면 지금까지 나온 경매의 최고가를 넘어선 돈을 받게 될지도 몰랐다. 지구의 마지막 빙하는 마지막이라는 말에 걸맞게 지금도 계속 녹아내리고 있을 테니까.

티켓을 판 돈으로 건물을 하나 매매해 세를 주고 받은 돈으로 살아가는 건 어떨까 하는 생각도 했다. 태풍의 피해가 적은 지역에 내진 설계가 잘된 안전한 건물에서 국내에서 재배한 커피와 해외에서 수입한 과자를 먹고, 에어컨을 26도로 켜두고, 옛날에 만들어진 영화를 보고, 배가 고플 때면 인덕션을 켜서 음식을 데우고, 옥상에서 키운 망고를 따서 빙수를 만들어 먹는 삶. 생각해보니 스폰서를 제안했던 사장의 삶과

　　　　　지구의 마지막 빙하에 작별인사를

별다를 게 없었다. 그걸 깨닫는 순간 피로감이 몰려왔다. 게다가 이걸 팔아서 다른 인생을 살기에는 너무 지쳤다. 삶의 마지막을 결심하며 지내고 있을 때 지구의 마지막 빙하를 보러 가는 관광 상품에 당첨된 게 운명처럼 느껴지기도 했다. 가자. 가서 마지막 빙하를 보고 끝내자. 그런 기묘한 생각이 나를 휘감았다. 핸드폰을 붙들고 천천히 개인 정보를 입력하기 시작했다.

티켓을 경매로 구입한 일반 승객들은 크루즈에서 생활하는데 필요한 모든 것의 비용이 티켓값에 포함되어 있어 무제한이지만, 당첨자인 특별 승객은 지정 식당 몇 군데에서 삼시 세끼, 매점에서 만드는 핫도그 같은 간식 1회, 음료 하루에 다섯 잔, 식수 하루에 이 리터, 세면도구와 자동 번역이 되는 이어폰만 기본 제공이 되고 나머지는 추가 비용을 내야한다고 했다.

크루즈 안에 있는 각종 시설들 중 수영장, 헬스장 등은 무료지만 사우나, 마사지, 강의 등은 유료였다. 옷, 신발, 가방, 보석 등을 판매하는 매장이 있어서 한때 짐 없이 가볍게 크루즈를 오르는 게 유행이기도 했다.

그러나 짐이 많건 적건 부자는 부자 티가 나고 당첨자는 당첨자 티가 났다. 앉아 있는 자세나 승무원을 부리는 태도나 입고 있는 옷과 가방이 달랐다. 무엇보다 건물 밖에서 이곳을 향한 카메라를 보고도 아무렇지 않은 태도가 제일 달랐다. 언제 어디서나 중심에 있고 관심을 받는 사람은 저렇구나. 나는 얼굴이 보이지 않도록 모자를 푹 눌러쓰고 마스크를 썼으면서도 창문 바로 옆에 있는 벽에 등을 대고 서 있었다. 그러다가 시야에 손을 잡고 있는 여자와 아이가 들어와 나도 모르게 시선이 갔다.

"저…… 크루즈 타시는 분 맞으시죠?"

내 시선이 느껴진 건지 여자가 아이를 뒤에 달고 다가와 말을 걸었다. 가까이에서 보니 훨씬 더 많이 지치고 피곤해 보이는 얼굴이 눈에 들어왔다. 눈 밑은 움푹 꺼졌고 입술은 파랬다. 에어컨을 틀어둔 이 공간이 추운지 팔에는 소름이 잔뜩 돋아 있었다. 너무 말라서 팔꿈치 뼈가 유난히 도드라졌다. 그래도 아이에게는 뭘 먹이려고 노력했는지 그나마 아이의 볼에 살이 붙어 있었다. 머리 감는 물을 아끼기 위해서인지 머리카락을 짧게 잘랐지만 선이 곱고 이목구비가 올망졸망한 아이였다. 그 아이를 보며 괜히 손가락으로 머리카락 끝을 매만졌다. 모든 일자리에서 잘린 뒤로 자르지 않았더니 어느새 짧은 단발이 된 상태였다.

"저희 아이가 당첨이 됐거든요. 애가 어려서 대기실까지는 보호자 자격으로 들어올 수 있는데, 크루즈는 못 타잖아요.

혹시…… 여행을 하는 동안 가끔이라도 제 아이를 봐주실 수 있을까요?"

"승무원에게 말하는 게 낫지 않을까요?"

"승무원들은 저희 아이보다 챙길 사람이 더 많을 것 같아서요…… 사례할 게 없어서 죄송해요. 염치없지만, 그래도 제 딸 좀 부탁드릴게요."

딸이라는 말을 듣고서야 왜 내게 부탁하는지 알았다. 티켓을 돈으로 산 사람들은 서로 안면이 있는 것인지 인사를 하거나 테이블에 자리를 잡고 우아하고 고상하게 대화를 나누었다. 혹은 핸드폰으로 전화를 하며 마지막 빙하를 보러 간다며 큰 소리로 자랑을 했다. 돈을 얼마를 가지고 있건 사람마다 보이는 태도가 달랐다.

깨끗하고 안전하게 가꿔진 곳에서 일을 하긴 했지만 아이를 본 건 손에 꼽혔다. 돈 있는 사람들은 본인들이 원할 때 아이를 낳는다고 하니, 귀엽고 사랑스러워서 한 번 살펴보는 거면 몰라도 큰 관심 두지 않을 것 같았다. 지금도 이 공간의 유일한 아이를 쳐다보는 이들은 극히 드물었다. 그런 사람들에게 깨끗하게 세탁하긴 했어도 목둘레가 늘어나고 프린팅이 군데군데 벗겨지기 시작한 티셔츠를 입은 딸을 부탁하는 게 어려울 터였다.

특별 승객들은 무리 짓지 않고 띄엄띄엄 떨어져 있어서 제대로 파악이 되지 않았지만, 눈에 들어오는 몇몇은 모두 남자였다. 그중 한 명은 유튜브 촬영을 하는 건지 핸드폰을 들고 끊임없이 말을 하고 있었다. 그러다가 승무원의 제지를 받고 핸드폰을 집어넣는 척하더니 주머니에 손을 넣은 채 부자연스럽게 움직이고 있었다. 남자가 이쪽으로 몸을 돌리는 걸 보고 모자를 더 깊게 눌러썼다.

얼굴도 제대로 보이지 않는 사람한테 아이를 맡기려고 하다니 무슨 생각일까. 딸이라서 같은 여자에게 부탁하는 게 마음 편할 것 같긴 하지만, 내가 나쁜 사람이면 어쩌려고. 아이에게서는 크고 멋진 배를 타고 여행을 한다는 설렘과 기쁨이 느껴지지 않았다. 약간 가라앉은 눈빛과 굳게 다문 입술을 보고 망설이다가 쪼그려앉아 아이와 눈을 마주했다. 바다처럼 파란 눈동자였다.

"안녕. 여행하는 동안 나랑 같이 있을래?"

"……."

아이는 말을 하는 대신 여자를 올려다봤다. 여자의 옷자락을 얼마나 강하게 움켜쥐었는지 손가락이 하얀색이었다. 아이의 엄마는 아이를 보는 게 아니라 나를 보고 떨리는 손으로 아이의 등을 조심스럽게 밀었다.

"뭐 하니 하나야. 언니가 물어보잖아. 얼른 언니한테 가. 잘 부탁드려요, 인사해야지."

아이는 몸에 힘을 주고 버텼으나 점점 거칠어지는 손짓에 떠밀려서 옷자락을 놓쳤다. 아이의 엄마는 아이를 넘어뜨릴 것처럼 밀었다. 순간 나도 모르게 손을 뻗어 아이를 감싸안았다. 그러자 아이도 반사적으로 나를 끌어안았다. 힘주어 강하게 안다가 자신의 행동에 놀라, 몸을 떨어뜨리고 똑바로 섰다. 아이의 엄마는 아이를 바라보는 게 아니라 나를 뚫어지게 쳐다보며 말했다.

"잘 부탁드릴게요. 얌전해서 특별한 건 없을 거예요. 짐도 많이 없고요."

"네. 알겠습니다."

"감사합니다. 그리고 하, 하나야……."

엄마가 아이에게 무언가 말하려 한 듯했으나 승무원들이 대기실을 돌아다니며 곧 출항 예정이니 배에 탑승하라는 안내를 하고 있었다. 한국어, 영어, 중국어, 일본어, 불어 등 다양한 언어가 대기실에 울려 퍼졌다. 여자는 할말을 삼키고 재빨리 대기실 밖으로 나갔다. 너무 슬퍼하는 모습을 아이에게 보이기 싫어서 그런 걸까?

누가 제일 먼저 탑승할 것인지 자기들끼리 합의를 했는지 꿀처럼 진한 금색 머리카락을 자연스럽게 늘어뜨린 여자가 일어나 대기실 문 앞으로 걸어갔다. 치맛자락에 파란색 자수가 있는 하얀색 원피스만 입었는데도 매우 아름다웠다. 지나가다가 눈이 마주친 것 같았지만 착각이겠지. 여자는 자신의 머리를 한 번 쓰다듬고는 승무원을 향해 고개를 끄덕였다. 신호를 받은 승무원이 커다란 문을 부드럽게 열었다.

방음이 얼마나 좋았는지 대기실 문을 열자마자 와글와글거리는 말소리, 찰칵거리는 셔터 소리, 끊이질 않는 박수 소리가 쏟아져 들어왔다. 여자는 모델처럼 멋지게 걸으며 우아하게 손을 흔들었다. 오른쪽 왼쪽 그 누구도 소외당하지 않도록 한 걸음 걸을 때마다 방향을 바꿨다. 자연스러운 모습에 연예인일지도 모른다는 생각이 들었다.

여러 승무원이 일반 승객들을 안내하는 동안 한 승무원이 여기저기 흩어져 있는 특별 승객들을 모으며 이동하고 있었다. 그 승무원은 누가 알려주지 않아도 특별 승객들을 찾아냈다. 지금도 뒤에 네 명을 주렁주렁 매단 채 이쪽으로 오고 있었다.

"특별 승객이신 이수정 님, 김하나 님 맞으시죠? 크루즈까지 안내하겠습니다. 따라오시죠."

아이의 발걸음에 맞춰 걷다보니 무리의 제일 뒤에 있게 되었다. 우리 앞에서 걷고 있는 남자가 대기실 너머의 포토월에 가지 못하는 게 아쉬운지 계속 뒤를 돌아봤다.

"이름 들어보니 국적이 한국 맞죠? 나는 나석이에요. 외자. 나이는 서른두 살. 앞으로 자주 볼 사이기도 하고, 내가 나이가 많은 것 같으니 말 편하게 할게. 유튜브에서 채널 운영중이야. 티켓을 경매에 내놓을까도 생각해봤는데, 특별 승객 입장에서 촬영한 걸 올리면 영상이 빵 뜰 것 같더라고. 크루즈 밖에서 촬영하거나 관광 홍보 목적이거나 아니면 있는 사람들이 얼마나 즐겁게 여행하는지 자랑하는 영상밖에 없으니까 말이야. 어떻게든 찍어서 올릴 거야."

대기실에서 핸드폰을 들고 이것저것 찍던 모습이 떠올랐다. 이쪽으로 핸드폰을 돌리기만 해도 모자를 푹 눌러쓰거나 고개를 돌렸었다. 역시 제지당했어도 몰래 찍고 있는 게 맞았다.

"이것도 인연인데 나중에 영상 같이 찍자."

"안 찍어요."

"하, 참. 너한테 작업 거는 게 아니라 순수하게 좋은 기회를 주는 거야. 누가 알아? 내 영상에 나와서 유명해질지? 아니, 유명해질 게 분명하지. 내 영상은 뜰 거니까!"

"됐다고요."

"혹시 환경을 생각해서 크루즈를 탄, 뭐 그런 거야? 티켓을 살 돈으로 연구를 하던가 기부를 해야지 왜 배에 타? 빙하를 눈으로 직접 보고 싶다는 욕망이 있으니까 탄 거 아닌가?"

아까 어떤 사람과 말다툼을 하더니 아마 그 사람이 환경단체에서 온 사람인가 보다. 왜 나한테 화풀이하는지 모르겠다. 금발이었던 것 같은데 여기에는 금발이 없었다. 그러면 일반 승객이라는 뜻이겠지. 여럿이서 돈을 모아 티켓을 샀건, 혼자 힘으로 샀건, 일반 승객은 일반 승객이었다. 특별 승객과는 기본적인 대우 자체가 다르다는 사실에 열등감을 느끼는 것 같았다.

아이는 남자의 기세에 겁을 먹었는지 내 옆으로 더 찰싹 붙었다. 손을 잡으려고 뻗었다가 천천히 내리는 걸 보고 아이를 안아올렸다. 아이는 깜짝 놀랐는지 눈을 동그랗게 뜨고 나를 보다가 내 목을 조심스럽게 끌어안고 얼굴을 묻었다. 아이에게서는 깨끗한 비누 냄새가 났다. 아이가 편한 자세를 할 수 있게 고쳐 안고 걷는 속도를 올려 승무원 근처로 자리를 옮겼다.

일반 승객들은 승무원의 안내를 받아 조용하지만 빠르게 크루즈에 탔다. 화물을 옮기는 곳으로 들어왔기 때문에 첫 승객의 자리를 뺏지 않을 수 있었다. 나석이라는 남자는 사진, 동영상 촬영은 불가능하다는 말을 듣고도 핸드폰으로 몰래 촬영하다가 승무원에게 걸려 주의를 받았다. 특별 승객과 일반 승객의 대우가 다를 수밖에 없는 건 맞지만 그게 영상으로 남으면 곤란하긴 하겠지.

그 남자가 승무원에게 핸드폰 검사를 받는 동안 다른 승무원들이 나타나 특별 승객들을 객실로 안내했다. 특별 승객들 중 우리만 여자라 그런지 여자 승무원이 배정되었다. 남자들의 말소리가 점점 희미해짐과 동시에 긴장이 풀렸다. 아이가 아무리 가볍다고 해도 계속 안고 다니는 건 버거워서 아이를 내려놓고 손을 잡은 채 승무원을 따라갔다. 승무원은 걸으면서 식당, 수영장의 위치, 갑판으로 나가는 통로들, 계단의 위치, 식사 시간 등을 알려줬다.

"기억 못 하셔도 괜찮아요. 방에 가면 책상 위에 크루즈 안내 팸플릿이 있거든요."

"다행이에요. 저, 혹시 이 아이와 제가 붙어 있는 방으로 배정받을 수 있을까요?"

"그럼요. 그렇게 해드릴게요."

"감사합니다."

승무원은 즉시 태블릿으로 뭔가를 확인하더니 몇 번의 손짓으로 다 되었다고 말하며 웃었다.

"풍경이 잘 보이고 시설이 더 좋은 방으로 업그레이드해드렸어요. 여기서 좀 먼데 안내해드릴게요."

계속 걷다가 아이가 지친 것 같아 안아서 걷기를 몇 분째. 드디어 승무원이 도착했다며 카드키 두 개를 건네주었다.

"이쪽이 이수정 님, 이쪽이 김하나 님 방이에요. 다른 특별 승객분들께는 비밀로 해주세요."

"감사합니다."

"방이 변경되어서 짐은 곧 옮겨드릴게요. 팸플릿 보시고 궁금하신 점 있으면 두 시 이후로 연락 주세요. 오늘은 출발일이라 이래저래 바빠서요. 그럼 즐거운 여행이 되도록 저희 승무원들이 최선을 다하겠습니다. 푹 쉬세요."

일반 승객에게는 승무원이 일대일로 붙어서 관리한다는데, 이게 어딘가 싶었다. 쇼핑을 즐길 것도 아니고 길이야 팸플릿도 있고 크루즈 곳곳에 지도도 있었다. 고개를 끄덕이자 승무원은 마지막까지 정중하게 인사하고 재빠른 발걸음으로 사라졌다. 태블릿을 이것저것 누르고 무전기로 뭔가 속삭이는 걸 보니 바쁘긴 한 것 같았다.

아이를 바닥에 내려놓고 건네받은 카드키로 문을 열었다. 문을 열자 현관이라 부를 수 있는 공간이 있고 정면과 왼쪽에는 문이, 오른쪽에는 거울과 간이 화장대, 수납장이 있었다. 수납장을 열자 텅 비어 있었다. 짐은 여기에 보관하면 될 것 같았다. 왼쪽에 있는 문 뒤 공간은 화장실이었다. 크기는 작지만 욕조가 있어서 깜짝 놀랐다. 물을 받아두고 쓰라는 게 아니라 정말 몸을 담그는 욕조로 사용하는 거겠지?

정면에 있는 문을 옆으로 밀자 제일 먼저 보이는 건 탁 트인 커다란 창문이었다. 구름 한 점 없는 하늘이 창문을 가득 메우고 있었다. 베란다도 있었는데 편하게 쉴 수 있는 의자와 햇볕을 가릴 수 있는 작은 파라솔, 테이블까지 있었다. 게다가 방 안에는 두 사람이 잘 수 있을 만큼 큰 침대와 남색의 이 인용 소파, 낮은 테이블, 벽에 붙어 있는 TV와 작업을 할 수 있는 책상과 의자까지 있어 승무원이 정말 좋은 방을 췄다는 걸 실감했다. 내가 미친 척 춤을 취도 될 만큼 넉넉한 방 크기에 왠지 모르게 목이 멨다.

부모님이 집과 함께 태풍에 쓸려 돌아가시고 난 뒤, 잠만 잘 수 있는 아주 작은 공간이 내 집이었다. 가격은 아주 저렴했지만 사람들이 얼마 살지 못하고 다른 곳으로 이사 간다는 말이 자자한 곳이었다. 자연재해로 부모님도, 집도 잃었지만 나라에서 피해를 복구를 하는 일이 지지부진할뿐더러 보험사에서 제대로 보상금을 지급해주지도 않았다.

보험사는 부모님이 가입한 보험 약관에는 태풍으로 인해 불어난 물살에 떠내려가거나, 산사태에 휩쓸려 사망했을 때만 보상금이 지급되고 태풍으로 인해 건물이 무너졌을 때의 보상을 받을 수 있는 특별 약관이 없다고 했다. 아무것도 받지 못하느니 받을 수 있을 때 서명하라고 재촉했다. 결국 보험사와 언제 받을 수 있을지 모를 돈을 위해 싸우는 것보다 당장의 돈이 급해 약소한 보험금을 받는다는 동의서를 작성했다. 수중에 있는 돈으로 구할 수 있는 집이라고는 태풍이 오면 불안에 떨어야 하지만 공간이 넓은 원룸이나 태풍에 안전한 대신 골방 같은 원룸뿐이었다.

골방 같은 원룸에는 햇볕도 제대로 들지 않았다. 늘 어두컴

컴컴하고 바람이 통하지 않아 퀴퀴한 냄새가 진동했다. 지금까지 이곳에 살았던 사람들의 땀냄새가 배어 있는 것 같았다. 관 같은 방에 있으면 내가 죽었는지 살았는지 헷갈려서 몸은 피곤해도 밖에 나가 일하는 게 훨씬 좋았다. 그러나 아르바이트에서 잘리고 새로운 일자리도 구하기 어려워지니 앞날이 너무 막막했다. 카페 사장의 손이 닿지 않는 곳에서 일하려고 해도 지출을 줄이기 위해 가게 주인이 몸을 갈아 운영하는 곳이 대부분이라 일자리가 없었다. 그래서 죽는 것을, 내가 할 수 있는 최고의 선택을 한 것이다.

그런데 살아 있는 동안 이런 곳에서 머무를 수도 있구나. 나는 천천히 발걸음을 옮겨 안으로 들어가며 더 자세히 살폈다. 옷장 옆에 아주 작은 냉장고도 있었고 천장에는 시스템 에어컨도 달려 있었다. 에어컨 온도가 28도보다 더 낮은 것 같았다. 승객을 맞이하기 전부터 틀어놨는지 방이 시원했다. 바다 위라서, 혹은 티켓 경매금으로 벌금을 내는 걸까. 기본적으로 제공하는 물품이 많지 않아서 씻는 일이나 에어컨 같은 경우 차별하지 않을까 걱정했는데 다행이었다.

베란다를 열자 후끈한 바람이 불어왔다. 바람에 소금기가 실렸는지 약간 짠 냄새였다. 이렇게 뜨겁고 더운데 베란다에 앉아 있을 수 있을까? 그러다가 문 옆에 있는 스위치를 누르자 베란다 위쪽과 난간 쪽에서 유리가 올라오더니 이내 맞물리며 유리벽이 만들어졌다. 태양열을 막는 코팅이 되어 있는지 환하지만 열기가 거의 느껴지지 않았다. 열려 있는 문을 통해 에어컨 바람이 들어오며 점점 온도가 떨어지는 게 느껴졌다.

"돈이 있으면 이렇구나……."

멍하니 서서 온몸으로 안전한 햇살을 맞고 있다가 뒤를 돌아보니 아이가 문이 닫히지 않게 기대선 모습이 보였다. 나는 아이에게 들어오라고 손짓을 했다. 아이는 망설이다가 안으로 들어왔다. 문이 닫히고 잠금장치가 작동하는 소리가 났다.

"미안해. 같이 들어온 줄 알았어. 이름은 알지만 그래도 정식으로 인사하자. 나는 이수정이야. 너는?"

"김하나. 열세 살이에요."

나이를 듣고 놀라긴 했지만 놀라운 일은 아니었다. 원활한 식량 수급이 어려워져 요즘 아이들의 성장이 예전에 비해 더디다는 뉴스는 이제 특별한 게 아니었다. 내가 자랄 때도 아이들의 건강이 위험하다면서 이런저런 말이 있었는데 요즘은 더하겠지.

"하나야. 당분간 잘 지내보자. 옆방으로 달라고 했지만, 여기서 같이 지내도 돼."

"정말요?"

"응. 정말이지. 어디 가고 싶은 곳 있어? 아니면 쉴래?"

"엄마가 보이는지 나가서 봐도 돼요?"

나는 고개를 끄덕이고 지도가 그려진 팸플릿과 카드키를 챙겨 밖으로 나왔다. 길을 걸어가다가 핸드폰을 들고 있는 남자를 만났지만 알은척하지 않고 지나치자 뒤에서 욕하는 소리가 들렸다.

마침내 갑판으로 나왔다. 일반 승객들이 다 탔는지 사람들이 이쪽을 향해 카메라를 들고 있었다. 그 사람들 중에서 하나의 엄마를 찾으려고 했지만 보이지 않았다.

"얼굴 가리게 모자 줄까?"

"아니요. 혹시 엄마가 저를 보고 있을 수도 있으니까요."

그렇게 몇 분 동안 서 있자 땀이 주룩주룩 났다. 하나는 덥지도 않은지 아니면 너무 더워서 하얗게 질린 건지 모를 얼굴로 미동 없이 서 있었다. 배가 출발한다는 말을 듣고서야 하나는 떨어지지 않는 발걸음을 돌렸다.

"앞으로 가볼래? 배가 나아가는 걸 볼 수 있을 거야."

"……볼래요."

그렇게 우리는 커다란 크루즈를 가로질러 갑판 위에 서서 나아가는 바닷바람을 맞다가 방으로 돌아왔다.

더위에 지쳐 꼼짝도 하기 싫어 룸서비스를 요청했다. 식당에 가면 다른 사람들과 얼굴도 익히고 어쩌면 일반 승객의 눈

지구의 마지막 빙하에 작별인사를

에 들 수도 있겠지만 관심 없었다. 바다 위에 있는 크루즈라는 제한된 공간인 데다가, 승무원들은 일반 승객에게 더 집중할 테니까 스스로 안전에 유의하는 게 좋았다. 혹시라도 시체가 되어 바다에 던져져도 못 찾을 테니 말이다. 나는 내 선택으로 죽고 싶은 거지 떠밀려서 죽고 싶지는 않았다. 게다가 이쪽 구역에 머무는 사람이 나와 하나밖에 없는 것 같아서 더 조심하고 싶었다.

뒤늦게 짐 정리를 하려고 했는데 저녁 식사가 도착했다. 스프, 빵, 연어샐러드, 스테이크, 레몬 케이크와 초밥과 우동이었다. 무료라고 해서 기대 안 했는데 무척이나 맛있고 배도 불렀다. 바로 자고 싶었지만 부지런히 짐을 정리했다. 나는 속옷과 편한 옷 두 벌, 카디건 하나, 핸드폰 충전기가 전부였다. 하나의 캐리어 안에는 손때 묻은 소설책 세 권과 속옷, 편한 옷 세 벌, 비누 한 개, 싸구려 두루마리 휴지 세 개, 수건 세 개, 갱지 연습장 두 개, 연필 두 개가 담겨 있었다. 이것저것 챙겨준 엄마의 마음이 느껴졌는지 하나의 눈시울이 붉었지만 울지는 않았다. 정리를 다 했는데도 짐이 워낙 적어서 그런지 수납공간이 휑하게만 보였다.

"영화 볼래?"

"아니요."

"왜?"

"돈 없어요."

피곤하다거나 바다를 볼 거라는 말이 아니라 돈 없다는 말이 바로 나오는 모습에 순간 말문이 막혔다. 빙하가 단 하나만 남았다는 걸 공식화했을 즈음부터 아이를 낳았다고 정부가 보조금을 주거나 태어난 아이에게 불안정한 미래를 줘서 미안해하는 분위기는 없었다. 오히려 왜 이렇게 힘든 세상에 능력도 없으면서 아이를 낳았냐고 부모에게 손가락질을 하고, 기후 우울증을 앓는 아이가 난동을 부리지 않을까 매섭게 관찰하고 경계하는 시대였다.

"돈 안 내도 볼 수 있대."

"전기세는요?"

"그것도 무료. 전기랑 수도가 무료라서 영화도 다 볼 수 있고 마음껏 씻을 수도 있어."

"진짜요?"

"진짜. 밤새도록 봐도 돼."

"영화 보는 거 처음이에요!"

환하게 웃으며 눈빛이 초롱초롱 빛나는 걸 보고 하나가 어린아이라는 사실을 처음으로 실감했다. 나는 하나에게 리모컨을 건넸고, 하나는 대신이라면서 소설책을 주었다. 하나는 그동안 보지 못했던 만큼 보겠다는 듯 채널을 마구잡이로 돌리다가 관심이 가면 멈췄다. 애니메이션, 다큐멘터리, 영화,

뉴스, 예능 뭐든 상관없었다. 심지어 자동 번역 이어폰이 있어서 어느 나라에서 만든 영상이건 언어에 구애받지 않고 보고 싶은 걸 볼 수 있었다. 조용하게 흘러가는 물줄기, 산더미처럼 쌓인 쓰레기, 눈앞에서 팡팡 터지는 화려한 자동차 사고 장면에 경직된 몸으로 입까지 굳게 다물고 집중했다. 잠시라도 모니터에서 눈을 떼는 시간이 아까운지 씻는 것도 대충이었다.

"언니, 밤에도 TV 켜두고 싶으니까 제 방으로 가도 돼요?"

"……알았어. 그럼 아침에 보자."

같이 있어도 상관없지만 하나가 혼자만의 공간을 가지고 싶어 할 수도 있겠다는 생각에 고개를 끄덕였다. 같이 방 밖으로 나오자 누가 복도에서 어슬렁거리고 있었다.

"어라, 어쩐지 안 보이더니, 둘만 이쪽에 머무르는 거야? 혹시 돈 주고 업그레이드했어?"

핸드폰으로 몰래 촬영하다 걸린 남자였다. 들어올 때는 제지당했는데, 크루즈 안에서의 촬영은 자유인 건지 이 근처에 사람이 없어서 그런 건지 당당하게 핸드폰을 들고 촬영하고 있었다.

"얼마 주고 했어? 지금이라도 돈 주면 업그레이드해주려나? 방 구경 좀 시켜줘. 보고 결정하게."

별다른 생각 없이 하는 말이라고 해도 어이없었다. 누가 모르는 사람을 함부로 방에 들일까. 남자는 내가 당연히 수락할 거라는 듯 웃었다. 안전지대에서 안전을 보상받으며, 지진이 나 태풍 때문에 위협을 받아본 적이 없는 사람이 분명했다.

처음에 머물렀던 보호소는 텐트도 없이 얇은 담요 한 장으로 자신의 구역이라는 걸 표시해야 했다. 사방이 뚫린 곳에서 누가 내 몸을 더듬을지, 내 물건을 훔쳐갈지, 누가 내 보상금을 빼돌릴지 몰라 제대로 잠을 잘 수 없었다. 아는 사람이건 모르는 사람이건, 여자건 남자건 상관없었다. 아는 사람이면 아니까 친근함을 가지고 접근해 뒤통수치려 하고, 성인이면 혼인신고를 해서 임대 주거지를 얻어내자며 몸을 훑어봤다. 특별 승객이라고 해도 재산과 경험의 차이가 있는 건 알고 있지만, 그 해맑은 얼굴을 보니 약간의 분노와 허망함이 몰려왔다. 저 사람은 내가 왜 이렇게 반응하는지 이해할 수 없겠지.

본능적으로 어떻게 도망치는 게 좋을지 주변을 살피며 생각했다. 복도는 밝았지만 끝 모르게 길었고 우리 말고는 아무도 없었다. 남자가 걸어가는 방향으로 계속 가면 식당과 매점이 있다는데 그곳에 사람이 상주하고 있는지는 알 수 없었다. 차라리 힘들더라도 계단이나 엘리베이터를 타고 올라가 일반 승객이 머무는 층에 가면 돌아다니는 승무원들이 있을 테니 더 안전할 터였다. 여러 방법을 생각하며 뒤에 있는 하나에게 얼른 방으로 들어가라고 손짓했다. 그러나 하나는 이 손짓이 무슨 뜻인지 눈치채지 못한 건지, 아니면 발이 얼어붙은 건지 모르겠으나 꼼짝하지 않았다. 내가 여기저기 살피는 게 불쾌했는지 남자가 미간을 찌푸렸다.

"내가 방을 바꿔달라는 것도 아니고 그냥 구경만 하겠다잖아. 싫으면 싫다고 말을 하던가, 왜 사람을 무시해? 혹시 돈 주고 업그레이드한 게 아니라 여자와 아이니까 업그레이드해 달라고 진상을 피운 거야? 가난에 나이와 성별이 어딨어? 이딴 세상에 아이를 낳은 사람이 멍청한 거잖아. 여자라고, 어리다고 왜 배려를 받아야 해?"

남자의 체격이 눈에 들어왔다. 키는 나보다 조금 더 컸지만 유튜브 활동하면서 돈을 꽤 벌었는지 체격이 좋았다. 운동도 따로 하는 것 같았다. 남자는 말을 하면 할수록 화가 나는지 말이 끝날 무렵에는 얼굴이 붉어져 있었다. 이럴 줄 알았으면 사람이 자주 다니는 쪽에 있는 방이냐고 물어볼 걸 그랬다. 남자가 한 발자국 더 가까이 다가왔을 때 하나가 뒤에서 크게 외쳤다.

"우리 언니 괴롭히지 마세요!"

"야, 내가 뭘 했다고 괴롭히지 말라고 하는 거야? 욕을 했어, 때리기를 했어? 내가 말한 건 사실이잖아. 웃기는 애네. 너는 너희 엄마 원망스럽지도 않아? 티켓을 팔면 그래도 좀 안전한 곳에 집도 구하고 학교도 갈 수 있을 텐데."

"가라고요!"

"가지 말라고 해도 갈 거다. 특별 승객끼리 힘을 합쳐도 모자랄 판에 쯧."

남자는 머리가 단단히 고장난 사람을 보듯이 나를 위아래로 훑어보고는 그대로 복도를 가로질렀다. 우리는 재빨리 방으로 들어갔다. 들어가자마자 다리에 힘이 풀려 바닥에 주저앉았다. 하나가 안으로 들어가더니 작은 냉장고에서 물병을 꺼내 내게 건넸다. 시원한 물을 마시고서 안도의 한숨을 내쉬었다.

"위험하면 어쩌려고 나섰어."

"……그래도 웬만한 사람이 아니면 아이는 잘 안 때리더라고요."

하나는 엄마와 함께 있으면서 이런 일이 많았던 걸까. 말하는 걸 들어보니 맞은 적도 있는 것 같았다. 하나를 빤히 올려다봤다. 초롱초롱한 눈빛을 하던 모습은 온데간데없이 다시 울적한 눈빛이었다.

"그리고 어른인 언니가 있어야 제가 더 안전하잖아요."

하나의 말이 맞았다. 어린아이인 하나 혼자 있는 것보다 내가 옆에 있는 게 더 안전할 터였다. 옷차림이나 챙겨온 물품을 보면 생각보다 열악한 환경에서 살며 나보다 더 많은 경험을 한 것 같았다. 그러니까 어린 나이인데도 눈치가 빠르고

지구의 마지막 빙하에 작별인사를

특별한 이유 모를 울적함이 몸에 배어 있는 거겠지.

"똑똑하네. 그리고 언니가 아니라 이모라고 불러. 옛날 같았으면 너만한 딸이 있을 나이니까."

"지금은 옛날이 아니잖아요. 그냥 언니라고 부를래요."

"……우리 같이 잘까?"

"좋아요. 밤에 영화 틀어놔도 돼요?"

"안 자고 보려고?"

"오늘만요."

"알았어. 대신 소리 작게 해줘."

우리는 침대에 누워 영화를 봤다. 지구에 빙하기가 와서 모든 게 얼어붙는다는 내용이었다. 추운 것과 더운 것 중 어떤 것이 나을지 생각해봤지만 모르겠다. 밤새도록 영화를 보겠다더니 어느새 잠든 하나에게 이불을 덮어주고 TV를 껐다. 크루즈가 워낙 커서 그런지 바다 위에 있다는 게 느껴지지 않았다. 어쩌면 언제 무슨 일이 일어날지 모르는 육지보다 파도에 몸을 맡길 수 있는 배 안이 더 안전할지도 몰랐다. 들리지 않는 파도 소리를 떠올리며 잠을 청했다.

크루즈 여행은 일상과는 아주 많이 달랐다. 일반 승객들만 머무는 곳은 출입 금지였고, 특별 승객과 일반 승객 모두 사용 가능한 공간은 신기하고 즐겁고 재밌었으나 피곤한 건 어쩔 수 없었다. 공용 공간에 들어가면 화기애애하고 우아한 분위기가 순간 흐트러지는 게 느껴졌다. 보이지 않는 선이 분명히 존재했다. 친해지려고 접근한다거나 가볍게 인사를 하고 싶은 마음도 없는데 그 사람들이 먼저 보이는 민감한 반응에 질려버리기도 했다. 그러나 특별 승객 몇 명이 모여 일반 승객의 관심을 끌려고 노력하는 모습을 보니 그럴 만도 하다 생각했다. 혼자였으면 방에 있거나 뜨겁고 습해서 사람이 없는 갑판 위에 있을 텐데, 영화를 보는 것만으로도 기뻐하던 하나를 위해 보란 듯이 돌아다녔다.

하나를 위해 무료인 공연들을 찾았다. 피아노나 현악기 사중주 연주회를 듣다가 잠들기도 하고—내가 코를 골았는지 하나가 얼른 깨워줬다—, 요가 수업을 들으며 명상을 하기도 했다—이때는 하나가 잠들어서 내가 깨웠다—. 특히 마술 쇼는 특별 승객, 일반 승객 구분 없이 마술이 펼쳐지는 대로 감탄하고 박수를 쳐서 제일 좋았다. 돈이 많건 적건 신기한 걸 보면 놀라는 마음은 다 똑같은 것 같아 웃기기도 했다.

이리저리 돌아다니며 소란을 일으키지 않고 조용조용 다녀서 그런지 우리를 불편해하던 일반 승객들도 그럭저럭 괜찮아진 것 같았다. 받아주지는 않지만 그렇다고 밀어내지도 않는달까.

헬스장에 놀러가서 어설프게 기구를 사용하다가 보다 못한 다른 승객의 도움을 받아 올바른 자세로 운동을 해 근육통을 얻기도 하고, 클라이밍을 하러 가서 원숭이처럼 척척 오르는 하나를 향해 그곳의 사람들과 함께 있는 힘껏 박수를 쳐주기도 하고, 수영장에 가서 둘이 허우적거리고 있으니 보다 못한 수영 강사가 무료로 수영을 가르쳐준다 해서 물에 떠 있는 것부터 배우기도 했다.

바다 위에 떠 있는 크루즈 안의 수영장에서 수영하는 게 웃기기는 했지만 정말 좋았다. 유리 천장으로 탁 트인 하늘이 보이고 공기는 에어컨 덕분에 선선했으며 물은 미지근했다. 물에는 머리카락 하나 떠다니지 않았고, 약하게 나는 소독약 냄새는 기분을 산뜻하게 했다. 수영장 한쪽에는 카페와 핫도그 가게가 있었는데 무료 음료를 마시거나 하루에 1번 무료 간식 이용권으로 핫도그를 먹었다. 핫도그가 무척 커서 한 개로 하나와 나눠 먹어도 든든했다. 더위도, 배고픔도 걱정하지 않는 삶이 이런 거겠지. 수업이 끝나고 혼자서 자유형으로 수영하는 하나를 뒤로하고 수영장 안에 멍하니 서 있었다.

물속으로 들어가 머리까지 푹 담갔다. 세상이 너무나도 조용해서 나 혼자만 존재하는 것 같다는 착각이 들었다. 햇살이 어찌나 잘 드는지 물살이 일렁일 때마다 빛도 일렁거렸다. 무슨 일이 일어날지 모르는 바다에서는 느낄 수 없는 조용함이겠지. 가늘고 길게 숨을 뱉으니 보글보글하는 공기 방울이 수면 위로 올라갔다. 그 광경을 지켜보는데 시야에 어떤 사람이 들어왔다. 흔들리는 수면 때문에 얼굴이 뚜렷하게 보이지는 않았지만 쏟아지는 빛이 후광처럼 느껴졌다. 숨이 부족한 것도 잊은 채 멍하니 보다가 죽을 것 같아서 벌떡 일어났다. 멍멍해진 귓속으로 여자의 목소리가 들렸다.

"물 좋아해요?"

"……좋아해요."

꿀처럼 진한 금발에 새싹 같은 연둣빛 눈동자. 대기실에서 크루즈로 제일 처음 나갔던 사람이었다. 지나가다가 몇 번 눈이 마주친 적이 있었다. 그때마다 다른 사람들에게 둘러싸여서 칭송받고 있었다. 아무런 말없이 얼굴을 보며 감탄하는 사람을 앞에 두고서도 익숙한 듯 웃어넘기는 것도 몇 번 봤다. 천사 혹은 요정을 떠올리게 할 정도로 아름다운 사람인 건 분명했지만, 그런 사람이 왜 내게 먼저 말을 걸었을까 하는 의문이 들었다.

"안젤라라고 해요. 날 앤이라고 불러도 좋아요."

"수정이에요. 저 아이는 하나고요."

"실은 나도 수영을 못 하거든요. 옛날에 물에 빠진 적이 있어서 무서운데 이번에 극복해보려고요."

"아, 네."

"하나는 운동 신경이 좋은가봐요. 다 잘하던데요. 우리는 우리끼리 잘해봐요."

"네……."

안젤라의 눈에 들기 위한 사람이 많을 텐데 왜 나에게 이럴까 싶었다가, 그런 사람들이 불편해서 아무것도 하지 않는 내가 편할 것 같아 접근한 것이라는 결론을 내렸다.

마지막 빙하가 너무 작아진 탓에 크루즈로는 가까이 갈 수가 없어서 고무보트로 갈아타 접근한다고 했다. 원한다면 그 근처에서 수영을 할 수 있기 때문에 배우려는 것 같았다. 안젤라가 수영을 배우는 동안 하나는 물속에서 마음껏 헤엄쳤고, 수영을 마치는 시간이 얼추 비슷해서 같이 점심을 먹었다. 그다음날에는 약속을 잡고 만나 같이 수영을 배우고 식사를 하고 카페에서 음료와 디저트까지 먹었다. 심심하니까 자신과 어울려주지 않겠냐며 초대해 하나의 옷을 여러 벌 사주기도 했다.

"수정의 옷도 선물하고 싶어요. 골라봐요."

"아니요. 저는 괜찮아요. 안젤라가 필요한 게 있으면 사요."

"앤. 앤이라고 불러달라니까요. 이 원피스가 잘 어울릴 것 같은데 입어봐요. 이렇게 셋이 입으면 귀여울 것 같지 않아요?"

"……그래요. 귀엽겠어요."

앤은 활짝 웃으면서 내 월급보다 비싼 원피스를 선물해줬다. 하나는 거울 앞에서 자신의 몸에 맞게 수선한 원피스를 입고 제자리에서 빙글빙글 돌고 있었다. 수영복도 맞춰 입고, 원피스도 맞춰 입고, 다음엔 뭘 맞춰 입으려나. 문득 일했던 가게 사장의 스폰서 제안과 뭐가 다른가 싶었지만, 상대에게 바라는 욕망과 감정이 다르다는 생각을 하고 웃었다. 저렇게 천진난만하게 웃는, 사장과는 상대도 안 될 부자에게 내가 무엇을 할 수 있겠는가.

이건 그저 크루즈라는 한정된 공간에서 벌어지는 소꿉장난 같은 것이라고 생각했다. 게다가 우리는 앤에게 꽤나 좋은 방패가 되기도 했다. 우리와 함께 다니는 동안 접근하는 사람에게 다음에요, 하고 거절한 게 한두 번이 아니었다. 그 사람들의 질투와 질시 어린 눈빛을 받는 우리에게 미안함과 감사함을 표시하기 위한 선물이겠거니 짐작하기도 했다.

오늘도 수영을 배우러 실내 수영장으로 향했다. 강사의 구호에 따라 스트레칭을 한 후 차례대로 물속으로 들어가 팔을 뻗고 다리를 찼다. 앤은 보조 기구의 도움을 받아 물이 주는 두려움을 천천히 극복하고 있었고, 하나는 벌써 레일 끝에 도착해 방향을 바꿔 이쪽으로 헤엄치고 있었다.

어린아이라 그런지 하나는 잘 먹고 잘 자고 잘 움직여서 쑥쑥 컸다. 무료로 제공되는 삼시 세끼 식사와 간식 1회를 다 먹고서도 앤이 부지런히 먹여서 살이 보기 좋게 오르고 체력도 엄청나게 좋아졌다. 저 작은 몸으로 레일을 몇 번이나 왕복하고도 지치지 않는지 내가 앤을 봐주는 동안 수영 강사가 알려주는 새로운 수영법을 익히고 있었다.

"손 떼면 안 돼요."

"걱정 마요. 떼라고 할 때까지 절대 안 뗄게요."

구명조끼를 착용하거나 수영 강사에게 도움을 받는 게 낫지 않을까 싶었지만 앤은 늘 나를 데리고 물에 떠 있는 연습을 했다. 앤은 물에 둥둥 떠 있고, 나는 앤의 등에 손을 댄 채 혹시라도 앤이 가라앉으면 바로 들어올려주기 위해 주의를 기울이고 있었다. 일정한 박자로 하나가 물살을 가르는 소리를 들으면서 서로가 서로를 바라봤다. 연두빛 눈동자 안에는 내가 있었고, 진갈색 눈동자 안에는 앤이 있겠지. 앤의 눈동자는 비를 흠뻑 맞은 새싹처럼 반짝거렸다. 자신을 사랑하는 건 아닐까, 하는 착각에 빠질 법한 눈빛이었다.

"내 목숨은 수정에게 맡겼어요."

"가슴까지 오는 곳이잖아요."

"그래도 무서운 건 무서운 거라고요. 나에겐 수정뿐이에요."

나는 착각하지 말아야겠다고 생각했다. 앤의 말을 듣고 어깨를 으쓱이고는 손을 살짝 뗐다. 앤은 눈치 못 챘는지 오늘은 뭘 먹을지 고민하고 있었다. 하나가 지쳤는지 헥헥거리며 우리가 있는 곳으로 다가왔다.

"배고파요!"

"안 그래도 뭐 먹을까 고민중이었는데!"

나는 손 떼지 않은 척 부드럽게 한 손으로는 앤의 등을 받치고 다른 한 손으로는 앤의 손을 잡아 바닥에 발이 닿는 걸 도왔다. 앤은 내 손을 꽉 잡은 채 수영장 가장자리로 걸어갔다. 밖으로 나오려고 하는데 낯선 사람이 손을 내밀었다. 고개를 드니 배에 올라탄 날 방 앞에서 봤던 남자였다.

"올라오는 거 도와드릴게요. 잡으세요."

앤은 대꾸도 하지 않은 채 한 손에 힘을 줘 빠르게 물 밖으로 나가더니, 나와 연결된 손을 잡아당겨 내가 올라오는 것까지 도왔다. 남자는 인상을 쓰다가 애써 웃었다. 나는 하나에게 반대편으로 돌아오라고 손짓했고, 하나는 남자를 힐끗 보더니 조심조심 걸어서 돌아왔다.

"도와드리려던 것뿐 다른 의도는 없었습니다."

상대가 누구냐에 따라 달라지는 태도를 봐도 별생각 없었다. 이 정도로 차이가 나면 당연히 달라질 수밖에 없겠지. 그러나 남자의 다른 손에 들려 있는 핸드폰은 거슬렸다.

"혹시 촬영하고 있는 건 아니죠?"

"그쪽을 찍은 거 아니니까 걱정 마시죠. 수영장 시설을 찍으려고 한 겁니다."

"확인해보고 싶어요? 여기, 이분 핸드폰 확인해줘요. 우리가 찍혔으면 지우고요."

지구의 마지막 빙하에 작별인사를

앤은 아무렇지 않게 근처에 있는 승무원을 불러 부탁했다. 승무원에게 촬영 제지를 당했을 때 화를 내던 남자였지만, 앤의 말에는 아무 말도 못 하고 승무원에게 핸드폰을 내밀었다. 승무원이 동영상을 재생하고 있는지 이것저것 설명하는 듯한 남자의 목소리가 들렸다.

"하나야, 배 많이 고프면 핫도그 하나 먹을래? 아니면 조금 참았다가 점심을 엄청 많이 먹을래?"

"점심을 엄청 많이 먹을래요!"

"그래. 그럼 얼른 샤워하고 가자. 가요, 수정. 하나의 등과 배가 붙어버리기 전에!"

앤은 남자가 우리를 찍었건 찍지 않았건 신경 쓰이지 않는지 깔깔거리며 하나와 내 손을 잡고 샤워장으로 향했다. 뒤를 돌아보니 남자가 어쩌다보니 지나가다가 목소리가 녹음된 거고, 멀리서 뒷모습만 찍힌 건데 꼭 지워야 하냐며 사정을 하고 있었다. 유튜브로 성공하겠다고 아등바등 노력하는 남자가 안타까워져서 그 정도는 괜찮다고 말하려 했지만, 앤이 손을 강하게 잡아당겨 팔짱까지 끼는 바람에 아무 말도 할 수 없었다.

앤과 친해지기 전에 추가금을 내고 시그니처 양식 코스를 주문했던 적이 있었다. 음식이 나오기도 전에 식탁 위에 여러 개의 포크와 나이프가 준비되었다. 기다리던 음식이 눈앞에 있는데도 하나가 주변 눈치를 보면서 스푼을 집었다 났다 하는 걸 보고 아무거나 골라 수프를 먹었다. 그제야 하나가 활짝 웃으면서 제일 작은 포크를 이용해 식사를 했던 적이 있었다. 그렇게 매너도 품위도 없이 먹는 우리를 보며 눈살을 찌푸린 사람이 몇 있었다. 지금도 그때처럼 식사 예절에 신경 쓰지 않은 채 아무렇게나 먹어도 앤과 함께 있다는 것만으로 주변 사람들에게 질투와 부러움을 샀다. 우리는 그러거나 말거나 어떤 걸 주문할지 고민했다.

"먹고 싶은 게 있으면 말해. 그것도 시켜줄게."

"네!"

앤이 코스를 한 번에 가져다달라고 주문하고, 그 전에 아이가 좋아할 법한 치킨텐더 샐러드, 탕수육, 새우튀김우동 등을 주문했다. 양식을 전문으로 하는 식당이라 메뉴에 없는 음식인데도 종업원은 주문을 받더니 이내 음식을 내왔다. 처음 만났을 때와는 달리 많이 밝아진 하나가 씩씩하게 대답을 하고는 포크로 음식을 열심히 집어먹었다.

네모난 식탁이었는데 앤은 내 옆에 앉은 채 맞은편에 앉은 하나에게 음식을 덜어주며 살뜰히 챙겼다. 그런 앤을 보며 나는 앤을 챙겨주고, 하나는 나도 먹으라며 조그만 손으로 내게 음식을 내밀었다.

"하하, 서로서로를 챙겨주는 거 보니까 가족 같아요."

앤은 환하게 웃으면서 탕수육을 내 접시 위에 올려줬다. 가족. 앤은 가족 놀이를 하고 싶은 걸까? 아니면 진짜로 가족이 있었으면 하는 마음일까? 셋이 같은 옷을 맞춰 입고 같이 식사를 하는 걸 보면 정말로 가족이 가지고 싶은 마음일 가능성이 높았다. 마지막 빙하를 보고 돌아가는 길에 나는 없을 테니, 앤이 하나를 돌봐주면 좋을 것 같았다. 아니면 지금부터 앤에게 하나를 맡기는 게 낫지 않을까?

방으로 돌아와 침대에 누워 생각해봤다. 나와 하나는 서로 깊은 이야기를 나눈 적이 없었다. 그저 먹고 마시고 놀고 함께 잠을 잘 뿐이었다. 나는 머리 아픈 일에는 신경 쓰고 싶지 않았고, 하나는 지금 누릴 수 있는 걸 즐기기에도 바빠 보였다. 어쩌면 이런 내 기색을 눈치채고 그런 걸지도 몰랐다. 대화를 해보는 게 좋을 것 같았다.

하나가 늘 시원하고 쾌적한 곳에만 있어서 더위를 잊을 것 같다고 말했다. 오늘은 갑판에 나가 뜨거운 바닷바람을 맞기로 하고 그래도 햇볕은 무서워서 양산을 두 개 구매해 사이좋게 나눠 썼다. 발코니가 아닌 탁 트인 갑판에서 바다를 보고 싶어 하는 승객도 있어서 일부분은 유리벽으로 막아놓고 에어컨으로 시원하게 관리중이었으나, 우리가 갈 곳은 갑판의 끝이었다. 유리문을 열자마자 습도가 느껴지며 숨이 턱 막혔다. 시원한 곳에 너무 오랫동안 있었는지 견디기가 어려웠으나 우리는 나란히 걸었다.

햇빛을 받아 반짝거리는 바다가 아름다웠다. 태풍이나 소용돌이가 발생할 확률이 낮을 때를 골라 간다고는 가지만, 그래도 한 번도 만나지 않아 다행이었다. 갑판 위에 서서 구름 한 점 없는 하늘을 올려다보고 광활한 바다를 내려다봤다. 하늘을 나는 새도, 수면 위로 솟아오르는 물고기나 돌고래도 보이지 않았다. 아무것도 남지 않은 지구에 우리만 있는 것 같았다. 땀을 뚝뚝 흘리며 의도하지 않은 사우나를 즐기고 있을 때 하나가 입을 열었다.

"언니도 저 버릴 거예요?"

"뭐?"

"엄마처럼…… 저를 버릴 거예요?"

하나의 목소리가 떨렸다. 하나가 어떤 표정을 하고 있는지 보고 싶었지만 양산에 가려져 볼 수 없었다. 눈물을 뚝뚝 흘리는 하나의 얼굴을 떠올리려고 했으나 떠오르지 않았다. 슬픈 영화를 봐도 안간힘을 써서 울음을 참는 게 하나였으니까. 울면 버림받는다고 생각하는 걸까.

"엄마가 왜 너를 버렸다고 생각해?"

"이 티켓을 팔아서 돈을 마련하는 게 아니라 저를 태웠으니까요. 마음 착한 부자가 절 데려가길 바랐나봐요. 마침 그런 부자가 저를 예뻐하니까 언니도, 언니도 저를 버리려고……
죽으려고 하는 거 아니에요?"

　우리는 만난 지 한 달도 안 된 사이였다. 그런데도 나에게
믿음이, 애정이 생긴 걸까? 엄마 다음으로 맡겨진 어른이라
그럴 수 있겠지만, 나보다 앤이 훨씬 다정하고 친절한데 왜
이러는 걸까. 나는 쪼그려 앉아 하나와 시선을 맞췄다. 역시
나 하나는 온 힘을 다해 울지 않고 있었다.

　"그러면 마지막 빙하에 내 운명을 맡길게."

　누가 들을세라 아주 희미하게 속삭였다. 하나의 눈이 반짝
이더니 굳세게 고개를 끄덕였다. 마지막 빙하가 아주 많이 작
아져서 모습을 찾아볼 수 없을지도 모른다, 이번 크루즈가 마
지막인 것 같다는 이야기가 떠돈다는 건 말하지 않기로 했다.
긴장이 풀렸는지 하나의 눈에서 눈물이 흘러 바닥을 적셨다.

　나는 망설이다가 양산을 내려놓고 하나를 어설프게 안았
다. 그러자 하나는 이 정도로 안아달라는 듯 온 힘을 다해 나
를 끌어안았다. 내가 꽉 안으면 터질 것 같아 어설프게 끌어
안자 하나가 꽉, 꽉, 꽉 힘을 주었다. 그래서 나도 꽉, 꽉, 꽉 힘
을 줬다. 태양 아래서 내 몸이 너무 뜨거워진 걸까. 내 옷을 적
시는 하나의 눈물이 차갑게 느껴졌다. 기분 탓일까. 더위로
인해 어지러웠는데 그 시원함 덕분에 정신을 잃지 않고 하나
를 계속 안고 있을 수 있었다. 하나가 눈물을 그치고 나를 보

며 배고프다 할 때까지, 꽉, 꽉, 꽉.

우리는 약국에 들러 화상 연고와 알로에 젤을 샀다. 우리를 찾아다녔는지 앤이 약국에서 나오는 우리의 모습을 보고 깜짝 놀랐다. 당장 의사를 부를 테니 자신의 방으로 가자는 걸, 하나가 자기 방에 가서 쉬고 싶다며 거절했다. 앤은 실망한 기색을 애써 추스르고 고개를 끄덕였다. 약속을 어긴 적이 없어서 그랬는지, 그동안 전화번호를 알려주지 않던 앤이 내 핸드폰을 가져가 자신의 번호를 입력하고 전화까지 걸었다.

"무슨 일 있으면 전화해요. 새벽이라도 괜찮으니까 꼭. 알았죠?"

앤이 내 얼굴로 손을 뻗었다가 내가 아픔을 느낄까 멈추고는 몇 번이나 질문하며 우리의 대답을 확인했다. 피부가 따가웠지만 나와 하나는 앤이 원할 때까지 고개를 끄덕이고 알겠다고 답했다.

방으로 돌아와 땀에 젖은 몸을 물로 조심스럽게 닦고 서로의 몸에 화상 연고와 알로에 젤을 발라줬다. 늘 닿지 않으려고 거리를 유지한 채 누웠던 침대 위에 서로 몸을 맞대고 누웠다. 아이의 체온이 어른보다 조금 높다더니 차가웠던 눈물과 다르게 하나의 몸은 따뜻했다.

죽음을 다짐하고 왔기에 하나와 앤의 감정에 대해 깊게 생각하지 않으려 했다. 그렇지만 그걸 뛰어넘어 흘러들어오는 감정들이 너무 무겁고 진해서 물속에 가라앉은 것 같았다. 내가 물 밖으로 나갈 수 있을까. 눈꺼풀이 점점 무거워진다. 비누 향이 나는 하나의 머리에 코를 박고 잠이 들었다.

어제까지만 해도 피부가 벌겋게 익어서 아팠는데 연고가 좋은지 금방 진정되어 통증은 없었고 피부만 얼룩덜룩해졌다. 헤어지기 전까지 계속 걱정하던 앤은 우리를 보자마자 깔깔거리며 웃었다. 우리는 괜찮았는데 근처를 지나가던 사람은 그게 거슬렸나보다.

"저러다가 죽을 수도 있는데 부자들은 그게 웃기구나."

특별 승객끼리 모여 있을 때 본 적 없으니 일반 승객일 텐데 말하는 내용을 들으면 특별 승객 같았다. 게다가 주로 야외에서 지냈던 사람인지 목이나 팔 등 군데군데 탄 흔적이 있었다. 꽁꽁 싸맨 것 같은데도 탄 걸 보니 햇볕이 유난히 강한 곳에서 있었던 것 같았다. 환경 단체에 소속된 사람일까?

"당신 같은 부자들은 웃고 말겠지만, 없는 사람들을 햇빛 아래에서 일하다가 죽기도 해."

당신 같은 부자. 그 말을 듣고 하나와 나의 옷차림을 내려다봤다. 끝단에 파도 모양 자수가 있는 하얀색 원피스에 굽이 낮은 하얀색 샌들, 머리에는 파란색 리본으로 장식한 하얀색

밀짚모자를 쓰고 있었다. 모두 앤이 사준 것들이었다. 이런 내 모습에 충격을 받는 동안 남자가 씩씩거리면서 우리에게 성큼성큼 다가왔다. 거리가 가까워지긴 했으나 팔을 있는 힘껏 뻗어도 닿으려면 한참 멀 텐데 어느새 달려온 승무원에게 잡혀 바닥으로 쓰러졌다.

"이거 봐! 이거 과잉 진압이야! 난 아무것도 안 했다고!"

"다른 분들께 위협적이었습니다. 진정하실 때까지 모시겠습니다."

"내가 뭘 했다고! 나도 일반 승객이야! 사람 차별해?"

남자는 고래고래 소리를 지르며 발버둥을 쳤지만 승무원에게 양팔을 단단히 잡힌 채 끌려갔다. 앤은 승무원을 말리기는커녕 남자를 바라보지도 않았다. 남자가 어떻게 되든 관심 없다는 투였다. 자신에게 가까이 다가오려고 한 사람의 자유를 억압하는 걸 당연하게 여기는 것 같았다.

"수정은 괜찮아요? 하나는 괜찮아?"

"네……."

"다시는 저 사람 마주칠 일 없으니까 겁먹지 말아요. 우리 오늘은 뭘 먹을까? 초밥 먹을래? 바다에서 잡은 거 말고, 양식장에서 공수해온 생선이야."

하나는 앤을 빤히 바라보다가 고개를 끄덕였다. 그렇지만 앤의 손을 잡지는 않았다. 앤은 섭섭해했지만, 하나가 아프다고 하자 식사하고 의사에게 가보자 설득했고 이내 가겠다는 다짐을 받았다.

이후로도 우리는 붙어다녔다. 같이 밥을 먹고, 놀고, 영화를 보고, 밤에 헤어졌다. 앤은 특별 승객이건 일반 승객이건 상관없이 사람들이 우리를 질투하거나 우리를 발판 삼아 자신을 소개받고 싶어 하는 것 같아 신경 쓰인다며 방도 자기 방 근처로 옮겼다. 거기에 우리의 의사는 없었다.

우리가 지내는 방도 좋다고 생각했는데 일반 승객이 머무는 방은 차원이 달랐다. 최저 온도가 26도로 고정된 것이 아니라 18도까지 낮출 수 있었다. 18도라니, 상상도 못 한 온도였다. 이렇게까지 낮춰서 뭐하지 싶었지만 길게 이어진 복도를 걸으면 도톰한 카디건이나 담요를 두르고 돌아다니는 사람들이 있었다. 가득 차려진 음식이 방으로 들어갔다가 고스란히 나오기도 했고, 명품숍에서 구매한 물건들이 줄지어 배달되기도 했다. 저 음식들은 어떻게 될까? 저 물건들은 다 써보기는 할까? 허기짐에 방을 나섰다가 질리는 기분으로 방으로 돌아오기 일쑤였다. 더 커다란 방, 더 커다란 발코니, 더 커다란 욕조 속에서 우리는 더욱더 작아졌다.

"승객 여러분께 알립니다. 마지막 빙하의 근처에 도착했습니다. 빙하의 안전을 위해 크루즈는 정차하고, 고무보트로 갈

아타 빙하에 더 가까이 이동할 예정입니다. 승무원의 안내에 따라 구명조끼를 착용하시고 고무보트에 탑승해주시기 바랍니다."

안내 방송을 듣고 방에서 나와 엘리베이터 앞으로 다가가자 예쁘고 단정하게 꾸민 사람들이 승무원들의 안내를 받아 순서대로 엘리베이터를 타고 있었다. 엘리베이터를 타고 있던 앤이 우리를 향해 손짓을 하자 사람들의 시선이 우리에게 쏠렸다. 순서를 지키라고 하거나 무시할 줄 알았는데 앤의 담당 승무원이 우리를 데리러 왔다.

"나중에 타도 괜찮아요."

"안젤라 님께서 두 분과 보트를 같이 타는 걸로 알고 계시는데, 함께 가시죠."

이번에도 우리의 의사는 없었다. 묻지도 않았다. 하나와 나는 서로를 바라보다가 승무원을 따라갔다. 앤은 가족 같다는 말을 달고 살았지만, 그 가족이 개나 고양이일지도 모른다는 생각이 들었다. 엘리베이터 앞에 서서 대기 줄을 관리하던 승무원이 계속 잡고 있던 엘리베이터에 탔다. 문이 닫히고 엘리베이터가 천천히 아래로 내려갔다.

"바다가 너무 가까이에 있는 게 무서워서 크루즈에만 있으려고 했는데 수정과 하나랑 같이 있으면 괜찮을 것 같아요. 그래도 조금 떨리긴 해요."

앤은 살짝 떨리는 손을 눈앞에 들어 보여주고는 내 손을 잡았다. 약한 떨림이 점점 잦아드는 게 느껴졌다.

"마지막 빙하라니, 로맨틱하지 않아요? 우리는 그 마지막을 함께하는 거라고요."

정말로, 내 마지막을 함께한다는 걸 알면 무슨 생각을 할까. 혼자 남을 하나를 생각하니 막막해지긴 했다. 앤이 하나와 나를 한 세트로 생각해서 가족 같다고 한 거였으면 어쩌지. 하나만 있다고 정이 안 간다고 하면 어쩌지. 내가 죽으려고 하는 걸 몰랐냐면서 하나에게 화풀이를 하면 어쩌지.

나는 다른 손으로 하나의 머리를 부드럽게 쓰다듬었다. 하나는 그런 나를 빤히 올려보다가 문 앞에 서 있는 승무원에게 물었다.

"아저씨, 배에 남아 있는 사람이 많아요?"

"승객분들을 담당하는 승무원 말고는 대부분 배에 남아 있지만, 마지막 빙하를 보러 가는 승객분들을 모시기 위해 전 직원이 갑판에 나와 있을 예정입니다."

"많이 남아 있어요? 무슨 일이 생기면 사람들이 다 도망갈 수 있는 거예요?"

"물론입니다. 빙하를 보러 갈 보트 외에도 배 곳곳에 구명보트가 있습니다. 그렇지만 별다른 일은 생기지 않을 겁니다. 태풍도 소용돌이도 모두 잠잠할 때를 골라 왔으니 걱정하지 마세요."

"네에."

궁금증이 풀렸다는 듯 다시 얌전해져서 내게 몸을 기댔다. 앤이 손을 내밀었지만 고개도 돌리지 않았다. 앤은 민망한 기색 하나 없이 어깨만 으쓱이고는 엘리베이터가 열리자 승무원의 뒤를 따라갔다. 구명조끼까지 입고 보트를 타기 위해 자리를 이동하자 탁 트인 바다 위로 빙하라고 부를 수도 없는 무언가가 보였다.

"저게…… 빙하인가요?"

"네. 마지막 빙하입니다."

영상으로만 봤던 하얗고 거대한 빙하가 아니라 바닥에 떨어져 볼품없이 깨진 얼음조각 같았다. 바다색을 흡수한 것처럼 새파란 게 다를 뿐이었다. 그 빙하는 하나가 눈물을 뚝뚝 흘린 것처럼, 아니 그보다 더 빠르게 물을 뚝뚝 흘리며 녹아내리고 있었다. 그 모습을 보고 앤의 눈가가 촉촉해졌지만 그뿐이었다. 보트에 몸을 싣자마자 와인을 잔에 따랐다.

"샌드위치도 있고 빵과 잼도 있으니까 배고프면 먹어요. 그래도 너무 많이 먹지는 마요. 돌아가면 파티가 있으니까요."

"파티요? 저걸 보고도 파티를 한다고요?"

"무사히 돌아가는 걸 축하하는 파티이기도 하고, 환경을 위해 많은 돈을 주고 티켓을 구입한 사람들을 대접하기 위한 파티이기도 하니까요."

크루즈 티켓 가격의 일부를 환경 단체에 기부한다고는 들었다. 그게 얼만큼인지 공개되지는 않지만, 홈페이지의 기부 리스트가 있는 만큼 실제로 각종 단체에 기부를 한다는 것도 안다. 그렇지만 돈을 냈으니 괜찮다는 걸까?

"돌아갈 곳이 없으면요?"

"응?"

하나의 눈동자에서 기이한 푸른빛이 흘러나왔다. 그 눈동자를 하염없이 바라보다가 하나의 손가락을 따라 시선을 돌리니 배에서 서둘러 내려오는 고무보트들이 보였다. 한 보트에 운전자 한 명, 일반 승객 한 명 이렇게 두 명이 타는 게 보통일 텐데 발 디딜 틈 없이 꽉꽉 채워진 것 같았다. 크루즈의 뒤쪽에서부터 무언가가 빠르게 변화하는 것 같았다. 아니, 크루즈가 얼어붙고 있었다. 크루즈 표면에 하얗게 서리가 생기더니 이내 바다의 수분을 흡수해 부피를 키우고 있었다. 비명이 끊임없이 들리고, 어떤 사람들은 구명조끼만 입은 채 바다 위로 그냥 떨어지고 있었다.

모든 사람이 크루즈를 탈출하자 얼음은 사람들이 크루즈를 떠나기만을 기다렸다는 것처럼 순식간에 크루즈를 집어삼켰다. 크루즈가 얼어붙는 속도가 너무 빨라서 거친 파도가 생기더니 이내 보트가 뒤로 밀려났다. 그러다가 거대한 파도가 치며 우리를 덮쳤다. 나는 본능적으로 하나를 끌어안았고, 하나도 나를 끌어안았다. 물속으로 한 번 가라앉았다가 구명조끼 덕분에 이내 수면 위로 올라왔다. 바닷물이 미지근해서 춥지는 않았지만, 보트에서 멀어지고 말았다. 승무원이 앤을 보호했는지 두 사람이 보트 위에 올라타려고 노력하는 게 보였다.

이 순간에도 얼음은 다시는 녹지 않을 것처럼 더 크고 높게 치솟더니 크루즈를 집어삼키고도 두께를 더해 그 안에 갇힌 크루즈가 보이지 않을 정도가 되었다. 얼음에서 흘러나오는 냉기로 인해 소름이 돋았다. 실시간으로 녹아가던 파편 같은 빙하도 덩달아 조금씩 얼어가는 것 같았다.

"마지막 빙하에 언니 운명을 맡긴다고 했었잖아요. 그 운명이…… 달라진 거 맞죠?"

하나의 입술은 여전히 붉었다. 추위를 전혀 타지 않는 것 같았다. 그러면 너는 왜 떨고 있는 걸까. 내가 어떤 대답을 할지 두려운 걸까? 우리는 물살에 휩쓸려 이리저리 떠다니면서도 서로가 서로만을 바라봤다. 침묵이 길어지자 하나의 얼굴에 체념이 서리려고 했다. 얼음이 크루즈를 덮친 것처럼 슬픔이 하나를 감싸안기 전에 하나를 끌어안았다. 그러자 하나가 망설임 없이 나를 껴안았다.

나를 껴안는 팔의 힘을 느끼며 올라탈 수 있는 보트를 찾기 위해 사방을 둘러봤다. 저쪽에서 패닉에 빠져 몸을 덜덜 떨고 있는 앤이 보였다. 다른 쪽에는 빈 보트가 파도에 떠밀려 점점 가까워지고 있었다.

　나는 망설이다가 하나와 내 구명조끼를 끈으로 연결한 후 수영을 배워본 적 없는 사람처럼 고개를 쳐들고 열심히 발버둥을 쳤다. 살기 위해서, 새로운 빙하에 인사하기 위해서.

투유

♥

구소현

1

합정역에 먼저 도착한 윤강윤은 구글에서 정란옥의 『귀신 제초』를 검색했다. 줄거리만 대강 훑어보려 했는데, 전문을 읽을 수 있는 홈페이지가 있었다. 홈페이지 디자인을 보니 2000년대 초반에 만들어진 듯했다. 그녀는 출구 옆 보행자 방호 울타리에 기대어 소설을 읽었다. 단팥은 만나기로 약속한 시간보다 십오 분 더 늦을 것 같다는 메시지를 강윤에게 보내왔다. 메시지를 확인한 강윤은 다시 소설로 돌아왔다. 소설 속 주인공인 박륜이 바람이 숭숭 들어오는 폐가에서 몸을 뒤척이고 있었다.

읽은 게 너무 오래전이라 읽었는지 안 읽었는지조차 기억이 안 나던 소설이었다. 처음에는 잘 읽히지 않아 여러 번 문장의 처음으로 되돌아가면서 읽다가 어느 순간 살벌해진 내용에 차들이 내는 소음도 듣지 못할 만큼 깊게 몰입해 소설을 읽었다.

소설의 주인공인 박륜은 가난한 학생이다. 집이 너무 가난해서 학교도 못 가고 꿈 같은 건 꾸지도 못하는 인생이다. 부모 둘 다 병들어 몸져누워 있는 상황에서 자식은 넷이나 되었다. 박륜은 이 집안의 장남이었기 때문에 어디서든 돈을 구해와야 했다. 이런 집안에서 태어난 것이 원망스러웠던 그는 가출을 결심하고 실행에 옮긴다. 하지만 돈이 없는 박륜은 종일 굶다 폐가에서 잠에 든다. 박륜은 잡귀신이 씌어 부자 행세를 하며 마을로 돌아온다. 그는 마을에서 가장 큰 부잣집을 찾아가 다짜고짜 자신이 돌아온 아들이라 말한다. 부잣집에서 된통 얻어맞은 그는 피투성이가 되어 다시 자신의 집으로 돌아간다. 방에는 아버지가 잠들어 있다. 박륜은 아버지의 목을 조른다. 아버지가 캑캑거리면서 소설은 끝이 났다.

소설을 다 읽은 강윤이 처음 한 생각은 '해마도 자신을 목 졸라 죽이고 싶었던 적이 있었던 걸까'였다. 해마가 왜 이런 소설을 단팥에게 추천했는지 이해해보기 위해 강윤은 소설을 끝까지 다 읽었다. 소득이 있었다기보다는 마음속만 더 어수선해졌다. 어떤 맥락에서 1925년에 발표된 소설 이야기가 나오게 된 건지 여러 상황을 유추해보았지만, 당사자들이 말해주지 않는 이상 알 수 없는 노릇이었다. 해마와 단팥 두 사람이 이전에 한 대화는 메신저 대화창에서 이미 지워져 있었다. 강윤으로서는 정황을 알 길이 없었다.

안 좋은 자세로 핸드폰을 오래 보고 있다 보니 목덜미와 날개 어깨뼈가 당겨왔다. 그녀는 목을 오른쪽, 왼쪽으로 천천히 돌렸다. 고개를 젖히던 강윤의 시야에 초록색 도로 표지판이 눈에 들어왔다. 그녀는 해마가 해줬던 이야기를 떠올렸다. 해마는 도로 표지판의 색이 초록색인 이유가 '푸르키네 현상' 때문이라고 말했다. 해가 지고 어두워지면 빨간색은 어둡게 보이게 되면서 눈에 잘 안 띄게 되고, 초록색이나 파란색은 더 선명하게 보이게 되면서 눈에 띄게 된다는 이야기였다.

해마는 주변 환경이 어두워질수록 사람의 눈에는 빨간색이 가장 먼저 검게 변하고, 그다음이 주황색, 다음이 노란색, 다음은 초록, 파랑, 보라색 순서로 보이지 않게 된다고 설명했었다. 가끔은 해마의 입에서 나오는 이야기들이 밝혀지지 않은 세상의 비밀처럼 어딘가 아름답게 들리곤 했다. 그때도 마찬가지였다. 강윤은 흉통 안에 설명하기 어려운 무언가가 꽉 차는 기분을 느꼈다.

"상황에 따라 어떤 건 더 잘 보이게 되고, 어떤 건 더 안 보이게 되고 그런 거네." 강윤은 경쾌하게 답하던 자신을 기억했다.

그 뒤에 해마가 무언가 의미심장한 말을 했던 것 같은데 강윤은 기억이 잘 안 났다. 기억을 더듬을수록 여러 색깔의 빛 덩어리들만 눈앞에 둥둥 떠다녔다. 이 빛 덩어리들은 각자 공평하게 빛나고 있어서 어느 색도 눈에 더 띄지 않았다. 전부 다 정답이면서 정답이 아닌 것들처럼.

강윤은 "그때 무슨 말을 했었는지 기억나? 중요한 이야기였던 것 같은데."라고 혼잣말을 했다. 몇 개월 사이 혼잣말이 자꾸만 늘어서 남들 눈에 좀 이상하게 보일 정도였다.

날개 없는 질문들은 모두 무책임하게 던져졌다가 금세 바닥으로 곤두박질쳤다.

해마가 죽고 난 뒤 해마에게 가야 할 질문들은 목적지를 잃었다. 강윤의 마음 밑바닥에는 질문의 무덤이 생겼다. 질문은 계속 태어났지만, 답을 듣지 못하는 바람에 방치되었다. 시체는 계속해서 쌓여가고 어디서부터 어떻게 치워버려야 할지 감도 오지 않았다. 고개를 다 돌린 강윤은 이번에는 어깨를 이용해 느리게 팔을 돌렸다. 쉽게 개운해지지 않았다.

—저 해마님이 읽어보라고 한 소설 읽었어요. 정란옥의 『귀신제초』요.

—그날은 제가 진짜 죄송해요…….

투유

―그 일은 어떻게 된 건가요?

―내일이 마마로바 전시회 마지막날인 거 아시죠? 같이 갔으면 좋았을 텐데 말이에요.

전날 오후 다섯시경 해마의 SNS 계정으로 단팥이라는 닉네임을 가진 계정이 보낸 메시지였다. 당시에 강윤은 해마의 계정으로 로그인해 해마가 썼던 게시글을 보고 있었다. 해마의 SNS 계정은 3개였는데 그중 단팥이 메시지를 보낸 계정은 해마가 좋아하는 만화 〈충격을 모으는 마마로바〉에 관해 이야기하거나 정보를 모으는 계정이었다. 2019년 3월에 가입해 만든 계정이었고 게시물은 총 1,870개가 있었다. 1,029개는 다른 사람이 올린 글을 자신의 계정으로 옮긴 것들이었고, 나머지 841개는 직접 올린 글이었다. 강윤은 주기적으로 해마의 계정에 들어가 1,870개의 게시글을 처음부터 끝까지 정주행했다.

〈충격을 모으는 마마로바〉는 따분한 일상에 지쳐 충격적인 일을 찾아 모험을 떠난 남고생 마마로바에게 일어나는 충격적인 사건을 다룬 만화였다. 주요 인물은 마마로바와 모험을 시작하자마자 만나게 된 청년 겔이었다. 겔은 마마로바에게 스승이자 친구이면서도, 연인과 같은 묘한 기류를 형성하기도 했다. 일본과 미국에서는 꽤 팬층이 두터워 애니메이션으로도 제작이 되었지만, 개연성을 기대하면 안 되는 스토리와 그림체로 국내에서는 메이저가 되기에는 어려운 만화였다. 한마디로 아는 사람만 알고 좋아하는 사람만 좋아하는 그런 만화였다. 원작자가 조현병으로 무기한 휴재에 들어가면서 마마로바는 더욱 이상한 만화가 되었다. 그렇게 붙은 별칭 '쇼크로바'는 〈충격을 모으는 마마로바〉를 국내 팬들이 줄여 부르는 말이었다.

해마의 마마로바 계정은 사람들과 소통하는 계정은 아니었다. 비공개 계정에 팔로워가 0이었기 때문에 해마가 올린 게시글을 아무도 볼 수 없었다. 낯선 사람에게서 온 의문의 메시지. 유령과도 같은 계정에 누군가 말을 걸어왔다. 메시지를 보낸 단팥이라는 사람의 계정은 비공개는 아니었지만, 해마처럼 팔로워가 0이었다.

"너 단팥이라는 사람 알아?" 강윤은 자신도 모르게 또 혼잣말을 했다.

그녀는 답장을 몇 번이고 썼다가 지웠다. 자신은 해마가 아니라고, 해마는 죽었다고 밝혀버리면 어떤 것도 알아내지 못하고 대화가 끝날 것 같았다. 어쩌면 단팥이라는 사람이 메시지를 잘못 보낸 게 아닐까 싶기도 했다. 계정 이름을 해마라고 지은 사람들이 한두 명이 아니었기 때문에 헷갈렸을 수도 있다고 생각했다. 강윤은 자신의 계정을 만들어 비공개로 변

투유

경한 다음 해마의 계정에 메시지를 보내봤다. 다른 계정이 최초로 메시지를 보내오면 메시지를 승인할 것인지 말 것인지 선택할 수 있는 창이 떴다. 그런데 단팥이 보내온 메시지에서는 그 창이 뜨지 않았다. 이미 한번 대화 승인을 했던 계정이라는 뜻이었다.

강윤은 한 손으로 턱을 괸 채 핸드폰 화면을 물끄러미 바라보다 '내일 가시나요?'라고 메시지를 보냈다. 단팥의 답장은 한 시간 뒤에나 왔다.

―네, 마지막날이라 사람 몰릴 것 같긴 한데 저는 가요. 해마님은요?

강윤의 심장은 두근거리기 시작했다. 그녀는 사교적이지 못했다. 모르는 사람들뿐만 아니라 아는 사람들과 만나도 어떤 말을 꺼내야 할지 몰라 과묵해졌다. 하고 싶은 말도, 듣고 싶은 말도 없어 피로만 쌓였다. 해마와 지내면서 그녀는 사람들을 더욱 안 만나게 되고, 해마와만 놀았다. 해마도 그랬다. 윤강윤이랑만 놀았다. 서로가 유일한 친구였다.

'너도 그런 줄 알았는데……'

이 말은 입 밖으로 꺼내지 않고 속으로만 말했다.

해마가 인터넷에서 친구를 만들었을 거라고는 생각조차 하지 못했다. 그녀는 자신이 알지 못하는 이야기에 대해 알아내기 위해 뭐라도 해야 한다는 조바심을 느꼈다. 이 조바심은 낯선 사람과 만나야 한다는 부담감을 이겼다.

—저도요. 내일 만날까요?

—좋아요. 우리 실제로는 처음 만나네요.

강윤은 해마와 단팥이 만난 적은 없다는 사실을 알아냈다. 그녀는 단팥의 답장을 바라보다 느낀 바가 있었다. '묘하게 설레 보이네' 강윤은 속으로 생각했다.

—걱정했었어요. 많이 힘들어하셨잖아요.

강윤이 답이 없자 단팥이 한 번 더 메시지를 보내왔다. 단팥이 무엇을, 어디까지 알고 있는지 가늠이 안 돼 그녀의 얼굴은 한결 더 싸늘해졌다.

단팥과 대화를 끝내고 나서 강윤은 밤에 잠이 오지 않아 인간의 수명에 관련된 다큐멘터리를 시청했다. 장수하는 사람들이 모여 사는 지역에 방문해 장수의 비결을 알아보는 내용이었다. 그녀는 신선한 열매들, 혈색이 좋아 보이는 노인들, 주전자에서 올라오는 연기 등을 바라봤다. 그들은 모든 음식을 직접 다 요리해 먹었다. 재료도 신선하고 가공되지 않는 것들 위주였다. 과식하거나 폭식하는 일이 없었다. 하루를 부지런히 움직였으나 과로하지는 않았다. 노동 이후에는 휴식이 함께 따랐다. 사랑과 친절, 우정 등을 나눌 수 있는 사람이 곁에 있었다. 예전의 그녀였다면 잠시라도 저 사람들의 삶의 방식을 따라 해보겠다는 의지가 불타올랐을 것이다. 하지만 지금 그녀에게는 저렇게까지 해서 오래 살고 싶은 마음이 없었다.

그녀는 하루에 한 끼만 먹었다. 식사 시간은 오전 열시일 때도, 오후 네시일 때도, 밤 열한시일 때도, 새벽 두시일 때도 있었다. 거의 모든 식사를 배달시켜 먹었다. 먹자마자 누웠고, 졸리면 그대로 잠들었다. 매일 속이 더부룩해 선물로 받았던 양배추 환을 한 알씩 먹었다. 빈 플라스틱 용기가 분리수거함에서 사라질 일이 없었다.

노인들의 건강한 삶을 바라보는 그녀의 눈에 졸음이 밀려들고 있었다. 그녀는 눈을 느리게 껌벅였다. 그대로 잠들지는 못했다. 이미 낮에 내내 자다 오후 네시에 일어났기 때문이기도 했다. 끔찍한 수면 패턴이었다. 그녀는 새벽 세시 삼십분까지 뒤척이다 겨우 잠들었다.

강윤의 꿈에 해마가 나왔다. 꿈인 걸 아는데도 눈물이 날 만큼 반가웠다. 손을 뻗어 해마의 얼굴을 실컷 만졌다. 갓 태어난 아이를 만지는 것처럼 소중하게 어루만졌다. 익숙한 촉감에 꿈이라는 걸 알면서도 깨지 않았으면 좋겠다고 생각했다. 하지만 해마는 손을 뻗어 강윤의 목을 졸랐다.

몇 시간도 못 자고 잠에서 깬 그녀는 낮아진 체온 때문에 몸을 웅크렸다. 혼자서 킹사이즈의 침대에서 자면 아침에 일어났을 때 더 추웠다.

"옆에 있는 거지."

그녀는 빈자리를 옆에 사람이 있는 것처럼 만들고 옆으로 움직인 뒤 여러 번 중얼거리다 다시 잠들었다.

2

단팥을 만난 강윤은 어색하게 인사를 나누고 걷기 시작했다. 단팥은 헤어스타일과 패션 스타일 때문에 강윤보다는 어려 보였다. 강윤은 회색 집업 니트에 갈색 면바지를 입고 나왔고 단팥은 네모난 주머니가 달린 비닐 재질의 통 큰 검정 바지에 공룡 머리뼈, 별똥별, 불꽃, 기하학적인 문양 등의 그림이 조잡하게 프린팅된 긴팔 티셔츠를 입고 나왔다. 단팥의 머리 스타일은 앞머리가 있는 긴 생머리였는데, 머리카락 색깔이 두 가지 색이었다. 걸을 때마다 검고 긴 머리카락 사이사이 연한 분홍색으로 염색한 부분이 드러났다. 단팥이 메고 있는 가방에 달린 하늘색 눈의 하얀 솜털 인형 키 링도 덩달아 움직였다.

"단팥님이 몇 살이라고 했었죠?"

강윤은 기억이 안 난다는 식으로 물었다.

"해마님께 나이 얘기 안 했었어요. 저 스물일곱이요."

단팥이 웃으며 말했다. 생각했던 것보다 나이가 있어 강윤은 오히려 놀랐다.

"오늘 좀 많이 걸어야 하는데 괜찮으시죠?"

단팥은 핸드폰으로 지도 앱을 켰다. 즐겨찾기 목록 중 '오타쿠'라는 폴더로 들어가자 여러 개의 별표 표시가 지도에 나타났다. 전부 애니메이션 캐릭터가 그려진 상품들을 판매하는 상점이었다. 단팥은 해마와 함께 가기 위해 미리 엄선해둔 곳들이라 말했다. 단팥의 계획을 듣고 강윤은 하루 안에 이 많은 상점들과 전시회장까지 모두 갈 수 있을까라는 의문이 들었지만, 상점들의 위치가 전시회장으로 가는 길과 동일하기도 했고, 단팥이 어딜 가든 중요하지 않았기 때문에 결국은 단팥이 하자는 대로 따랐다.

강윤은 몇 개월 만에 자신이 사람들 사이에서 걷고 있다는 것을 깨달았다. 쓰레기를 버리기 위해 집 앞에 있는 분리수거함까지 가는 일 외에는 나갈 일이 딱히 없었다. 그렇다고 해서 발걸음 하나하나에 의미를 부여하지는 않았다. 그녀는 무의미하게 걷고 있었다.

현재 그녀는 움직이지만 멈춰 있었다. 움직일수록 특정한 공간에 고정되어 있음을 실감했다. 어디를 가도 푸른색, 흰색, 녹색, 갈색 범벅인 지구를 벗어날 수 없고, 뭐가 되었든, 무엇을 하든 간에 한낱 인간일 뿐이었다. 무력감은 성냥에 불이 붙는 순간처럼, 바닥에 달걀이 툭 떨어지는 순간처럼 찾아왔다.

그녀는 그녀를 지탱하고 있던 나사가 우수수 빠진 사람처럼 굴었다. 낮과 밤 구분없이 자다 깨다를 반복했다. 어느 날에는 두 시간을 자고, 또 어느 날에는 열다섯 시간을 내리 잤다. 당연한 수순처럼 만성 두통을 앓았다. 원인을 알 수 없는 알레르기도 생겨 매일 약을 먹지 않으면 온몸에 발진이 올라오고 참을 수 없이 가려웠다. 직업이 소설가인 강윤은 판단력이 흐려져서 글도 못 썼다. 그녀에게는 웹진에 연재해야 할 소설이 있었다. 출판사와 협의해 연재 시작일을 육 개월 뒤로 미루었다. 파트타임으로 일했던 돈가스 가게 서빙 아르바이트도 관두었다. 과외도 더는 진행할 수 없어 남은 횟수의 돈을 돌려줬다.

다음주가 되면 약속한 시일이 채워진다. 그녀는 여전히 아무것도 쓰지 못하고 있다. 그녀는 정해진 기간 안에 충분한 이야기를 만드는 데 실패했다. 머릿속에서 어떤 실마리가 잡히려고 하면 쇠숟가락이 들어와 뇌를 휘저었다. 생각을 정리하는 과정 자체가 불가능했다. 비축분이 있는 상태에서 연재를 시작해야 사고가 나지 않았다. 담당 편집자와 이십 분가량 통화한 끝에 그녀는 연재 시작일을 한 달 더 뒤로 미뤘다.

통화를 끝낸 강윤은 책상 위에 있던 빈 요구르트 병을 버렸다. 처음엔 한두 개만 마시려고 했는데, 자제가 잘 안 됐다. 그녀는 한꺼번에 요구르트 30개를 마시면 구토하게 된다는 이야기를 떠올렸다. 처음에는 어디서 들었는지 생각이 나지 않다가 뒤늦게 해마가 해준 이야기라는 것을 깨달았다. 책상 위에는 빈 요구르트 병이 30개가 있었다. 구토는 하지 않았다는 사실을 해마에게 들려주고 싶었다. 아침부터 저녁까지 요구르트만 먹으면서 쓴 소설이었다. 누가 봐도 억지로 썼다고 생각할 만한 실망스러운 작업물이었다.

'한 달을 미룬다고 지금보다 더 나은 소설을 새로 쓸 수 있을까?'

생각이 여기까지 미치자 그녀는 몸에 힘이 빠져 바닥에 드러누웠다. 왜 써야 하는지 알 수 없어서 더 못 쓰게 된 건가 싶었다. 왜 밥을 먹어야 하는지, 왜 숨을 쉬어야 하는지도 알 수 없어서 큰일이었다. '이렇게 쓸 거였으면 그만두고 돈 되는 일이나 더 하지. 네가 죽인 거야. 네가 돈 안 되는 일을 해서. 막상 잘하지도 못해서. 그래서 힘들어서 죽은 거야' 소설을 완성하지 못한 강윤은 스스로에게 막말을 퍼부었다. 수개월을 쉬었는데도 죽고 싶은 기분밖에 안 들었다.

'세상은 커다란 아크릴 통에 채워진 검은 물이다. 나는 통안에서 검게 색이 변하고 부식되어가는 치아다.'

쓰고 싶은 문장이 떠오르면 잊어버리기 전에 어딘가에 적어 두어야 하는데, 그녀는 요즘 좋은 문장이 떠올라도 흘려보냈 다. 지금 머릿속에 떠오른 문장도 남기려 하지 않고 서서히 사 라지도록 내버려두었다. 아무것도 이야기로 뭉쳐지지 않았다.

강윤이 세상을 아크릴 통으로, 자기 자신을 썩어가는 치아 로 여기게 된 건 해마가 죽었기 때문이다. 해마에 대해 생각 만 하면 마음 밑바닥에 있던 괴로움이 죽이 끓는 것처럼 부글 부글 끓었다. 이 죽은 끓고 또 끓어서 바닥에 다 눌어붙었다.

해마는 자전거로 배달 아르바이트를 나갔다가 차에 치여 죽었다. 해마는 회사에서 받는 월급으로는 부족해 저녁에는 자전거를 타고 배달 일을 나가곤 했다. 주말에는 대형 물류 창고에 가서 단기 아르바이트를 하고 왔다. 사고는 해마의 잘 못이 컸다. 사고 현장에 있던 행인 중 한 명이 당시 상황을 찍 었고 차 내부에 있는 블랙박스에도 찍혔다. 영상에서 해마는 누가 좀 차로 쳐줬으면 좋겠다는 듯이 교통신호를 무시하고 페달을 밟았다. 얼마 지나지 않아 해마는 차에 치였다.

강윤은 영상을 수십 번 돌려봤다. 이해가 되지 않았다. 해마 는 자살할 이유가 없었다. 죽기 며칠 전부터 기운이 없었지만 감기 기운 때문이었다. 배달 일을 나가기 전에는 예능 프로그 램을 보면서 웃음을 터뜨렸다. 현관문에서 양팔로 하트를 만 들고 사랑한다는 말도 잊지 않았다. 집을 샅샅이 뒤져봤지만,

남겨둔 유서도 없었다.

해마는 빚이 많았다. 그녀는 고등학생 때 TV에도 나왔다. 해마는 강윤과 만나면서 뒤늦게 이 사실을 고백해왔다. 강윤은 해마 몰래 방송을 찾아봤다. 영상을 틀자 햄버거 가게에서 감자튀김을 튀기는 해마, 동생의 숙제를 도와주는 해마, 교복을 입고 학교에서 수업을 듣는 해마, 퉁퉁 부은 다리를 스스로 주무르며 울고 있는 해마가 나왔다.

"지원도 받고, 모금도 받았었는데 왜 아직도 빚이 많은 거야?"

언젠가 라면을 먹기 위해 물을 끓이고 있을 때였다. 강윤은 무심코 말하고 아차 싶었다. 탓하는 것처럼 들릴까봐 하지 않으려 했던 말이었다.

해마는 자신도 잘 모르겠다면서 골똘히 생각했다. 방송에 나갔을 당시에는 경제적인 어려움에서 벗어날 수 있는 비상구가 보였었다고 말했다. 그런데 비상구에 다가가면 다가갈수록 멀어졌다고 했다.

해마의 삶은 의자에 붙은 불을 끄면 싱크대가 불에 탔고, 그 불을 끄면 장롱이 불탔고 그러다 걷잡을 수 없이 번져 결국 온 집안이 불에 타는 이야기처럼 흘러갔다. 저임금, 과로, 질병, 사고, 이자, 사기, 다단계와 같은 단어들이 만성질환처럼 해마의 삶에 들러붙어 있었다.

해마는 어릴 때부터 쉬지 않고 일을 했다. 앞으로 갚아나가야 할 빚이 얼마인지 듣고 강윤은 하루이틀은 그 돈을 무서워했다.

강윤은 소설가가 되기 전에 렌터카를 대여해주는 회사에 다녔었다. 그러다 출근할 때 사람들에게 "안녕하세요."라는 말을 하는 게 힘들어져 회사를 그만두었다. 소설가가 된 뒤에는 오전에 파트타임 아르바이트를 하거나 고등학생 입시 과외를 하고 남은 시간에 소설을 썼다. 누군가에게 보탬이 될 만한 벌이는 아니었다. '지금 벌이로 그 많은 돈을 어떻게 갚지?'라는 생각에 매몰되었다. 아르바이트 구인 사이트를 몇 시간 동안 들여다보다 결국에는, 불가능하다는 생각밖에 들지 않았다. 그러다 또 해마와 같이 있는 게 좋아서 잊게 됐다. 겉으로 보면 티가 안 나지만 만져보면 바닥에 떨어진 찰흙같이 눌린 뒤통수, 세로 길이보다 가로 길이가 더 긴 짧고 넓적한 손톱, 작은 코와 귀, 웃을 때만 올라가고 평상시에는 미묘하게 내려가 있는 입꼬리가 너무 좋았다. 해마가 줄줄이 꺼내놓는 자신의 단점들은 강윤이 해마를 사랑하는 이유가 되기도 했다. 그래서 해마가 생각하는 자신의 단점들은 강윤에겐 해마의 장점이 되었다.

현관문 쪽에 짐을 쌓아두면 운이 들어오는 길을 막는다는 미신을 신경 쓰면서도 마땅한 공간이 없어 치울 수 없는, 조심해도 수시로 가구 모서리에 부딪히는 협소한 집에서 살아도 살 만했다. 함께 살면서 안 웃는 날이 없었다. 배가 아플 정도로 웃었다. 서로 뜨끈한 몸을 붙이고 있으면 주어진 삶에 감사하며 잠들었다.

산책로도, 공원도 없는 동네여도 틈만 나면 나가서 걸었다. 주변 풍경이라고는 주방밖에 없는 배달 전문점, 촌스럽고 음침한 분위기의 술집과 노래방, 자동차 정비소, 점집밖에 없는 곳을 지나치면서도 나른한 봄바람을 느끼고, 여름의 생기와 푸르름을 느끼고, 가을 하늘의 선선함, 사각사각 밟히는 겨울의 눈송이들을 느꼈다.

사랑할수록 강윤은 전보다 더 많이 읽게 되고, 많이 쓰게 됐다. 익숙한 감정은 낯설어져서 골똘히 생각해보게 되었다. 그날그날 보고 듣고 만져보았던 많은 것들이 오래 또 선명하게 기억에 남았다. 그녀는 하루 동안 햇빛이 정수리에 닿고, 팔뚝에 닿고, 등허리에 닿는 순간들을 모두 온전히 알아챘다. 그녀의 감수성이 물통에 담긴 물처럼 고요했다면 해마와 만나고 나서는 시퍼런 물감이 잔뜩 묻은 붓이 자꾸만 강윤의 물통을 휘저었다.

이런 기분은 참기가 어려웠고 무엇이든 써야 했다. 그녀는 해마와 만나는 동안 운 좋게 소설가로 데뷔까지 하게 되었다. 당선 상금으로 프린터기와 A4용지 이천오백 매 한 박스를 사고, 남은 금액은 다 해마에게 줬다. 해마를 통해 얻은 경험으로 쓴 소설이라 하나도 아깝지 않았다.

해마의 동생은 강윤에게 해마가 고등학생 때 썼던 일기장을 보여주었다. 온통 죽고 싶다는 글뿐이었다. 해마의 동생은 그녀의 죽음이 언젠가는 일어날 일이었던 것처럼 말했다. 동생뿐만 아니라 많은 사람이 해마의 죽음을 당연하게 받아들였다.

오직 강윤만이 해마의 죽음을 받아들이지 못했다. 이 일기는 자신이 해마의 삶에 없었을 때 썼던 일기였다. 강윤이 해마의 삶에 들어오고 해마는 분명 행복해했다. 자신이 지금 얼마나 행복한지, 자신이 강윤을 얼마나 사랑하는지 아느냐는 해마의 질문에 강윤은 어떠한 망설임도 없이 안다고, 느껴진다고 답할 수 있었다.

미래에 대한 이야기를 수없이 했으며, 심지어 해마는 강윤을 혼자 남겨두지 않겠다며 강윤보다 나중에 죽겠다는 말까지 했었다. 좋은 사업 아이템이 있다면서 빚을 다 갚고 나면 러시아나 핀란드와 같은 추운 나라에 가서 호빵, 잉어빵 장사를 하자는 실없는 얘기도 했었다. 유튜브에서 디즈니 크루즈 여행, 초호화 횡단 열차 여행 후기 영상을 시청하면서 언젠가는 꼭 다 가보자고, 다 해보자고 말하기도 했다.

강윤은 해마의 생전 마지막 모습을 침대에 누워 바라봤었다. 가기 싫은 얼굴이었었나. 죽음이 드리워져 있었나. 평소와는 다르게 다녀오겠다는 말을 안 했었나. 골똘히 그날의 기억을 되짚어봐도 해마는 자신을 향해 안심하라는 듯 환하게 웃고 있었다.

"해마님 찾았어요!"

단팥이 강윤을 손짓으로 불렀다. 단팥은 진열장 가장 깊숙한 곳에서 다른 애니메이션 상품들에 가려져 있던 마마로바 상품을 꺼냈다. 크림 웨하스 과자가 들어 있는 카드 팩이었다. 재고가 6개 남아 있었는데 단팥은 전부 바구니에 담았다.

"그걸 다 사게요?"

"당연하죠. 해마님도 사실 거죠? 6개니까 3개씩 나눌까요?"

"아니요. 저는 1개만 살게요."

두 사람이 첫번째로 방문한 가게는 2층에 있었다. 하얀색으로 페인트칠을 한 벽면에는 요즘 인기가 많은 애니메이션의 포스터들이 빼곡하게 붙어 있었다. 피규어, 인형, 아크릴로 된 상품들, 스티커, 컵받침, 금속으로 만든 배지, 랜덤 카드 팩 등 진열대에 놓인 상품의 종류도 수십 가지였다. 계산대 주변에는 피규어나 인형, 캐릭터 상품들을 뽑을 수 있는 복권판이 가득 붙어 있었다.

단팥은 마마로바와 관련된 상품만 사지 않고 다른 애니메이션 상품도 바구니에 담았다. 쇼핑에 심취한 단팥의 눈은 유리구슬처럼 반짝반짝 빛났다. 가게에 있는 사람들의 눈도 단팥과 크게 다르지 않았다. 다양한 무늬를 가진 유리구슬들은 부지런하게 가게 안을 활보했다. 복권을 하다 소리를 지르는 사람도 있었다.

연달아 방문한 가게들도 내부 인테리어나 팔고 있는 상품이 비슷했다. 동일한 상품을 더 싸거나 더 비싼 가격에 팔고 있기도 했다. 강윤은 컨베이어 벨트 위에 올라간 기분이 들었다. 단팥은 아직 갈 길이 멀다고 말하면서도 벌써 이십만 원 이상을 지출했다. 강윤도 얼떨결에 물건을 사는데 돈을 상당히 썼다. 두 사람은 마마로바 상품을 발견할 때마다 구매했다. 강윤은 생전 처음 뽑기 기계인 가챠도 돌려봤다. 오백 원짜리 동전 6개를 동전 투입구에 끼워 넣고 레버를 돌리면 동그란 캡슐이 상품 투입구로 나왔다. 캡슐 안에는 피규어가 무작위로 들어 있었다.

강윤은 레버를 두 번 돌렸다. 욕조 안에서 목욕을 하고 있는 양과 스키를 타는 펭귄 피규어를 뽑았다. 귀여웠다. 강윤의 뇌가 작고 귀여운 것들에 화학적으로 반응했다. 사랑하는 사람을 잃은 괴로움에 절어 있던 뇌에서 기분 좋은 가스가 미량으로 새어 나오기 시작했다.

가스가 확실하게 터져나온 건 복권을 할 때였다. 복권 판매 위주로 장사하는 가게에 '충격을 모으는 마마로바' 복권이 있었다. 복권 한 장에 만천 원이었다. 돈을 내면 면도칼 모양의 복권이 가득한 상자를 꺼내왔다. 상자에 손을 넣어 자신이 구매한 장수만큼 복권을 집었다. 절취선을 따라 겉면을 뜯으면 내부에 당첨된 상품의 등급이 적혀 있었다. 대개 A 등급부터 F, G 등급까지 있었는데, 마마로바에는 스페셜 원 등급이 하나 더 있었다.

단팥이 먼저 복권을 다섯 장 구매해 뜯었다. F 등급 세 장과 G 등급 두 장이 당첨됐다. 직원은 작중인물이 그려진 핸드타월 세 장과 얇은 클리어 파일 두 장을 꺼내왔다. 강윤도 복권을 한 장 구매했다. 상자에 손을 넣어 복권을 신중하게 골랐다. 그녀는 천천히 절취선을 뜯었다. 과자 상자의 절취선이 뜯어질 때 나는 소리와 같은 소리가 났다. 'Special One'이라는 글자가 강윤의 눈에 보였다.

"대박!"

단팥과 점원은 가장 좋은 걸 골랐다며 옆에서 호들갑을 떨었다. 점원이 팔뚝만 한 크기의 대형 상자를 선반에서 꺼내어 얼떨떨한 얼굴을 한 강윤에게 안겨주었다. 마마로바와 겔이 서로의 양손을 부여잡고 방방 뛰고 있는 자세의 피규어였다.

3

강윤은 단팥을 만났던 날 가게에서 뽑았던 스페셜 원 등급 피규어를 전자레인지 위에 두었다. 욕조 안에서 목욕을 하고 있는 양과 스키를 타는 펭귄 피규어도 함께 두었다. 집이 작아 대형 피규어를 둘 만한 자리가 마땅히 없었다. 그녀는 해마가 모으던 작은 피규어들도 나란히 진열했다.

'아무 생각 없이 기뻐지고 싶었던 거구나.'

강윤은 집에 돌아와 애니메이션을 보다 잠들고, 피규어를 사 모으던 해마의 마음을 이제는 조금 알 것 같았다. 이게 해마가 느꼈던 기분이었을 거란 생각을 하니 기쁘기도 하고 슬프기도 했다.

그날 강윤이 스페셜 원 등급 피규어를 뽑고 난 다음부터, 단팥은 강윤에게 자꾸만 자신을 대신해서 복권을 뽑아달라고 부탁했다. 하지만 스페셜 원 등급을 뽑는데 당첨운을 모두 소진했는지, 단팥을 대신해 강윤이 뽑은 복권은 전부 F나 G 등급이었다. 좋은 등급의 상품을 뽑아주지 못해 민망했던 강윤과는 달리 단팥은 크게 아쉬워하지 않았다.

뽑기를 마친 두 사람은 볶음밥 전문점에서 식사를 간단하게 했다. 세계 각국의 볶음밥을 판매한다는 콘셉트가 있는 가게였다. 강윤은 다진 돼지고기와 마늘종이 들어간 볶음밥을 먹었다. 단팥은 새우와 계란, 오이가 들어간 볶음밥을 먹었다. 베트남 고추가 잔뜩 들어간 엄청 매운 면 요리도 하나 시켰다. 다른 테이블에도 하나같이 새빨간 국물이 가득 담긴 그릇이 놓여 있었다.

강윤은 매운 음식을 잘 못 먹었고 해마는 매운 음식을 잘 먹었다. 강윤은 해마가 아니라는 걸 들키지 않기 위해 땀을 뻘뻘 흘리며 국물을 떠먹었다. 식사를 마친 뒤에는 설탕으로 코팅된 과일꼬치를 사 먹었다. 강윤은 포도 꼬치를, 단팥은 귤 꼬치를 골랐다. 두 사람의 입안에서 딱딱하게 군은 설탕 코팅이 잘게 부서졌다. 강윤과 단팥은 단팥이 가보고 싶어했던 상점을 모두 방문한 다음에야 전시회장에 도착했다.

마마로바 전시회는 다른 애니메이션 전시회에 비해서는 규모가 작았지만, 마마로바 팬들 입장에서는 감동적인 전시회였다. 〈충격을 모으는 마마로바〉와 관련된 상품은 한정적으로 출시되었고, 상품의 퀄리티도 좋지 않았는데, 구하기도 어려웠다. 그리고 마마로바는 국내에서 전시회를 하기에는 애매한 인지도를 갖고 있었다. 일 년 전 원작자가 뜬금없이 SNS 계정에서 한국 팬들을 언급했을 때 마마로바 팬들은 혹시나 하였지만 큰 기대는 하지 않았었다. 국내에서 전시회를 한다는 공지가 막 떴을 때 마마로바 팬들은 황당해했다. 사람들이 많이 올지 걱정도 앞섰다.

걱정과는 달리 전시회는 꽤 흥했다. 전시회에서 판매하는 상품들도 판매량이 나쁘지 않았다. 두 번 다시 없을 기회라며 팬들은 거의 매일같이 전시회장을 방문했고, 팬이 아니더라도 호기심에 방문하는 사람들이 많았다.

강윤은 해마의 계정에서 원작자가 쓴 글을 본 기억이 났다. 번역해보니 '지병은 성실하게 치료중입니다. 걱정해주셔서 감사합니다'라고 쓰여 있었다.

입구에 세워진 마마로바 등신대가 강윤과 단팥을 먼저 반겼다. 전시회 내부에는 등장인물, 줄거리 설명과 원화와 콘티, 국내 팬들을 위해 새로 그렸다는 미공개 일러스트 등이 전시되어 있었다. 충격파를 쏘는 마마로바와 함께 사진을 찍을 수 있는 포토존과 상품 판매 부스도 마련되어 있었다.

강윤은 벽에 붙은 마마로바의 줄거리를 쭉 읽어 내려갔다.

'마마로바는 젤과의 만남을 통해 충격을 다루는 방법을 배우기 시작한다. 젤의 충격 흡수 테스트를 통해 마마로바는 사람들이 받을 수 있는 충격의 한계가 있다면, 자신이 받을 수 있는 충격의 한계는 없다는 것을 깨닫는다. 이날 이후, 마마로바는 결심한다. 그는 다른 사람들이 느껴야 할 고통을 자신이 대신 받겠다고 다짐한다. 초반에는 기묘한 분위기가 나는 일상 모험물로 시작한 마마로바였지만, 이야기가 중반으로 가면서 주인공이 충격을 모아 충격의 파도를 일으키는 충격 파도 쏠 수 있게 되고, 거대한 악의 집단과도 맞서 싸우는 소년물로 변화하게 된다.'

설명 옆에는 이상하지만 평범한 소년이었던 마마로바가 충격파 전사가 되기까지의 변천사를 보여주는 원화가 순서대로 진열되어 있었다. 한참 만화 원화에 집중하고 있던 강윤의 어깨를 단팥이 툭툭 쳤다.

"저 사람들 마마로바 성우랑 겔 성우예요."

단팥은 흥분을 애써 누르며 강윤에게 속삭였다. 강윤이 고개를 돌리자, 사십대 초반 정도로 보이는 세 남자가 한쪽 벽면에 서서 이야기를 나누고 있었다. 강윤은 단팥에게 누가 마마로바고 누가 겔인지 물었다. 단팥은 가장 왼쪽에 있는 사람이 마마로바고 중간에 있는 사람이 겔이라고 답했다. 작중에서 마마로바는 열일곱 살 소년이었고 겔은 스무 살 청년이었다. 성우들과 캐릭터 매치가 잘 안 되었다. 강윤은 세 남자 중 고개를 돌린 왼쪽 남자와 눈이 마주쳤다. 마마로바였다. 남자가 강윤에게 미소를 지어주었다. 강윤은 다소 어색하게 고개를 돌렸다.

남자들은 금방 전시회장을 떠났다. 단팥은 사진을 찍어달라고 할 걸 그랬다며 후회했다. 강윤과 단팥은 전시회장에서 나와 삼십 분 정도 카페에 머물다 헤어졌다. 강윤은 해마의 비밀을 모조리 캐내겠다는 마음가짐으로 단팥을 만났지만, 어영부영 시간을 보냈다. 진지한 이야기를 나눌 타이밍이 없기도 했지만 두 사람은 암묵적으로 하고 싶은 이야기를 참고 있었다.

단팥은 강윤에게 채팅방에서 언급한 그날, 그 일에 대해 아무런 말도 하지 않았다. 강윤도 무리해서 단팥을 떠보거나 캐묻지 않았다. 노력하지 않아도 알아낸 사실이 있긴 했다. 단팥이 자신의 존재를 알고 있었다. 전시회장 내부에 있는 영상실에서 단팥은 슬쩍 강윤에게 물었다.

"저 근데 궁금한 게 있는데요."

"뭔데요?"

"여자친구한테는 오늘 저랑 만나는 거 얘기했어요?"

"아…… 네."

"다행이다. 좀 신경 쓰였거든요."

순간 강윤은 표정 관리를 못 했다. 순간 참지 못하고 단팥에게 궁금한 것들을 모조리 물어볼 뻔했다. 목구멍까지 차오른 말들을 겨우 삼켰다. 강윤의 속도 모르고 단팥은 다시 영상에 집중했다.

단팥과 헤어지고 집으로 돌아온 강윤은 피규어들을 전시해둔 후, 단팥을 따라 구매했던 카드 팩을 뜯었다. 웨하스 과자가 들어 있는 마마로바 카드 팩이었다. 그녀는 연분홍색의 딸기 크림이 얇게 발린 웨하스를 한입 베어 물었다. 생각보다 맛있어서 놀랐다. 카드는 두 장이 들어 있었는데, 마마로바나 겔이 아닌 험악한 인상의 남자들이 그려진 카드였다. 딱히 좋은 카드는 아닌 것처럼 보였다.

강윤은 단팥에게 연락하기 위해 해마의 SNS 계정으로 들어갔다. 단팥의 계정에는 강윤과 같이 돌아다니며 구매한 상품 사진과 전시회 동영상이 올라와 있었다. 동영상에는 강윤의 뒷모습이 찍혀 있었다. 정확하게는 해마인척 연기하는 강윤이 찍혀 있었다.

강윤은 고민 끝에 단팥에게 메시지를 보냈다. 그녀는 자신이 해마가 아니라는 사실을 솔직하게 털어놓았다. 해마가 죽었다는 사실도 이야기했다. 이미 해마인 척 단팥을 만난 것부터 비상식적인 행동이었다. 더는 거짓말을 할 수 없었다. 강윤은 진심을 담아 사과했다. 답장은 오지 않았다. 강윤도 굳이 더 연락하지 않았다.

'얼마나 이상한 사람으로 보일까.'

밀려드는 자괴감을 뒤로하고 그녀는 해마의 SNS로 들어갔다. 피드를 내려보다 전시회장에서 본 세 남자 중 두 남자가 담긴 사진을 발견했다. 마마로바 원작자의 계정이었다. 사진과 같이 올린 글을 번역해보니 '깜짝 방문! 마마로바와 겔이 한국에 왔습니다'라고 쓰여 있었다.

자기 직전까지 강윤은 〈충격을 모으는 마마로바〉를 몰아서 봤다.

"우리의 마음은 생각보다 더 대단해. 충격은 흡수되어 전부 녹아 없어질 거야. 불행이 뱀처럼 달려들어도 우리의 늪 같은 마음은 그 뱀을 잠기게 만들어. 회복할 수 있어."

전시회 벽면에서 본 대사가 나오는 장면까지만 보고 그녀는 잠들었다. 너무 큰 충격으로 기절한 마마로바의 귓가에 겔이 속삭이는 장면이었다.

마마로바 주인공들이 나오는 꿈을 꿨다. 꿈속에서 마마로바와 겔은 강윤이 받은 충격을 대신 흡수했다. 그들이 모든 충격을 흡수하자 강윤은 하나도 아프지 않았다. 임무를 완수한 그들은 훌훌 떠났다. 뒤늦게 정신을 차린 강윤은 이미 떠난 마마로바와 겔을 뒤쫓았다. "다시 돌려줘. 가져가지 마." 허공에 대고 강윤이 말했다.

다음날 강윤은 쓰고 싶은 이야기가 생겨 책상에 앉았다. 그녀는 소설의 주인공 이름을 해마와 단팥으로 정했다. 두 인물의 성별은 남자로 나이는 사십대 후반으로 설정했다.

인물의 외형을 참고하기 위해 인터넷에서 사오십대 중년의 남자 배우들을 검색했다. 눈썹이 짙고, 피부가 붉으며, 까끌까끌한 수염이 있고, 머리를 짧게 잘라 하드 왁스로 넘기는 배우. 웃을 때 생기는 눈가, 미간, 팔자 주름이 나이를 먹으며 그대로 자리잡아 웃지 않아도 얼굴의 음영이 두드러지는 배우. 눈두덩이 살이 없어 눈이 쑥 들어가 보이는 배우. 광대와 턱의 근육이 발달해 얼굴이 단단한 돌처럼 보이는 배우.

그들의 이목구비를 참고해 소설 속 인물의 외형을 구상했다. 강윤의 소설 속에서 단팥과 해마는 흰 수염과 흰머리가 희끗희끗 올라오는 아저씨가 되었다. 소설의 제목은 『수호천사』라고 적었다.

강윤은 가장 먼저 반쯤 눈이 풀린 남자의 얼굴을 떠올렸다. 왜 눈이 풀렸을까? 남자는 술을 많이 마셨다. 이 남자는 어디에 있어야 할까? 아파트 단지 내에 있는 정자에 모로 누워 있다.

남자는 하늘색 셔츠에 회색 정장 바지를 입고 있고, 검은색 양말에 검은색 구두를 신고 있다. 남자는 집에 들어갈 마음이 없어 보인다. 이유는? 어차피 그의 집에는 아무도 없다.

아침에 창문을 닫고 나가지 않아 집안이 냉기로 가득하다. 이 남자의 이름은 해마로 하자. 해마는 왜 이러는 걸까. 아들이 석 달 전 사망했기 때문이다. 추락 사고였다.

이제 그녀는 해마의 아들이 왜 죽었는지를 정해야 했다. 유족이 믿기 힘들 정도로 허무한 죽음이었으면 했다. 아들은 유

튜브에 올린 영상물을 촬영하기 위해 높은 건물 옥상 난간에
서 물구나무서기를 하다 추락사했다. 아들은 친구들과 위험
한 행동을 하는 영상을 촬영하고 SNS에 업로드해 사람들의
관심을 끌어 조회수를 올리는 계정을 운영하고 있었다. 해마
는 아들이 죽은 뒤에 아들의 계정을 알게 됐다.

왜 그런 행동을 한 건지 물어볼 대상이 없는 해마는 괴로워
한다. 강윤은 해마의 괴로움을 집요하게 파고들어 묘사했다.
해마를 잃고 강윤이 괴로워했던 만큼, 소설 속 해마도 아들을
잃고 괴로워했다. 다음날 해마를 깨운 건 전파탐지기라는 이
름의 전화벨 소리였다. 이 장면을 쓰기 전 강윤은 자신의 핸
드폰 설정에 들어가 해마를 깨울 벨소리를 고심해 골랐다. 해
마는 인상을 쓴 채 전화를 받는다. 전화를 건 상대는 아들의
장례식장에서 오랜만에 만났던 단팥이었다. 단팥은 다음과
같이 말했다.

"네 아들이 어디 있는지 알아. 아들을 찾으러 가자!"

강윤은 여기까지 쓰고 파일을 저장한 후 노트북을 절전 상
태로 바꾸었다. 오후 다섯시였다. 그녀는 간단하게 세수를 한
다음 로션을 얼굴에 꼼꼼히 발랐다. 외출복으로 갈아입고 산
책하러 집 밖을 나섰다. 책상에 오래 앉아 있다가 곧장 나온
탓에 다리가 후들거렸다. 소설을 쓰면서 그녀는 단 한 번도
울지 않는데, 나와서 걷다보니 머리가 띵하고 코뼈가 얼얼

할 정도로 운 기분이 들었다. 하늘을 보는데 투명한 벌레들이 떠다녔다. 눈을 비벼 벌레들을 지웠다. 강윤은 자신이 쓴 소설을 읽고 왜 자신을 아저씨로 만들어놓았냐며 열받아 하는 해마를 상상했다. 저쪽 세상에 있는 해마와 이어진 기분이 들었다.

이대로 쭉 걸어 차를 타고, 어딘가에서 내려 비행기를 타거나 배를 타고, 또 차를 타고, 차에서 내려 천 걸음 정도 더 걸어가면 해마와 만날 수 있을 것 같았다.

강윤은 대형마트로 향했다. 반찬 판매대를 구경하다 모둠전 한 팩을 집었다. 동그랑땡은 별로 먹고 싶지 않았고, 애호박전과 버섯전이 먹고 싶었다. 두 팩을 사면 한 팩을 더 주는 행사를 하고 있는 즉석 국도 샀다. 황태계란국 두 팩과 시래기 된장국 한 팩으로 골랐다. 즉석 밥도 사고 달걀 열 구도 사고, 조미김도 샀다. 사고 싶은 물건이 계속해서 늘어나는 바람에 그녀는 빨간색 플라스틱 바구니를 바퀴가 달린 쇼핑 카트로 바꿨다. 짐이 너무 무거워 집까지 걸어갈 엄두가 안 나 택시를 불렀다. 집에 돌아와서는 장 본 것들을 냉장고에 차곡차곡 집어넣었다.

저녁으로 프라이팬에 기름을 둘러 마트에서 사온 모둠전을 데워 먹었다. 동그랑땡은 남겼고, 애호박전과 버섯전은 다 먹었다. 설거지를 마치고 나서 TV를 켰다. 가볍게 볼 수 있는 한국 로맨스 드라마를 틀었다. 강윤은 드라마를 보는 둥 마는 둥 하며 랜덤 피규어 팩 한 개를 손에 들었다. 마트에 있던 완구 판매대에서 집어온 것이었다. 팩 안에는 무작위로 동화 속 주인공의 의상을 입은 동물 인형이 들어 있었다. 처음에는 한 개만 사려다 하나가 더 눈에 들어와 두 개를 집어왔다.

첫번째 팩의 포장지를 조심히 뜯자 초록색 모자와 초록색 의상을 입은 다람쥐 인형이 나왔다. 피터 팬 다람쥐 인형이었다. 두번째 팩에서는 황금색 요술 램프가 붙어 있는 보라색 구름 항아리와 빨간색 조끼를 입은 곰 인형이 나왔다. 알라딘에 나오는 램프의 요정 지니였다. 강윤은 인형 두 개를 조금 만지작거리다 마마로바 피규어를 진열해둔 곳에 같이 두었다. 전자레인지 위에 올려놓은 크고 작은 피규어와 인형들은 마을을 이룬 것처럼 보였다. 그것들은 거기 우뚝 서 있는 것만으로 강윤의 비어 있는 어딘가를 채워주었다.

강윤은 다시 컴퓨터의 전원 버튼을 눌렀다. 저장해둔 파일을 열었다. 화면을 응시하며 손가락을 부지런히 움직였다.

이번에는 단팥에게 설정을 부여했다. 소설 속의 단팥은 엉뚱한 면이 있었다. 그는 어렸을 때부터 상황극 하는 걸 좋아했다. 나이를 먹어서도 크게 달라지지 않았다. 단팥은 항상 재밌는 상황을 만들었다. 대뜸 전화를 걸어 그때 숨겨둔 황금은 잘 있느냐는 터무니없는 말을 한다거나, 동창회에서 오랜

만에 만난 날에도 슬며시 다가와 귓속말로 아주 잘하고 있다면서, 곧 범인을 잡을 것 같다고 어깨를 한번 주무르고 가는 식이었다.

단팥의 상황극은 해마에게 언제나 유쾌하게 받아들여졌지만, 이번 상황만큼은 아니었다. 해마는 단팥에게 아들의 죽음을 갖고 장난치지 말라며 전화기에 대고 소리치며 화를 냈다. 해마가 전화를 끊은 지 몇 분 안 돼서 다시 전화가 왔다. 또 단팥이었다.

"장난치는 거 아니야. 진짜 네 아들이 어디 있는지 안다니까."

단팥은 연기인지 실제인지 헷갈릴 만큼 단호하게 말했다.

해마는 그의 말에 동조하게 된다. 강윤은 그렇게 쓰기로 마음먹었다.

4

단팥에게서 다시 연락이 온 건 삼 주 만이었다. 공교롭게도 강윤이 마마로바를 시청하고 있을 때였다. 일본에서 마마로바의 극장판이 개봉하는데, 영화 상영 이후 감독과 성우진이 나오는 팬미팅 이벤트가 있다는 것이었다. 이미 두 좌석을 예매한 상황인데 같이 가겠느냐는 내용이었다. 단팥은 강윤이 같이 간다면 숙소를 이인실로 잡을 예정이라고 덧붙였다. 강윤이 채팅창을 보며 고민하는 동안 TV 화면 속 소년들은 계속해서 꿈꾸고, 극복하고, 각오를 다지고, 투지를 불태웠다.

강윤이 가장 멀리 간 여행은 제주도였다. 해마와 같이 간 여행이었다. 다른 작가의 소설 배경이 낯선 이국땅일 때 그녀는 위축되곤 했다. 자신도 외국을 배경으로 한 소설을 써보고 싶었지만, 한 번도 가보지 않은 곳에 관해 쓰는 것에 두려움을 느꼈다. 한 국내 작가가 쓴 빨간 모자가 늑대를 만나고, 헨젤과 그레텔이 길을 잃은 숲이라는 검은 숲, 독일의 슈바르츠발트를 배경으로 한 소설을 읽고 감명받아 강윤도 해외를 배경으로 한 소설을 써보려고 시도한 적이 있었다.

그녀는 노르웨이의 트롬쇠라는 항구 도시를 소설의 배경으로 잡았다. 북극권에 위치한 도시라 오로라를 볼 수 있는 지역이었다. 이미 방송에서 여러 차례 소개된 적 있는 명소였고, 여행 유튜버들도 많이 다녀간 곳이라 정보는 충분했다. 하지만 그녀는 A4 한 장 반 정도의 분량을 쓰고 소설을 포기했다. 차라리 아무도 가본 적이 없는 곳을 상상해서 쓰는 게 편했다.

이날 이후 해마는 처음으로 강윤에게 해외여행을 가보자는 이야기를 꺼냈다. 둘 다 먼 나라는 엄두가 나지 않았고, 일본, 중국, 태국 여행을 알아봤다. 그냥 한 말이 아니었음을 증명하듯 해마는 빈 상자 하나를 저금통으로 만들었다. 돈이 모일 만하면 급하게 쓸 일이 생겨서 일정이 차일피일 미뤄졌지만 가려는 의지는 분명 있었다. 여권도 미리 만들어놨었다. 만료되기 전에는 일본이든 중국이든 태국이든 갈 수 있을 거라 믿었다. '여행을 가자고 해놓고 죽어버리다니' 강윤은 새삼 화가 치밀었다.

—부담스러우신 거면 솔직하게 얘기해주셔도 돼요.

강윤은 단팥이 대체 무슨 생각을 하고 있는 건지 가늠해야 했다. 강윤이 이미 해마가 아님을 알고 있으면서 여행을 권한 것으로 보아 단팥도 정상적인 사람은 아니었다. 돈도 큰 문제였다. 강윤은 몇 개월 동안 어떠한 경제적 활동도 하지 않았다. 공과금은 삼 개월이 밀렸고, 카드값도 갚아야 했다. 빚을 갚으려면 얼마 남지 않은 기간 내에 열심히 소설을 써야 했다. 그러나 한편으로는 여행을 가는 쪽에 마음이 이끌렸다. 스스로 '정말 괜찮을 걸까?'라고 여러 번 되물어도 괜찮을 거라는 답은 단 한 번도 나오지 않았는데, 가지 않으면 또 가지 않아서 후회할 것 같았다.

—단팥님은 괜찮으세요? 저랑 같이 가는 거?

—네, 저는 괜찮아요.

—그럼 같이 가요.

단팥과 강윤은 실제 연락처를 공유했다. 여행 준비는 순조

롭게 진행됐다. 이박 삼일 여행 일정을 짜고, 항공편과 숙박을 예약했다. 이벤트를 진행하는 영화관인 도쿄 토호 시네마 히비야점과 멀지 않은 위치로 숙소를 잡았다. 두 사람은 딱 필요한 말만 나누었다. 출국 당일 낮에 강윤은 마트에 가서 여행용 어댑터와 캐리어를 구매했다. 이박 삼일이었지만 밤 비행기로 출국해 일본에 도착하자마자 바로 숙소로 가서 잠들 예정이었다. 많은 짐이 필요할 것 같지는 않아서 작은 크기의 캐리어로 골랐다.

이번에도 강윤은 단팥보다 먼저 공항에 도착했다. 김포공항역에서 내려 길고 긴 무빙워크를 지나 국제선을 타는 곳으로 향했다. 강윤은 해마도 없고, 소설도 아직 틀만 잡힌 상황에서 일본 여행을 가는 자신이 어이가 없었다. 이번 여행의 주목적인 마마로바를 일본까지 가서 볼 만큼 좋아하지도 않았고, 여행을 다닐 만큼 한가한 시기도 아니었다. 여행 경비도 무리해서 마련한 돈이었다. 게다가 동행인은 죽은 연인의 SNS 친구였다. 그녀는 단팥을 만나면 무슨 이야기를 해야 하는가에 대한 걱정도 상당했다. 이런 불편한 여행을 왜 가야 하는지에 대한 명분이 없었다.

'진짜로 이 여행을 간다고? 제정신이야?' 강윤은 스스로에게 되물었다.

강윤이 작은 캐리어를 끌고 온 것과 달리 단팥은 26인치 캐리어를 끌고 왔다. 가져가는 짐이 많은 것은 아니었고, 일본에서 이런저런 상품들을 구매해 캐리어를 채워올 심산이었다. 강윤의 걱정과 다르게 단팥은 처음 홍대에서 만났을 때와 별반 다르지 않게 행동했다. 단팥은 그동안 머리를 탈색했는지 샛노란 머리로 나타났다. 상의와 하의를 치수가 큰 검은색 운동복으로 맞춰 입고 있었다. 자연스럽게 대화의 주제가 염색 이야기로 흘러갔다. 강윤의 예상대로 단팥은 마마로바의 머리카락 색과 같은 색으로 염색한 것이었다. 염색하는 과정이 너무 힘들었다며 다시 하지는 않을 것이라고 말했다.

둘은 일본에 도착하자마자 편의점으로 향했다. 늦은 시간까지 영업하는 식당을 찾아가기보다는 편의점 음식으로 저녁을 해결하기로 했다. 단팥이 일본어를 꽤 해서 소통하는 데는 문제가 없었다. 강윤은 미트소스스파게티 도시락을 골랐다. 단팥은 계란 샌드위치와 바닐라 푸딩, 감자칩을 집어들었다. 어묵 판매대에서는 곤약, 무, 어묵 등을 종류별로 구매했다. 술은 고민하다 사지 않았다. 호텔방으로 들어와 짐을 풀고 밥부터 먹었다.

밥을 먹으면서 단팥이 한 이야기는 강윤에게 큰 충격을 주었다. 단팥은 강윤이 해마가 아니란 걸 만나기 전부터 이미 알고 있었다고 말했다. 왜냐면 단팥은 해마가 죽은 것도 알고 있었기 때문이었다.

단팥이 처음 보냈던 메시지는 죽은 사람에게 보낸 것이었다.

"답이 올 줄은 몰랐어요. 처음에는 죽은 사람이 살아 돌아온 것 같아 무섭다가 잠시 기뻤다가 곰곰이 생각해보니까 누군지 알 것 같았어요. 강윤 씨 얘기를 자주 했거든요."

단팥은 창고 관리자에게서 해마의 사망 소식을 뒤늦게 전해 들었다고 말했다. 그 창고는 해마가 주말에 일하러 가던 대형 물류 창고였다. 상품을 위탁 판매해 배송해주는 전자상거래 회사였다.

물류 창고는 정해진 조원들끼리 업무를 분담해 돌아가는 시스템이었다. 해마와 단팥은 같은 조였다.

두 사람은 점심을 같이 먹었다. 초반에는 주로 어깨와 팔, 손가락과 다리 통증을 호소하거나 서둘러 퇴근하고 싶다는 이야기를 나눴다. 할말이 다 떨어졌을 때는 신작 애니메이션에 관한 이야기를 나누었다. 이건 어떻고 저건 어떻고 하는 이야기들이었다. 해마가 먼저 재미있는 만화를 발견했다며 단팥에게 〈충격을 모으는 마마로바〉를 추천했다. 그 뒤로는 마마로바 이야기밖에 안 했다. 일이 많이 힘든 날에는 핸드폰으로 마마로바를 틀어놓고 말없이 밥을 먹었다. 단팥이 SNS에 마마로바 계정을 만든 걸 보고 해마도 따라 만들었다고 말했다.

"얼굴을 알았는데 메신저에서는 왜 처음 보는 것처럼 말했

투유

어요?"

강윤은 이해가 안 간다는 식으로 물었다.

"그건 강윤 씨한테 한 말이었어요."

강윤이 단팥에게서 진실을 알아내려 했던 것처럼, 단팥에게도 강윤은 해마가 왜 죽었는지 알려줄 수 있는 유일한 사람이었다.

"그 일은 어떻게 된 건지 궁금했거든요."

단팥이 이어 말했다.

"단팥 씨가 말하는 그 일이 대체 뭔데요?"

단팥은 정말 아무것도 모르냐는 듯이 강윤을 쳐다봤다.

"그 물류 창고에서 사람이 죽었던 건 알고 있죠?"

물류 창고에서 열네 시간가량을 근무하던 사십대 여성 노동자가 가슴 통증을 호소하다 심장마비로 숨진 사건이었다. 뉴스에서 보고 걱정이 되어 해마에게 어찌 된 일인지 물어봤던 기억이 있었다. 해마는 크게 신경 쓰지 말라며, 자신과는 별 관계없는 사람이라고 말했었다.

"같은 조였거든요. 죽은 분과."

잠깐 앉아 있으면 괜찮아질 것 같다는 여자의 말에 앉을 수 있는 공간으로 데려갔던 사람이 해마였다고 했다. 사건 이후로 해마와 단팥이 속한 조는 해산되어 각자 다른 조로 옮겨졌다고 했다.

"그때부터 사람이 급격히 우울해졌던 것 같아요."

조가 나눠진 후 단팥은 점심시간에만 해마를 볼 수 있었는데, 그마저도 해마가 점심을 거르는 날이 많아 보기가 힘들어졌다고 말했다. 어느 날이었다. 단팥은 근무를 하고 있던 도중 해마에게 퇴근 후 이야기를 좀 하자는 문자를 받았다. 일을 끝내고 두 사람은 지하철역으로 가는 셔틀버스를 타지 않고 물류 창고에 남았다. 둘은 창고 뒤편 흡연 구역에 있는 의자에 앉아 대화를 나눴다.

강윤은 이날이 언젠지를 유추할 수 있었다. 해마가 유독 늦게 왔던 날이었다. 해마는 강윤에게 셔틀버스를 놓쳐서 막차까지 놓치는 바람에 지하철역 인근에 있는 이십사 시간 카페에서 첫차 시간까지 기다렸다고 말했다. 해마는 바로 회사에 출근해야 했다. 강윤은 그날 어깨가 유독 축 처지고 머리카락에서 담배 냄새가 심하게 나던 해마를 어린아이처럼 씻겨주었다.

"그걸 뛰어넘었다고 했어요. 죽고 싶은 마음이 사랑하는 마음을요."

단팥은 해마가 우울증이 심해 보였다고 말했다. 병원에 가는 걸 권했을 정도라고. 강윤은 술을 살 걸 하는 후회가 밀려왔다. 맨정신으로 듣기가 힘들었다. 강윤이 듣기 힘들어한다는 것을 알아챈 단팥은 강윤의 눈치를 살폈다.

"계속 말해주세요."

강윤은 눈을 문지르며 말했다.

"단팥님도 지원이가 죽을 사람처럼 보였어요?"

강윤이 이어 말했다.

"자살한 건가요?"

단팥은 고민하다 조심스레 물었다. 강윤은 무어라 말해야 할지 몰라 한숨을 쉬었다. 도저히 그렇다고 말하고 싶지 않았다. 강윤은 이제 해마는 스스로 목숨을 끊은 게 아니라고, 죽고 싶어 하지 않아 했다고, 나 때문에 살고 싶어 했다고 주장하는 자신이 창피하기까지 했다. 하지만…… 좀비 세상에서 언제 죽을지 모르는 상황이라 하더라도, 전쟁이 일어나 집도 없이 떠돌아다녀도, 함께 있으면 나쁘지 않을 것 같다고 말했던 사람이었다. 사랑하는 마음만 있다면 그 어떤 것도 괜찮을 것 같다고 해마는 말했다. 단팥에게 우울한 감정을 쏟아내고 집으로 돌아온 그날도 해마는 강윤에게 걱정하지 말라고, 자신만 믿으라는 말을 했다.

"그 일을 진짜 했던 건지는 모르겠는데, 나쁜 일을 하려고 했었어요."

"네?"

"그니까…… 물건을 운반하는 일이었는데, 비행기를 타야 하는 일이라 여권이 필요하다고 했어요. 그 물건이 뭔지는 알려주지 않았어요. 같이 하자고 했는데 고민하다 당일에 제가 안 나갔거든요. 그래서 그렇게 메시지를 보낸 거였어요."

단팥은 그 뒤로 물류 창고에서 한 달 동안 해마를 보지 못했다고 말했다. 그러다 해마가 죽었다는 사실을 전해 듣고 메시지를 보내봤다고 했다. 강윤은 해마가 비행기를 혼자 타고 먼 나라로 떠나는 모습을 머릿속에 그려보았다. 너무나도 낯선 풍경에 너무나도 낯선 해마가 있었다. 웃기기도 하고 눈물이 나기도 했다. 단팥이 전해들었다던 일의 보수는 꽤 큰 돈이었지만, 그렇다고 해서 놀라운 금액도 아니었다. 대다수의 사람들이 겨우 그 돈으로 그런 일을 하려고 하느냐며, 그 돈을 받고 하겠다는 사람을 미련하게 생각할 만한 금액이었다. 해마가 진짜 그 일을 했는지 안 했는지 강윤은 알 수 없었다. 그 일이 원인이 되어 해마가 스스로 목숨을 끊게 된 걸 수도 있었다. 또 그 일이 원인이 아닐 수도 있었다.

강윤은 목이 말라 물을 마셨다. 목구멍에서 위까지 물이 흘러내려가는 경로가 느껴졌다. 살아 있는 기분이 들었다. 갑자기 몸을 뒤집어 까면 좋을 것 같다는 생각이 들었다. 몸안에 있는 것들을 전부 밖으로 내보내고, 피부를 안쪽으로 밀어넣어버리는 것이다. 할 수만 있다면 그렇게 하고 싶었다. 그런 이상한 생각만 계속해서 들었다.

5

"인간 평균 수명이 더 늘어났대. 백오십 살까지 살게 될 수도 있다던데."

포니테일 머리를 한 여자가 말했다.

"헉, 나쁜 거 그만 먹고 운동 열심히 해야겠다. 아프지 않으려면."

포니테일과 일행인 단발머리 여자가 답했다.

"있잖아. 내가 만화에서 본 건데 몸은 버리고 머리만 남긴다는 가정하에 남들보다 훨씬 더 오래 살 수 있다면 넌 할 거야?"

"음······."

포니테일의 물음에 단발머리는 잠시 고민하다 답했다.

"할 거 같아. 계속 너랑 같이 있을 거니까? 나 요즘 최대한 오래 살고 싶어."

답변이 마음에 들었는지 포니테일은 단발머리의 무릎을 부드럽게 쓰다듬으며 수줍게 웃었다. 자신도 같은 선택을 할 것이라고 덧붙였다.

"기다려봐. 사진 찾아서 보여줄게."

포니테일의 말 그대로였다. 포니테일이 단발머리에게 보여준 사진에는 유명인들의 머리가 각각 담긴 원형 유리관이 진열되어 있었다. 유리관 내부는 정체 모를 액체가 가득 채워져 있었다. 통 하단에는 그들의 이름이 새겨져 있었다. 미국 역대 대통령, 세계적인 록 스타, 노벨상 수상자 등 강윤도 알 만큼 유명한 사람들의 이름이었다.

"좀 징그럽다."

"머리만 남은 나는 어떨 거 같아."

"귀여울 것 같은데?"

강윤은 아까 전부터 옆 테이블에 앉아 있는 어린 한국인 커플의 이야기를 엿듣고 있었다. 둘의 대화에서 삶에 대한 의욕과 서로를 사랑하는 마음이 느껴졌다. 팝콘 씹는 소리와 콜라를 마시는 소리에서도 꽃이 자꾸 피어오르고, 새가 날갯짓했다.

화장실을 다녀온 단팥이 강윤을 불렀다. 한국인 커플은 옆에 있던 사람이 같은 나라 사람이라는 사실을 알고 좀 놀란 듯했다. 커플은 이내 자리에서 일어나 어디론가 걸어갔다. 강윤도 자리에서 일어났다. 곧 단팥이 예매한 영화가 시작할 시간이었다.

강윤은 객석에 앉아 광고가 나올 동안 포니테일의 핸드폰에서 본 만화를 찾아보았다. 30세기, 그러니까 3000년대가 배경인 블랙코미디 만화였다. 그녀는 백오십 살까지 살게 되는 삶, 머리통만 남은 삶에 대해 누군가와 같이 얘기하고 싶어졌다. 재밌는 대화 주제라고 생각했다. 생각의 가지가 여기 저기로 뻗어나갈 때쯤 객석이 암전되었다. 그녀는 시작된 영화에 집중했다.

극장판은 볼 만했다. 화면에 엔딩 크레디트가 올라가는 동안 무대에 스탠딩 마이크가 세팅되었다. 곧이어 감독과 팝업 스토어에서 봤던 성우들, 진행 요원이 무대 위로 올라왔다. 진행 요원은 관객과 함께 사진을 찍는 시간을 가져보자며, 대형 하트 풍선을 감독과 배우에게 전달했다. 관객석을 배경으로 감독과 성우 두 사람이 사진을 찍었다. 그 뒤로는 추첨을 통한 관객 선물 증정식이 있었고, 관객들과 간단한 질의응답을 주고받았다. 마지막으로 성우들이 팬들에게 반응이 좋은 장면을 연기했다.

성우들은 "이봐 그거 다 먹을 거야? 하나만 나눠주지 그래? 보답은 충분히 하지."와 같은 대사를 하며 분위기를 풀었다. 마마로바와 겔의 첫 만남 장면이었다. 강윤이 듣고 싶어 했던 긴 분량의 독백도 마마로바 성우가 연기해주었다. 해마가 특히나 좋아하던 장면이었다. 마마로바 성우는 진지하게 임하겠다는 듯이 숨을 한번 크게 몰아쉬었다. 단단하고 힘 있는 소년의 목소리가 상영관에 크게 울려퍼졌다. 관객석에 앉아 있던 사람들은 전부 이 소년에게 장악되었다.

"세상은 어떨 때는 쓰레기장, 어떨 때는 눈부시게 빛나는 보석들이 콕콕 박힌 광산이란 말이지. 삶이란 끝이 보이지는 않는 쓰레기장에서 수많은 쓰레기를 헤쳐가며 걸어가는 것 같다가도, 어디 하나 안 예쁜 곳이 없는 신비로운 세상을 탐험하는 자유로운 여행자가 된 기분이 든단 말이야. 어떤 게 정답인지는 시간이 지나면 차차 알게 되겠지. 우리는 그저 한 줄기 꺾이지 않을 것 같은 빛의 흐름을 따라가자. 따라가다보면 결국 어둠 속에서도 빛나는 마음 하나를 알게 될 거야. 그 마음을 아는 것만으로도 우리는 살아갈 수 있어."

영화관을 나온 두 사람은 본격적으로 도쿄 여행을 했다. 강윤이 먼저 단팥에게 돌아다녀보자고 제안했다. 먼저 한국인들의 후기가 많은 오므라이스 가게에서 식사를 하며 강윤과 해마는 의도한 것은 아니었지만, 서로에 대해 알아가는 시간을 가졌다. 두 사람의 대화 안에 해마와 관련된 내용은 거의 없었다. 강윤은 단팥이 중학교 1학년때 집을 나와 지금까지 혼자 살고 있으며, 만화뿐만 아니라 케이팝 아이돌도 좋아해 따라다닌 적이 있지만 지금은 관두었고, 최근에는 모바일 방탈출 게임에 빠져 있다는 사실을 알게 되었다.

반대로 단팥은 강윤이 중학교 3학년때 학교에서 심하게 따돌림을 당한 이유로는 해마를 제외하고는 친구가 있었던 적이 단 한 번도 없었고, 가끔 찬물로 샤워하는 걸 좋아하고, 집의 누수된 창문을 고치지 않아 장마철에는 창틀에 고인 물을 퍼내야 한다는 쓸데없는 이야기까지 털어놓았다.

어쩌다보니 말하게 되고 어쩌다보니 서로에 대해 알게 된 것들이었다. 둘은 관광객이라면 가보는 명소들을 찾아 다녔다. 아키히바라에도 가고, 도쿄 타워가 잘 보인다는 공원에도 갔다. 구제 옷가게에서 티셔츠도 한 장 사고, 타코야끼도 사먹었다. 두 사람은 여느 관광객들과 다를 바가 없었다.

얼마 남지 않은 돈을 계속 쓰면서 강윤은 앞으로 어떻게 살아야 할까를 막연하게 생각했다. 그냥 죽는 게 나을지도 모르겠다라는 생각이 뒤따라왔다. 하지만 다시 죽음이 무서워지고, 삶에 대한 미련이 남았다. 강윤은 살 이유가 아무것도 없어도 그래도 살고 싶은 마음이 생겼다.

'너는 어떻게 미련이 없었을까.'

강윤은 여전히 해마가 이해가 안 됐다. 이해를 하려고 할수록 해마는 알 수 없는 무언가가 되어갔다.

"자살한 게 정말 맞을까요?"

강윤은 고개를 돌려 단팥을 바라봤다. 둘은 숙소로 돌아가는 길이었다.

"지원 언니가 마마로바를 좋아하는 이유에 대해서 말해줬었거든요. 그래도 살아가라는 말을 해서 좋다고 했었어요. 별

의별 일이 일어나도 마지막에는 항상 그래도 한번 살아보라고 한다고요. 심지어 악당이 용서받지 못할 잘못을 저지르고 죄책감에 죽음으로 죄를 씻으려 해도 악당한테까지도 죽지 말고 살아가면서 갚으라 한다고요. 그래서 좋다고 했었어요."

단팥과 강윤은 서로를 잠시 바라보다 골목 모퉁이를 돌아 숙소를 향해 걸어갔다.

6

일본에서 돌아온 강윤은 부지런히 글을 썼다. 소설을 겨우 마감일에 맞춰 보냈다. 소설 속 주인공들의 이름은 편집자의 조언대로 해마와 단팥 대신 나이대와 성별에 어울리는 이름으로 변경했다. 편집자와의 통화를 마친 강윤은 밀린 빨래를 했다. 그녀는 돌아가는 세탁기를 가만히 바라봤다. 문득 그녀는 무언가 떠올랐다는 듯이 핸드폰에 저장해둔 해마의 사고 당시 영상을 켰다. 자전거를 탄 해마가 신호를 무시하고 달리고 있었다. 그러다 딱 한 번 해마는 주변을 두리번거렸다. 차가 오는 것을 보고 두리번거린 건지, 차를 피하고자 두리번거린 건지 알 수는 없었다. 강윤은 해마가 집에 빨리 오기 위해 그렇게 속도를 냈던 게 아닐까 하는 생각을 했다. 자신을 더

빨리 보고 싶어서 말이다. 그러니까 사고가 맞는 것 같다고 그녀는 다시 한번 주장했다. 그녀의 주장을 반박할 수 있는 사람은 아무도 없었다. 대신 세탁기에서 나는 소리가 작은 집을 가득 채웠다. 앞으로 세탁기는 두 시간가량 돌아갈 예정이었다.

이방인의 항해

♥

명소정

금속 덩어리가 막 대기권을 통과했다. 가까이서 보면 덩어리라는 이름을 붙이기에는 너무나 아까울 정도로 정교했다. 그건 수많은 회로로 이루어져 있는 동시에 그 자체로서도 하나의 회로였다. 절벽에서 떨어져 나온 암석같이 뭉툭하고 거친 몸체 곳곳에는 사람의 신경계를 연상시키는 전선들이 빼곡히 퍼져 있었다. 빈 공간마저도 서로 맞물린 톱니바퀴로 채워졌다. 그 배치에서는 생기마저 느껴져 누군가가 들여다본다면 그것이 생명체가 아닐까 잠깐 생각하게 할 정도였다.

금속은, 그러니까 그는 분명 물속 한가운데에 떨어질 생각이었다. 지성체를 찾아야 한다는 사명을 이루려면 생명체로 가득한 장소로 가야 하니까. 그러나 지구가 첫 목적지인 초보 비행사에게는 착륙 지점을 제대로 잡는 것조차 버거운 일이었다.

막 떨어진 그를 반기는 환영 인사는 유체가 터지듯이 번져 나가며 내는 풍덩 소리가 아닌, 운석이 내려칠 때나 날 법한 과격한 충돌음이었다. 딱딱한 바닥에서 돌가루가 일었다. 그는 먼지 너머로 보이는 물체들의 형태를 하나하나 제게 담았다. 짤막한 식물들보다는 건물이 붕괴한 흔적이, 이곳을 관통하는 강보다는 그 위로 무너진 다리의 잔해에 더 높은 가중치가 매겨졌다. 조금 낮긴 해도 공기조차 얼어붙으려면 한참 먼 기온이었다. 이곳에 살아 움직이는 지성체가 있다는 새로운 가정이 생겨나자마자 그들의 흔적을 찾기 위해 강을 따라 내려갔다.

보면 볼수록 그의 행성과는 거리가 먼 구석이 많았다. 고향 행성은 그와 비슷한 수많은 금속 덩어리들로 뒤덮여 있었다. 그를 이루는 자그마한 회로들이 그를 움직이듯, 그 또한 행성을 움직이는 하나의 회로에 불과했다. 겉으로 보기엔 똑같이 생긴 금속 회로들은 각기 다른 임무를 맡았다. 누군가는 정보를 수집해 저장하고, 다른 누군가는 그 정보를 통합해 판단을 내리며, 그렇게 내린 결론을 전달받아 행성을 위해 일하는 이들도 있었다. 그는 그중 첫번째 분류에 속했다.

다른 행성들의 지성체에 대해 알아오는 것. 그게 그가 태어나면서부터 받은 사명이었다. 완성됨과 동시에 고향 행성을

　　　　　　　　　　　　이방인의 항해

떠나 몇백 광년은 떨어진 이곳을 향해 날아온 이유였다.

　곳곳에 떨어진 낡은 물건들 위에는 이곳의 지성체들이 사용했을 글자들이 빼곡하게 배열되어 있었다. 이곳에서 들려오는 유일한 소음이 강이 흐르는 소리라는 걸 알아챘을 때. 그리고 어느 물건 하나 새것이 없다는 사실에 지성체는 이미 전부 사라졌을지도 모른다는 추측이 계속해서 일었다. 흔들릴 뻔한 첫 가정을 꽉 붙잡아준 건 강 근처의 기둥이라는 기둥마다 전부 붙여진 그림들이었다. 직접 그려냈다기에는 살아 있는 걸 그대로 옮겨온 것 같았다. 그는 그림이 전부 다르게 생겼음에도 그 아래 써진 글은 전부 똑같다는 걸 알아챘다. 수많은 물건들로부터 언어 체계를 조금이나마 익힌 그는 찬찬히 그 글을 읽어가며 해석했다.

　실종자를 찾습니다. 30세 여성으로, 실종 당시 하얀색 코트를 입고 있었습니다. 제 아내를 목격했거나 찾아주신 분께는 옛 국회의사당 맞은편 천막으로 찾아와주시면 사례하겠습니다.

　모든 그림은 오직 한 사람을 가리켰다. 누군가의 걸어가는 뒷모습. 그림 너머가 보인다는 듯이 이쪽을 뚫어지게 바라보는 누군가의 얼굴. 돌바닥 위에 앉아 강을 바라보는 누군가 각기 다른 옷들 중에는 하얀색 외투도 몇 벌 보였다. 다양한 각도로 그려진 수많은 그림이 모이면 그 사람의 모습을 상상할 수 있게 된다. 몸통 위쪽에는 까만 털이 빼곡히 달려 있고 물기 어린 두 구체는 그 바로 아래에 자리를 잡았다. 기둥을 닮은 한 쌍의 기관이 땅에 닿아 몸 전부를 떠받쳤다. 그는 그 모든 걸 모사했다. 마냥 뭉뚝하기만 하던 몸을 부수고 뭉치길 반복했다. 다리는 막 움튼 새싹처럼 자라나더니 어느새 그것을 둘러싼 의복까지 갖춰진 채 완성됐다. 그림 속 하얀 외투가 여럿인 탓에 하나를 고를 바에야 아예 잃어버린 척 전혀 다른 옷을 구하는 편이 나아 보였다. 만들어진 까만 눈동자는 자신의 모습에 어디 하나 빠진 구석이 없는지 살피려 그림을 뚫어져라 바라보았다. 아까 보았던 글귀가 눈에 밟혔다. 옛 국회의사당이 어딘지는 몰라도 이 그림들로부터 멀리 떨어진 곳은 아닐 듯했다. 이런 곳을 벗어날 수 있었다면. 생명으로 가득할 물의 한가운데로 바다로 진작 갈 능력이 있었더라면 땅 위의 폐허에 머무르고 있지는 않을 테니까.

그는 아직 이곳에 남아 있을 지성체를 찾기 위해 강둑을 따라 건넜다.

*

모든 것이 지고 난 강은 온통 까맣다. 응당 보는 사람의 눈

이방인의 항해

이 부실 정도로 빛나야 할 조명들은 깨지고 부서진 지 오래였다. 여자는 제가 데리고 있는 아이가 혹시나 그 잔해를 밟을까 세 걸음마다 한 번씩 바닥을 확인했다.

"동이야. 앞을 잘 보고 걸어야지."

어제는 동이가 쓰러진 가로수 위를 넘어가다 미끄러져 떨어질 뻔했다. 크게 다칠 뻔했는데도 동이는 몸을 번쩍 일으키더니 해사하게 웃으며 자신이 밟은 곳을 빤히 바라보았다. 썩은 나무 위로 푸른빛이 피어오르고 있었다.

"아줌마, 이거 봐요. 이게 이끼예요?"

"이끼랑 비슷하지? 근데, 그거랑은 조금 달라."

"그럼 뭔데요?"

여자는 자신이 들고 있는 전단 뭉치 위에 그려진 여인과 눈이 마주쳤다. 숲이 어떻게 시작되는지 아냐고. 그 많은 식물이 순서를 지켜 자라는 모습이 얼마나 아름다운지 처음부터 끝까지 지켜보는 게 소원이라며 재잘대는 목소리가 들리는 듯했다. 어찌나 정교하게 그렸는지 언뜻 보면 사진 같기도 했다. 목소리도 그만큼이나 선명했다.

"지의류라는 건데, 이게 생기기 시작하면 주변의 땅이 건강해져. 그래서 다른 식물도 자랄 수 있게 되지."

"정말요? 그럼, 이제 여기가 다시 푸르러지는 거예요?"

"오랜 시간이 지나면. 이제 강도 많이 깨끗해진 모양이구나."

"물고기도 볼 수 있을까요?"

"아직은. 물고기가 보고 싶니?"

동이는 눈을 반짝이며 고개를 끄덕였다. 여자는 동이가 진정으로 바라는 것은 물고기 한 마리가 아님을 알았다. 그러나 지금 당장 여길 떠날 순 없었다.

"세영이가 돌아오면 같이 보러 가자."

"정말요?"

"그럼. 금방 돌아올 거야."

여자가 동이와 함께 지내기 시작한 것은 한 달 전부터다. 약탈자에게조차 버려진 땅에 누군가 동이를 버리고 떠났다. 어쩌면 동이가 부모를 떠나보낸 걸지도 모른다. 과거의 이름값 때문에 이곳을 미처 떠나지 못한 사람들도 있었다. 여자 또한 그중 하나였다.

조명 없는 야경 속에서도 드문드문 변화가 보였다. 무겁게 흐르던 강은 이곳을 둘러싼 소음이 전부 없어진 지금에야 소리를 내며 흘렀다. 한때는 잔디로 가득찼던 이곳은 건물이 무너지며 쏟아진 잔해로 뒤덮여 평탄한 곳이라고는 찾아볼 수 없었다. 꺾어진 파이프는 뾰족한 장애물이 되어 콘크리트 잔해 위를 건너는 이들을 위협했다. 여자는 그중 그나마 평탄한 곳을 골라 걸터앉은 채 강을 멍하니 바라보았다. 강에서 육지로 시선을 돌릴 때는 꼭 눈을 감았다. 강가에는 늘 실체가 줄

지어 쌓여 있었다.

여자가 붙인 전단 중 한두 장은 종종 강바람을 타고 돌아오고는 했다. 해진 종이 위에 그려진 아내 세영의 얼굴은 여자의 기억 속에서 다듬어져 재앙 이전의 해맑은 모습으로 보였다. 군인이었던 여자에게 시체를 보는 일은 일상에 가까웠다. 그럼에도 불구하고 현재 그것들을 마주하지 못하는 이유는 더는 빛나지 않는 까만 눈동자를 볼까봐서였다. 자욱한 재로 뺨이 온통 얼룩져도, 종종 앓느라 생기를 잃었을 때도 늘상 반짝이던 눈에게서조차 죽음은 빛을 거두어갈 테니까. 적군의 시체보다 더 많이 본 것은 옆에 있던 동료들이 쓰러지는 모습이었다. 처음 나라가 무너졌을 때, 마음 한구석에서는 도리어 안도했다. 세상이 끝을 향해 달려가고 있다는 건 진작 받아들인 사실이었다. 다만 자신이 총을 잡고, 그 총으로 누군가를 겨누고, 총구 너머의 누군가가 자신을 바라보는 일 같은 건 이제 일어나지 않으리라는 사실이 여자를 자유롭게 했다.

최근 들어 별이 조금씩 보이기 시작했다. 강을 가로질렀던 다리의 잔해는 언제 자리를 잡았는지 그 자체만으로 다리처럼 보였다. 여자라면 그 위에서도 나름 균형을 잡으며 건널 수 있었겠지만, 열 살도 안 되어 보이는 동이에게는 위험해 보였다.

'세영이는 건널 수 있었으려나.'

세영은 한 달 전부터 돌아오지 않았다. 동이를 처음 만난 날에도 사라진 세영을 찾아다니고 있었다. 동이를 만났을 때 여자의 마음은 희망으로 부풀었다. 이렇게 어린아이도 살아남았는데, 세영이 그 짧은 새 죽었을 리가 없다고 생각했다. 강가에서 올라오는 시체의 악취는 심해지면 심해졌지 도무지 사그라들 기미가 보이지 않았는데도 말이다.

동이 터오고 있었다. 붉은 햇빛 아래에서 잿빛이던 폐허는 잠깐이나마 물이 들었다. 세영은 매번 이 시간이면 번뜩 일어나 탐색을 나가고는 했다. 여자는 종종 졸리다는 핑계로 함께 나가자는 제안을 거절했다. 그날 그 손을 잡고 나갔더라면 매밤마다 이리 불안해하지는 않았을 텐데. 여자가 아침 해가 뜰 때마다 가장 먼저 하는 생각은 세영의 하루가 시작되었기를 바라는 것이었다.

퍼뜩 정신을 차린 건 해를 등지고 걸어오는 인영을 눈치챈 후였다. 군인 시절의 습관 탓에 여자는 재빨리 전투태세를 취했다. 그러나 가까워지면 가까워질수록 선명해지는 모습은 여자를 주저앉게 만들었다. 마지막으로 본 그 모습 그대로였다. 서툴게 잘린 머리와 까만색 눈동자. 낡은 셔츠와 창백할 정도로 하얀 피부. 삼키기만 했던 이름이 비명처럼 터져나왔다. 여자는 뛰쳐나가듯 다가가 세영을 왈칵 끌어안았다. 꽉 힘을 주어 안았음에도 세영은 미동조차 없었다.

이방인의 항해

"어, 어디 갔다가 이제 온 거야."

반갑게 안아주지도, 대답하지도 않는다. 여자는 답이 돌아올 때까지 담아뒀던 불안을 전부 입 밖으로 내뱉었다.

"갑자기 사라져서 얼마나 놀랐는지 알아? 내가 얼마나 걱정했는데, 얼마나……."

밀어내는 힘에 몸이 순간 뒤로 밀렸다. 당황하기도 전에, 새하얀 손이 손목을 확 잡아채 제 쪽으로 끌어왔다. 가느다란 손가락이 연필이라도 된 듯 빠르게 글씨를 써내렸다.

―못 알아듣겠어.

목소리 대신 돌아온 글귀에 표정이 굳었다. 한 획마다 손끝의 냉기가 느껴졌다. 여자는 빠르게 표정을 감추고 그 손을 자신의 두 손으로 꼭 감싸 잡았다.

"괜찮아. 다 괜찮아. 말도 못 하게 됐을 줄은 몰랐어. 내 잘못이야, 내가……."

그러고는 세영이 그랬던 것처럼 여전히 차가운 손에 글씨를 썼다.

―귀가 안 들리는 거야?

―그건 아니야. 그냥 말을 못 알아듣겠어. 그런데 넌 누구야?

생각지도 못했던 답장에 표정 관리를 할 수 없었다. 그런 건 개의치 않는다는 듯 세영은 할말을 계속 이었다.

—아무것도 기억이 나지 않아.

　확실히 찍어준 종지부에 이제는 마냥 놀라기만 할 수도 없었다.

　—집으로 가자. 같이 지내다보면 전부 기억날 거야. 처음부터 다시 배우면 돼. 네 이름이 세영인 것도, 내가 호프인 것도 말이야.

　동그란 눈이 천천히 끔뻑였다. 여자는 그것만으로도 긍정을 읽어냈다. 그러고는 뒤늦게 집에 있을 동이를 떠올리고는 말을 덧붙였다.

　—당신이 없는 사이 식구가 늘었어.

　식구라는 말에 짙은 눈썹이 움찔거렸다. 여자는 세영이 사람을 좋아한다는 걸 기억하고 있었다. 아이라는 걸 알면 더욱 반가워할 거라는 생각에 기분이 들떴다.

　—네가 기억을 잃은 건 비밀로 하자. 괜히 불안해할지도 몰라.

　애초에 거처에서 멀지 않은 곳이었기에 몇 걸음 걷지 않아 둘은 천막 앞에 도착했다. 언제 일어났는지 동이는 벌써 주변을 총총 돌아다니고 있었다. 여자는 이렇게 보니 새삼 세영과 동이가 꽤 닮았다는 생각이 들었다. 둘 다 이곳이 고향이라서 그런 걸까. 사실 같은 거라고는 까맣고 짧은 더벅머리와 동그란 눈매가 전부였지만, 여자에게는 그것만으로도 충분히 비

218　　　　　　　　　　　　　　　　　　　　　이방인의 항해

슷해 보였다.

동이는 눈을 감는 것조차 잊은 사람처럼 빤히 세영을 바라보다 천막 뒤쪽으로 다시 걸어갔다. 대체 뭘 하나 싶어 세영은 조심스레 동이의 뒤쪽으로 다가가 지켜보았다. 어린 시선은 강둑을 채운 파편 하나하나를 응시하고, 그 사이로 피어난 새 생명을 놓치지 않았다. 여자는 동이를 바라보는 세영의 반응을 살폈으나 시선에 온기라고는 쉬이 찾아볼 수 없었다.

세영이 가장 먼저 다가간 것은 천장 한가운데의 기둥에 매달린 전구였다. 세영은 손을 뻗어 노란빛으로 빛나는 전구를 조심스레 감싸더니 그 안을 유심히 들여다보았다. 구 안쪽의 정교한 금속 회로가 곧장 세영의 눈에 들어왔다. 전기를 받아들이고, 원하는 만큼의 빛을 낸다. 그건 누군가가 명확한 목적을 두고 만들어낸 구조체였다. 마치 세영의 모습을 하고 있는 그처럼. 정확히는 세영을 닮은 누군가를.

*

여자, 그러니까 호프를 만나기 전, 그는 강을 따라 걸으면서도 고향을 떠올리기를 멈출 수 없었다. 행성에는 행성을 제외한 지성체가 존재하지 않았다. 아니, 정확히 말하면 행성이 지성체 그 자체라고 보는 편이 정확했다. 수억 개의 회로는 개개인으로 행동하면서도 제 옆에 있는 회로 없이는 어떠한 의미도 가지지 못했다.

그는 수집하기 위해 만들어진 회로였다. 수집하는 회로로 태어났다는 건 행성의 저장고로서의 삶 외에는 선택지가 없다는 뜻이었다.

행성에 늘 붙어 있어야 할 그가 이곳에서 몇백 광년씩이나 떨어진 행성으로 온 이유는 하나였다. 그는 갓 만들어진 회로였다. 가진 정보라고는 아무것도 없으니, 정보를 수집해야 한다는 제 목적을 수행하기 위해서는 우선 정보에 닿아야 했다. 생에 딱 한 번 개인으로서 행동할 수 있는 순간이 바로 지금이었다. 딱 수집에 필요한 만큼의 판단력과 행동력은 갓 태어난 그에게 주어진 잠깐의 선물이었다.

기대감은 정보를 얻는 데 필요하지 않은 요소였다. 그는 만약 자신에게 그런 게 있었다면 잠깐 이 풍경을 멍하니 바라봤으리라 짐작했다. 검고 무겁게 흐르는 물의 가장자리는 무언가의 잔해로 감싸져 있었다. 회색빛 대기와 지대는 경계선 없이 뿌옇게 이어져 있어서 곧게 강을 가로지르는 잔해 더미만이 지평선을 대신했다. 어디서 온 것인지 모를 강 주변의 파편들은 하나하나 다른 색을 품었음에도 멀리서는 회색으로밖에 보이지 않았다.

이 행성은 생명체가 자연스레 생겨나기에 더없이 적합했다.

기온으로 보나 행성의 왕래로 보나 그러했다. 곳곳의 오염도가 높은 게 흠이었으나 의도 없이 만들어졌을 리 없는 수많은 물체가 그가 찾던 것들이 이곳에 있음을 증명했다. 몸을 꽉 채운 톱니바퀴들이 천천히, 점점 가속을 붙이며 돌아간다. 지성체들은 그걸 생각이라고 불렀다.

지성체를 찾아다니는 동안에도 그는 강을 응시하기를 멈추지 않았다. 마냥 유기물 잔해라고 생각했던 것들의 규칙을 찾았다. 그가 쥔 그림처럼 한쪽 말단에는 털이 뒤엉켜 달려 있고, 그렇지 않은 부분은 이곳의 작은 생명체들이 이미 점령한 상태였다.

그는 그 기록들조차 새겼다. 기억할 수 있는 양은 무한하지 않다. 정보를 흡수할 때마다 실감했다. 그게 전부 채워지면 행성으로 돌아가야 한다는 것도, 어떤 결말을 맞이하는지도 알았다. 그 끝에서 그는 그게 결말이라는 것조차 알지 못한 채 평생보다 긴 마지막을 보낼 것이다. 이 시간이 끝나고 나면 생각할 수 있는 기능조차 잃어버릴 테니, 미래를 생각해보아봤자 그 미래를 바꿀 수는 없다.

다른 회로들도 자신과 같은 고민을 할까. 그는 자신이 그것들과 어디가 같고 다른지조차 알지 못했다. 자신처럼 사고하고 생각할 수 있는 존재에 대한 기록을 흡수하고 싶다는 열망은 가족력일지 아니면 자신의 변이일지는 알 수가 없었다.

하나 확실한 공통점은 도저히 온전한 하나의 존재라고는 볼 수 없는, 균형이라고는 전혀 존재하지 않는 몸뚱어리 정도였다. 그것마저도 지금은 잃은 채였다. 그럼에도 그 공통점은 도무지 그의 생각에서 채워질 기미를 보이지 않았다.

그는 저도 모르게 고향 행성에 있을 다른 회로들과 그의 차이를 찾으려 애썼다. 고민 끝에 알아낸 건 며칠간 이곳을 누빈 기억이 그와 다른 이들을 구분하는 유일한 점이란 사실이었다. 호프를 만나기 전 그는 스스로 걸어다니는 생명체를 본 적이 없었다. 말하는 법도, 보는 법도 전부 잊어버린 사체들만이 강변을 채웠다.

처음 호프를 마주했을 때의 기억이 생생했다. 눈빛이 마주친 순간 걸음이 멈췄다. 그는 강을 따라 걷는 걸 멈추지 않았으나, 그와 마주한 사람은 우뚝 섰나 싶다가도, 무겁게 발걸음을 떼다, 어느 순간 온 힘을 향해 뛰어왔다. 그는 그 뜀박질이 자신을 향한다는 걸 곧바로 알아챘다.

"세영아!"

음성을 통해서는 이런 식으로 소통을 하는구나. 호프는 살아 있다는 이유만으로 첫 만남부터 새로운 정보를 제공했다. 시간에 따라 위치도, 표정도, 행동도 전부 변한다. 높게 올려 묶은 갈색 머리카락이 발을 디딜 때마다 진자 운동을 반복한다. 일정해 보이지만 조금씩 변하며 움직인다. 그의 속을 이루는 수집 기능이 어느 때보다 빠르게 돌아갔다. 여러 번 부르짖는 짧은 마디는 이 외형의 주인을 부르는 호칭일까. 그가 아무런 말도 하지 않는 사이 호프는 그를 끌어안고 울먹이기를 반복했다. 서툰 대응에도 호프는 다 괜찮다며 그를 자신의 집으로 데려갔다. 그게 지금까지 새겨진 기록의 전부였다.

손에 쥔 전구의 빛이 천천히 끔뻑인다. 회로가 제 수명을 다해가는 모양이었다. 그는 마치 그게 자신의 끝인 것만 같아 관찰하기를 멈추지 못했다. 호프는 가방을 내려놓자마자 그에게 성큼 다가왔다. 처음 만났을 때의 창백한 얼굴은 어디로 가고 양쪽 볼이 붉게 달아올라 있었다. 아까보다 훨씬 느릿하지만 성급한 손길이 그의 손바닥 위를 휘저었다.

—나 안 보고 싶었어?

그는 자신이 기억이 나지 않는다고 둘러댔던 걸 정확히 기억했다. 왜 호프는 자신이 잃어버린 기억에 속하지 않는다고 생각하는지 이해가 되지 않았다. 그가 침묵으로 일관하자 뒤늦게야 그의 대답을 떠올린 건지 겨우 침착함을 되찾았다.

—미안. 너무 반가워서 잊고 있었어. 네가 돌아왔다는 생각에

호프는 뒷말을 다 쓰지 못한 채 손가락을 멈췄다. 그는 조심스레 손을 빼냈고, 호프는 그 손을 다시 잡는 대신 돌아서서 짐을 마저 정리했다.

천막 안의 풍경이 그제야 눈에 들어왔다. 온갖 것들이 위태로이 매달린 벽은 때때로 부는 바람에 펄럭였다. 구석마다 물건이 쌓여있는데도 정갈히 정리된 덕에 어떤 게 있는지는 한눈에 들어왔다. 글과 그림으로 가득한 사방에 어떤 것에 먼저 시선을 둬야 할지도 감이 오지 않았다.

행성의 밤이 찾아올 무렵, 호프는 기억을 찾는 데에 도움이 될지도 모른다며 글자로 빼곡한 물건들을 잔뜩 꺼냈다. 거기 적힌 건 이 행성 전체의 약력이었다. 호프는 천막 구석에서 꺼낸 종이 뭉치를 수첩이라 부르며 그 위에 사각 소리가 나는 얇고 긴 물체로 할말을 써내려갔다.

―기억을 되찾는데 도움이 될까 싶어서. 우리가 몇십 년치 신문을 모아둔 게 이렇게 도움이 될 줄이야.

신문이라 부르는 물체에 적힌 정보들에는 그 기점으로부터 얼마나 지났을 때 무슨 일들이 일어났는지 상세히 적혀 있었다.

발견, 도약, 발명, 업적, 시작. 지나치리만큼 희망찬 단어들의 배열로 채워진 시기가 몇 년이고 이어졌다. 새로이 만들어졌다는 것 하나하나가 마냥 신기하게 느껴졌다. 이곳이 첫 행성인 그에게 비교할 대상은 없었고, 기사 속 사건과 기술은 전부 새로운 자극이었다.

황금기를 찬양하는 글들은 실수라는 단어를 제목에 떡하니 박아둔 기사 하나와 함께 빠르게 사라져갔다. 그 이후 쓰인 모든 기사의 주인공은 이 행성이었다. 사람들은 그걸 세상이라고 불렀다. 사각 소리와 함께 수첩이 다시 들이밀어졌다.

　―뭐 떠오르는 거 없어?

그는 고개를 저으며 읽기를 계속했다. 지금껏 본 어떤 글자보다 큰 크기로 적힌 제목이 눈에 띄었다. 늘 정교하게 짜여 있던 배열들조차 그 기사에서만큼은 완벽히 무너져 있었다.

멸망. 그게 지금으로부터 십여 년 전의 기사의 주제였다. 멸망의 원인으로 지목된 것은 지구가 지성체들 몰래 품고 있던 것도, 그렇다고 바깥에서 날아온 무언가도 아니었다. 제어를 벗어났다고 표현했지만 그가 보기에는 이곳의 지성체들이 알아서 주도권을 포기한 꼴이었다. 한 행성의 지성체들을 쓸어버린 재앙이라기에는 너무나 어리석은 전개였다. 그 모든 더미를 읽고 난 후, 그는 제가 듣는 정보가 무조건 진실이리라는 가정을 깨트렸다. 세상이 정말로 이딴 이유로 끝났을 리가 없었다.

설령 대부분이 목숨을 잃었다 해도 여전히 살아 움직이는 존재들이 있지 않은가. 이건 그들 중 누군가 써낸, 무엇을 위해서인지는 모르겠으나 무언가 의도를 갖고 작성한 장편의 거짓말이라 여겼다. 아니, 어쩌면 멸망 같은 건 일어나지 않았을지도 모른다. 이 강 부근이 하나의 거대한 거짓일지도 모르지, 그러나 그는 금방 멸망이 거짓이리라는 가설을 기각했다. 이곳을 거짓 무대라고 부르기에는 그럴 이유도, 목적도 읽어낼 수 없었다.

그 말은, 그가 학습해야 하는 이곳의 문명은 이미 과거의 것이라는 뜻이었다. 완전히 기록에 의존해야 한다는 사실을 알고 나니 한 행성의 순간 정도야 통째로 담을 수 있는 용량을 가진 제 몸이 아깝게 느껴졌다. 수첩 위로 글씨를 써내려 가는 그의 손에는 미약하게나마 조급함까지 느껴졌다.

─이거, 전부 진짜야?

─응. 왜, 뭐 떠오른 거라도 있어?

─아니. 그냥 안 믿겨서.

─그런 우울한 이야기는 그만 보고.

호프는 그렇게 말하며 방금 보여준 것들과는 전혀 다른 소재의, 강에서 보았던 그림처럼 생긴 얇은 물건들을 꺼냈다. 색이 바랜 탓에 노이즈를 제거해야 할 필요가 있단 것 빼고는 아까 본 이미지와 다를 것도 없는데, 호프는 그것이 세상에 하나밖에 없는 보물이라도 되는 듯 조심스레 다루었다.

─이건 우리가 막 사귀었을 때 찍은 거. 그리고 이건 결혼 1주년 때. 내가 군인이라 사적으로 단말기를 소지하는 게 금지돼서 네가 직접 뽑아준 사진이잖아. 기억나?

─군인?

─내 직업도 기억 못 하는 거야? 내가 너 두고 참전해야 한

다는 소리 했을 때 네가 얼마나 울었는지도 모르겠네.

호프는 기사 속 이야기가 자신에게는 현실이었다는 듯 전쟁에 나가야만 했던 순간을 묘사했다. 호프가 막 그때의 이야기를 써내려던 순간이었다.

"숟가락."

아이가 제 손에 들린 도구를 보며 말했다. 뜬금없는 말은 거기에서 그치지 않았다. 으레 아기가 처음 말을 배울 때처럼, 아이는 주변에 있던 물건을 눈에 담고 들어보이며 음성을 뱉었다.

"하여간 못 말린다니까. 여덟은 넘었을 애가 세 살짜리 애나 할 법한 행동을 하고 있고."

그의 시선이 아이의 시선을 따라 움직였다. 먼지 쌓인 선반. 천장에 달린 램프. 다리가 부러진 낡은 나무 의자. 한 번에 내뱉는 음성의 길이가 점차 길어졌다. 그는 음절 하나마다 바뀌는 아이의 입 모양을 남몰래 따라 했다. 빠르고 정확하게 배우는 게 삶의 이유인 그에겐 그 단어를 배우는 것도, 거기서부터 음성언어의 체계를 유추하는 것도 그리 어려운 일이 아니었다. 식사를 통해 섭취한 영양소가 몸을 이루고 구성하는 것과 전혀 다를 것이 없었다. 차이가 있다면, 고향으로 돌아가는 날까지 그 모든 정보를 몸 바깥으로 내보낼 생각이 없다는 것 정도였다. 그가 듣고 보는 모든 것들은 셀 수 없이 많은 기판 위에 새겨질 테니까.

　아이의 음성은 노이즈라고 부를 만한 것 하나 없이 맑고 또렷했다. 정제할 필요조차 없는 데이터였다. 그는 종종 천막 구석에 쌓여 있던 책을 집어 아이에게 이런 것도 읽을 수 있냐 물었다. 마치 자랑하듯 한껏 높아진 톤 덕에 신호가 더욱 선명했다.

　아이는 매 문장을 끝마칠 때마다 그와 눈을 한 번씩 마주쳤다. 아이가 눈을 깜빡일 때마다, 그는 최대한 자연스레 반응하려 그에 맞춰 눈꺼풀을 여닫았다. 그걸 무슨 신호로 읽었는지, 그가 그리 반응한 뒤에야 아이의 독서는 이어졌다. 그는 아이가 뜬금없이 숟가락의 이름을 불렀을 때를 되새겼다. 복잡한 단어일수록 음성은 느릿하고 발음은 또박또박했다. 벽에 글자를 새길 때 한 자 한 자를 올바르게 새기는 것처럼, 음절 하나조차 행여나 전해지지 않을까봐 힘이 잔뜩 들어가 있었다. 문장과 목소리가 순식간에 연결되어 서로의 옆에 자리를 잡았다.

　강 주변은 낮이고 밤이고 고요했다. 그는 호프와 아이를 제외하고는 살아 있는 지성체를 본 적이 없었다. 강가의 시체들은 죽은 시점이 전부 달랐다. 그중에는 종종 문자가 적힌 물건을 품고 죽은 이도 있었다. 그 글자들 덕에 그는 그림을 사진이라 부르기 시작했고, 지성체에 사람이라는 호칭을 붙였다.

홀로 밖에 나섰던 어떤 날, 그는 사진을 꼭 쥔 채로 죽어 있는 누군가와 눈이 마주쳤다. 죽은 지 꽤 오랜 시간이 지났는데도 시선은 손에 들린 사진 속 사람들을 향해 있었다. 죽은 이와 많이 닮은 사람들. 자세히 보면 다른 구석도 많았으나 웃고 있는 표정만큼은 신기할 정도로 똑같았다. 이들이 이 사람에게는 애착의 대상이었을까.

늘 하던 것처럼 목숨을 위협할 만한 병원체의 흔적이 있었는지, 몸에 곪은 흔적은 없는지 낱낱이 살펴보면 보통은 어렴풋하게나마 추측할 수 있었다. 이렇게 아사인지 병사인지 구분할 수 없는 상태는 꽤나 드물었다. 어쩌면 둘 다였을 수도 있겠다. 정말로 그랬다면 죽기 직전까지도 제정신은 아니었을 터였다. 그런 상황에서도 눈꺼풀이 가라앉는 걸 이겨내며 마지막까지 이걸 응시했다니. 본능을 이길 정도로 애착이라는 게 강한 감정인가 싶었다. 그는 입꼬리를 움직여 사진 속 표정을 따라 해보았지만 특별한 일이 일어나진 않았다.

처음 이곳으로 오기로 결정했을 때, 만약 지성체가 살고 있다면 물속에 있으리라 생각했다. 수면 위로 튀어나온 땅덩이로 추락한 건 첫 착륙 시도라면 누구나 겪을 법한 오류에 불과했다. 물속에서는 중력을 이겨내기 위해 단단한 몸을 만들 필요가 없으니 그만큼의 물질과 에너지를 더욱 완벽한 사고를 하기 위해 쓸 수 있으리라 여겼다. 그러니 우연히 착륙한 이곳에서 지성체의 흔적들을 만난 건 정말 의외의 일이었다.

그렇다면 여기 있던 지성체들은 어디에 있길래 이곳을 폐허로 만들고 사라진 걸까. 물이 흐르는 방향의 끝은 보이지 않았다. 저 끝에는 한참의 시간 동안 물을 받아내도 넘치지 않는 곳이 있을 터였다. 이제 그는 그곳의 이름이 바다임을 알았다. 그가 애초에 떨어지려던 장소였다. 몇 초의 고민 후에 내린 결론은 바닷속에 살던 지성체 무리가 잠깐을 여기에 머무른 후 다시 바다로 돌아갔으리라는 가설이었다.

그게 그가 이곳에 오자마자 강줄기를 따라 걸은 이유였다. 만약 호프를 마주치지 않았더라면 걸음은 하류를 향해 아직까지 이어졌을 것이다.

또 다른 하루에는 강 건너편에 관심을 두었다. 사방을 채우는 불균형 속에서 강을 가로지르는 직선은 그나마 남아 있는 유일한 질서였다. 반대편이라고 더 평화로워 보이지 않았으나, 이렇게 큰 강을 경계로 둔다면 분명 이쪽과 저쪽의 상황에는 어딘가 차이점이 있으리라 생각했다. 그는 직선의 잔해 위로 조심스레 발을 디뎠다. 옆을 돌아볼 때마다 보이는 수평선은 밤이면 더욱 흐릿해져 우주 한가운데에 있는 것만 같았다. 지구로 오기 직전에 보았던 소행성대 위를 걸었다면 이런 기분이었을까. 물론 그곳의 행성을 디딤돌로 쓰려면 그의 몸

집이 그만큼 커야 하겠지만. 소행성대의 직경을 떠올리며 자신이 얼마나 커야 하는지 가늠을 끝냈을 즈음, 그의 발이 다시 땅 위에 닿았다.

반대편도 상황은 비슷했다. 시체는 아무데나 널브러져 있고 길이라고는 어디에도 없었다. 분명 발은 중력에 붙잡혀 땅에 붙어 있는데도 우주 공간 한가운데에 이정표 없이 툭 던져진 기분이었다. 느껴지는 생명체라고는 소리조차 내지 못하는 먼지만 한 것들과 주변의 유기물을 잡아먹으며 피어오르는 초록색 덩어리들이 전부였다. 드문드문 무너지기 직전의 천막이 눈에 들어오긴 했다. 그는 그나마 상태가 괜찮아 보이는 천막을 골라 들어갔다.

왜 그 천막이 유달리 사용감이 없는지는 금방 알 수 있었다. 시체는 살점 하나 없는 백골이 된 채 그를 마중했다. 밖에서 본 다른 시체보다 훨씬 이전에 세상을 떠난 듯했다. 그런데도 그는 들어가자마자 속으로 쾌재를 외쳤다. 죽기 직전까지 쓰고 있던 일기장이 곧장 눈에 들어왔기 때문이었다. 읽어보면 알 수 있을 것이다. 그 신문 속 이야기는 어디까지가 거짓이고 진실인지. 그러나 일기 속 내용은 그의 기대를 무참히 무너트렸다. 마치 천막 밖의 세상은 없는 것처럼 지극히 개인적이고 감성적인 내용이었다.

우리 성이를 떠나보낸 지 한 달이 되어간다. 남편과 나는 오늘에야 이곳에서 조금 떨어진 곳에 딸을 묻었다.

남편의 안색이 심상치 않다. 성이와 비슷한 증세에 덜컥 겁이 났다. 괜찮을 거야. 남편은 성이보다 훨씬 건강하니까.

그때와 똑같다. 말할 때마다 피를 토하고, 몸 말단은 얼어붙은 듯 차갑다. 이제는 깨어 있는 시간조차 거의 없다.

남편이 사라졌다. 스스로 떠난 거라는 건 금방 알 수 있었다. 처음 이 노트를 구했을 때는 귀한 물건을 구했다는 생각에 들떴는데, 마지막 장까지 채우지도 못하게 될 줄은 몰랐다. 이젠 내게 기록할 일상 같은 건 생기지 않을 테니까.

그게 마지막 기록이었다. 천막의 철골은 백골의 목을 동여맨 밧줄과 이어져 있었다. 그는 백골로나마 남은 누군가의 과거를 알아내기 위해 곳곳을 샅샅이 살폈다. 신체에 특별한 결격 사유는 없었다. 충분히 혼자 살아갈 능력이 있는 이가 가족 둘을 떠나보냈다는 이유만으로 바로 목숨을 끊다니. 이것 말고는 삶의 의미가 없다는 것처럼.

신문 속 정보가 계속해서 그것이 정말 진실이라고 외쳐댄다. 이르게 받아들인 정보가 이후의 정보를 해석하는 데 영향을 준다는 건 알았지만 이 정도로 휘둘리게 될 줄은 몰랐다. 그는 최대한 정보를 받아들이는 데에만 집중하며 일기장 속 필요한 내용만을 머릿속에 담았다. 자식의 사인은 불명이지만, 남편은 병사가 확실했다. 사망자는 질병으로 고통받았다는 기록이 없고, 자식이 죽은 시점과 남편이 증상을 보인 시점은 지나치게 길다. 이들의 병은 감염을 통해 전해진 게 아니라, 특정 상황이나 환경이 원인이 됐을 확률이 높다. 그는 이 강가에 남은 이가 여자와 아이밖에 없다는 걸 떠올렸다. 생명체의 수가 많을 때는 위협이 되지만 적을 때는 비교적 힘을 못 쓰고, 그렇다고 시체로부터 옮지는 않는 사망 요인. 먹을 것이 없어 쓰러졌거나, 아니면 먹으면 안 되는 것에 허기를 못 참고 손을 댔거나.

반대편에 오고 나니 확연히 더 보이는 게 있었다. 그는 꽤 많은 시체가 강을 향해 쓰러져 있다는 걸 눈치챘다. 원래 있던 쪽에서도 시체들이 강 주변에 모여 있긴 했지만, 그들을 모이게 만든 게 강 건너편에 있는 무언가인지 강 자체인지는 구분할 수 없었다. 여기 와서야 후자였다는 것이 또렷하게 다가왔다. 강을 타고 쓸려왔다기에는 누운 모양새가 모두 일정했다. 그들은 전부 강을 향해 엎드려 있었다.

'죽기 직전에 스스로 강에 다가간 건가.'

강 끝에는 그들의 고향이 있을 테니까. 이 흐르는 물을 전부 가둘 만한 거대한 바다가.

이미 망한 문명을 더 붙잡고 있을 바에는 지금이라도 바다로 향해 가는 게 낫지 않을까. 아니면 아예 새로운 행성을 찾아갈까. 다시 긴 여정을 떠나려면 한동안은 또 잠들어 있어야겠지. 수십 년을, 어쩌면 수백 년을 넘게도. 그런 위험을 감수하는 것보다는 조금의 가능성에라도 희망을 걸어보는 편이 나았다. 살아 있는 이들이 있는 한 아직 문명이 완전히 사라졌다는 보장은 없다. 기댓값을 아무리 계산해보아도 이곳에 더 머물러보는 게 이득이었다. 그는 아직 멸망을 믿지 않았다.

*

여자는 사소한 소음에도 드문드문 잠에서 깨고는 했다. 세영과 같이 살 때도, 동이를 거둔 후에도 천막이 마냥 고요한 적은 없었다. 보통은 소음에 깨도 굳이 눈을 떠 그 출처를 확인하진 않았다. 그 소리에 이상한 구석이 없다면 말이다.

펄럭. 천이 들리는 소리가 입구 쪽에서 났다. 여자는 실눈을 뜨고 문 쪽을 바라보았다. 막 밖을 나서는 세영의 뒷모습이 눈에 들어왔다. 세영은 동이 트기 전에 길을 나선 적이 한 번도 없었다. 이른 아침 나가 해가 저물기 전에 천막에 돌아오는 것이 보통의 일과였다. 정신을 차렸을 때는 이미 그를 뒤따라가고 있었다.

세영은 이곳에 언젠가 다시 식물이 자라리라 믿었다. 한강에 대량으로 오염 물질이 살포될 때마다 이곳은 점점 원래의 모습을 잃어갔다. 죽어가는 강에 다가가서는 안 된다. 그건 이곳의 사람들이라면 누구나 지키는 불문율이었다. 강가가 다시 푸르게 물들면 그 법칙은 사라질 테다. 세영이 입에 달고 살던 말이었다.

'죽은 나무만 보면 계속 시선이 가. 손님이 온다면 저기로 제일 먼저 찾아올 테니까.'

그러나 지금 세영의 시선은 내내 강에 향해 있었다. 새까만 하늘도, 푸른빛이 드문드문 도는 나무도 아닌 깊고 무겁게 흐르는 재앙을 빤히 응시했다. 세영은 흔들림 없이 다리 파편 사이를 뛰어넘고 있었다. 세영이 저렇게 날렵했던가. 뒤따르던 여자의 걸음이 멈추더니 이내 천막 쪽으로 몸을 돌렸다. 세영만 돌아오면 두렵지 않을 줄 알았던 강가가 어느 때보다 두려웠다. 여자는 조심스럽게 나올 때와 달리 천막으로 뛰쳐들어왔다. 이 모든 소동을 잠에서 깬 동이가 응시하고 있던 것도 모른 채로 말이다.

*

돌아오는 길의 강은 여전히 검었으나, 자리를 옮긴 달 덕에 다리 바로 옆에서 하얀 원이 일렁였다. 물 위로 뛰어들면 사라질 가짜 달일 뿐인데도 마치 강이 저 초라한 달빛 하나에만 의지하는 것처럼 보였다. 그는 강에 비친 달에서 시선을 떼지 못한 채로 벌써 익숙해진 길을 나아갔다. 다시금 앞으로 시선을 돌렸을 때, 그는 천막 앞 누군가가 자신을 바라보고 있다는 걸 알아챘다. 그게 호프가 아니라 아이라는 걸 알았을 때는 이상한 안도감이 들었다.

얼른 말을 걸고 싶었다. 지금 정도라면 충분히 음성으로도 대화할 수 있을 것 같았다. 글씨 하나를 쓸 시간에 단어 몇 개를 말할 수 있었다. 그걸 깨닫고 나니 말하기를 연습해야만 앞으로의 수집 활동이 잘 풀리리라는 확신이 들었다.

"안 자고 뭐 해?"

자신이 방금 제대로 말한 걸까 싶어 괜히 목을 어루만졌다. 멀리서도 들린 건지 아이는 다리의 잔해 위에 서 있는 그를 향해 다가왔다.

"내가 갈게."

그는 행여나 아이가 다칠까 싶어 속도를 내어 강을 건넜다. 다행히도 아이는 근처 강둑에 다시 앉은 채로 그가 다가오기

이방인의 항해

를 빤히 기다렸다.

"밤 구경을 하고 있었어요."

"응?"

"아, 정확히는 밤하늘이요."

책 읽을 때만 목소리를 내는 줄 알았는데, 대답하는 음성이 매끄럽다 못해 경쾌했다. 아이의 이야기는 제가 모르는 과거를 말하고 있음에도 불구하고 정확히 그가 원하는 정보를 담고 있었다.

"그거 아세요? 제가 태어나기 전에는 저보다 훨씬 큰 건물들이 이 강을 둘러싸고 있었대요. 나라의 지도자도 이 근처에 살았다고 하더라고요."

"그래?"

"네. 그때는 밤하늘이 이 정도로 넓지 않았대요. 별도 거의 안 보이고요. 엄마가 말해줬어요."

그는 아이가 어쩌다 혼자가 됐는지 물으려 했으나, 엄마라는 단어를 말할 때 잠깐 떨린 목소리에서 불안함을 느꼈다. 그런 생각이 무색하게 아이는 너무나도 간단한 말 몇 마디로 제 비극을 간추렸다.

"엄마랑은 몇 년 전에 헤어졌어요."

아이는 그 얘기를 끝으로 하늘 한가운데를 가리켰다. 온통 흐리 회색빛 낮보다는 별이라도 떠 있는 밤이 그나마 지평선을 구분하기 쉬웠다. 아이는 그 지평선을 따라 반대쪽 손으로 커다란 원을 그렸다.

"저 별 보이죠? 가장 빛나는 별."

그는 아이가 말하는 별에 대해 이미 알고 있었다. 멀리서 보면 하나의 별처럼 보이지만, 저 또렷한 하얀 점은 다섯 개의 별이 얽혀 만들어내는 빛이다. 태어난 지는 일억 년이 조금 안 되고, 여기에서 저기로 이동하려면 워프 게이트 없이는 수천 년을 넘게 잠들어 있어야 한다. 자기 같은 조그만 수집용 회로에게 게이트를 마련해줄 고향 행성이 아니었다.

"저게 북극성이에요. 저 별을 중심으로 하나하나 살펴보면 별자리들을 찾을 수 있어요."

"별자리?"

"별로 그린 그림 같은 거예요. 북극성을 꼬리로 한 저 별자리가 큰곰자리고요, 저 근처에 있는 게 작은곰자리예요."

서로 떨어져 있는 쌍성과 꼭 붙어 있는 쌍성. 두 행성을 데리고 있는 항성. 우주에서는 서로 관계조차 없는, 멀리도 떨어져 있는 별들이 하나의 이름으로 묶인다는 게 우스웠다. 이곳의 하늘로 위상을 옮기면 근처에 있다는 이유만으로 같은 그림에 놓인다니.

"저 두 곰은 사실 엄마랑 아들이었대요."

"누가 그래?"

"책에서 그랬어요."

아무래도 이곳의 지성체들은 이야기를 지어내는 걸 무척 좋아하는 모양이었다. 그는 드물게 조잘대는 아이의 수다를 들으며 밤하늘을 바라보았다. 구름을 뚫고 보이는 별들을 아무리 들여다보아도 그림 같은 건 보이지 않았다. 별들의 밝기, 좌표, 배치…… 그것 말고 무엇을 더 어떻게 읽어내야 할까. 내내 보았던 우주를 다른 위상으로 옮겼다고 해서 특별히 더 흥미롭지는 않았다. 눈길이 계속 강 쪽을 향했다. 일그러진 밤이 일렁이며 바다를 향해 흘러간다. 아이는 그가 하늘을 외면하고 있단 사실을 눈치챘는지 금방 입을 다물었다.

"저 끝에 뭐가 있는지 알아?"

"끝이요? 강 끝을 말씀하시는 거예요?"

"응."

"음, 바다가 있겠죠?"

"바다에 가보고 싶다는 생각은 안 해봤어?"

"가는 길에 죽을 일만 없다면요. 지도에서 봤는데, 바다까지 가려면 정말 한참을 걸어야겠더라고요."

잠시 기다려보라는 말과 함께, 아이는 몰래 천막 안으로 들어가 낡은 종이를 꺼내왔다. 종이 속 초록색 도형 위로 푸른색의 두꺼운 곡선들이 뻗어나갔다. 그들은 전부 가장자리를 채운 푸른 여백과 이어져 있었다. 어째서 땅을 초록빛으로,

강줄기를 푸른빛으로 나타낸 건지는 이해가 가지 않았지만 그게 뭘 의미하는 건지는 단번에 알 수 있었다.

"이게 바다로 가는 길이에요."

아이의 손가락이 지금의 위치를 가리켰다. 왼쪽 가장자리와 이곳의 거리는 아이의 손으로 한 뼘 정도 되는 거리였다.

"저 북극성을 기준으로 왼쪽, 그러니까 서쪽을 향해 가면 서해로 갈 수 있어요."

손끝이 지도 위에서 강이 흐르는 곳으로 옮겨갔다. 해가 지고 바다가 기다리는 곳이었다. 그제야 그는 사람들이 밤하늘에 의미를 부여하는 이유를 짐작했다. 책에 담긴 이야기들은 진실과 거짓이 섞여 있어 정제해내기 어려웠지만 한 가지만은 명백했다. 이곳의 지성체들은 본능적으로 이야기를 만들어낸다. 별을 길잡이로 삼는다면 그 순간부터 별들은 그들에게 특별한 존재가 되겠지. 별에게 애착을 붙이는 순간 이야기는 자연스레 나올 수밖에 없다.

지구가 속한 항성계는 이들의 중심 항성을 제외하고는 다른 항성의 영향을 거의 받지 않는다. 기껏해야 몇백 년, 어쩌면 그보다 더 오래전 내뿜었던 빛을 작은 점만큼 보여주는 게 전부다. 열기조차 닿지 못하는 거리에서도 의미를 가질 수 있다니.

그는 태어날 때 보았던 고향의 풍경을 떠올렸다. 이곳만큼이나 다양한 색으로 얽혀 있는 고향 행성에는 자신 같은 회로가 수없이 많았다. 회로의 수명이 다하면 그들은 천천히 떨어져 나가 우주를 유영했다. 부품이 하나하나 자연스레 떨어져 나가고, 억겁의 시간이 흘러 원자의 상태로 되돌아갈 때까지 여행은 계속됐다. 물론 그렇게 되기도 전에 그 옆에 있던 회로에게 잊히는 게 다반사였다. 그 자리는 언제든지 대체될 수 있으니까. 곧바로 신호를 주고받을 수 있는 가까운 거리에서도 회로들은 서로에게 의미를 주지 못한다.

그의 사고 체계는 갖지 못한 것에 쓸쓸함을 느낄 정도로 정교하지 않았다. 다만 신기할 뿐이었다. 호기심은 그가 정보를 삼키게 만드는 원동력이었고, 그 감정만큼은 어떤 지성체에게도 뒤처지지 않았다.

"저는요, 나중에 크면 바다로 나가보고 싶어요."

"지금 가면 되잖아?"

"지금은 너무 어리잖아요. 조금 더 크면요. 지금보다 힘도 더 좋아야 할 거고, 아는 것도 더 많아야 해요."

그는 바다에도 문명이 있으리라는 제 가설에 높은 가중치를 두었다. 다만 충분한 자격을 갖춰야만 바다로 갈 수 있다는 건 예상치 못한 이야기였다. 지성을 쌓아야만 바다의 문명에 속할 수 있는 걸까. 그 기준이 뭔지 더 자세히 묻고 싶었지만, 늘 맑던 아이의 목소리에 조금씩 노이즈가 쌓이는 걸 보니 아무래도 지금은 재워야 할 모양이었다. 아이는 그의 권유에 못 이기듯 다시 천막으로 들어갔다.

호프를 만난 후로는 네번째로 맞이하는 날이었다. 호프는 천막 문을 활짝 열어 햇살을 가득 들였다. 그는 입구 너머로 풍경을 가득 채운 강을 빤히 들여다보았다. 시선을 평소보다 먼 곳으로 옮기자, 여기서 한참 서쪽으로 떨어진 곳에 있는 회색에 가까운 녹청색의 돔이 눈에 들어왔다. 언젠가의 그림 속 산은 저것보다도 훨씬 푸르렀으나, 그가 보는 풍경 속에서 푸르다고 부를 수 있는 건 식물들을 제외하면 저곳이 유일했다. 날이 좋아선지 특유의 청색이 유난히 눈에 띄었다.

호프는 콧노래를 흥얼거리며 제가 가진 것 중 제일 깔끔한 옷을 골라 입더니 그를 향해 손을 내밀었다. 그는 이제 그것이 손을 잡자는 뜻임을 알았다. 그가 따라 내민 손 위로 재빨리 글씨가 새겨졌다.

―춤추기 좋은 날이다. 그렇지?

―춤?

그는 호프에게는 아직 목소리를 내어 말하지 않았다. 말로 대화하기에는 그의 어투가 선명히 느껴지진 않았기 때문이다.

―맞아. 기억 안 나겠구나. 괜찮아. 노래를 들으면 몸이 기억할 테니까.

이방인의 항해

그는 자신이 읽었던 이야기들 속에서 상상했던 인물들이 춤을 추는 장면을 떠올렸다. 소리에 움직임을 맞추는 게 엄밀한 춤의 정의였고 그것 외에는 누군가의 감상을 덧붙인 게 설명의 전부였다. 누군가는 그걸 자신을 표현하기 위한 행동이라 하고, 또 다른 이는 예절의 일종이라고도 불렀다. 여자가 말한 춤은 복잡하다 평가받는 부류는 아니었다. 두 사람이 손을 맞잡고, 음악이 시작되면 방향을 맞춰 발을 내디딘다. 다가가면 딱 그만큼만 멀어져야 하고, 옆으로 나아가면 그 걸음을 맞춰줘야 한다. 호프는 그 방향을 일일이 손으로 새겨가며 동작 하나하나를 그에게 가르쳤다.

그는 모든 방향을 한순간에 암기했으나, 막상 실전에 들어가니 그걸 외울 필요는 전혀 없었다. 호프는 그가 보면서 따라 할 수 있을 정도로 천천히 움직였다. 언제 움직일지 알려주는 음악은 호프의 흥얼거림으로 대신했다. 드문드문 뜻을 이해할 수 있는 말이 들려왔다. 그중 유난히 귓가에 많이 들어온 건 영원이라는 단어였다. 사전적인 의미는 유추할 수 있었다. 어떤 상태가 끝없이 이어짐. 그는 호프가 이 춤이 영원하길 바라는 걸까 생각했다. 몇백 걸음을 내디뎌도 멀쩡한 자신과 달리, 생각보다 금세 지치는 모습을 보고는 그 생각을 접었다. 버거운 게 훤히 눈에 보이는데도 호프는 그의 손을 놓지 않았다. 콧노래는 흔들릴지언정 끊기지 않았다. 강가를 향해 한 걸음, 천막이 있는 쪽을 향해 다시 한 걸음. 해가 뜬 방향을 향해 두 걸음 더. 다시 바다가 있을 곳을 향해 뒷걸음을 치고, 북극성이 뜰 곳을 바라보며 한 바퀴를 돌았다. 걸음을 옮길 때마다 고도가 시시때때로 변했다. 무너진 강 주변에는 당연하게도 평평한 곳은 없었다. 땅에 발을 디딜 때마다 파편의 모양이 느껴졌다. 이대로 넘어지면 애먼 곳에 부딪히며 강 한가운데로 떨어지겠지. 그는 그리 생각하며 발끝에 온 힘을 주었다.

어디론가 이동하기 위해서도, 먹을 걸 구하기 위해서도, 하다못해 정보를 교환하는 것도 아니면 무엇 때문에 이 번거로운 동작을 외우는 걸까. 그는 두번째로 많이 들려온 말이 어쩌면 그걸 설명할지도 모른다고 생각했다. 사랑. 어떤 사람이나 존재를 몹시 아끼고 귀중히 여기는 마음 또는 그런 일. 정의를 아는데도 막연하게만 느껴지는 단어였다. 그 단어의 대상은 그였다. 정확히는 그가 겉모습을 모사한 한 지성체를 위한 말이었다. 그런 단어가 정말로 현실의 것을 그린 걸까. 그런 게 정말로 존재한다면 신문에 있던 바보 같은 멸망은 일어나지 않았어야 한다.

그는 강 건너편에서 보았던 백골을 떠올렸다. 홀로 남을 바에야 죽음을 택한 누군가는 그에게 아직도 난제로만 남아 있었다. 만약 사라진 아내가 사실 죽은 거였다면, 눈앞에 있는 이 여자도 따라 죽을지 생각했다. 어쩌면 그건 난제가 아니라 단순한 오류였을지도 모른다. 생존을 목적으로 해야 할 생명체가 스스로 목숨을 끊다니.

고향 행성의 회로들은 이웃 회로에서 오류가 발생하면 자연스레 정보를 전송하지 않는다. 기능하지 않는 회로는 자연스레 고장이 난다. 그게 그들의 죽음이다. 회로들은 하나의 거대한 생명체를 이루고 있는 것처럼 보이지만, 깊게 보면 바로 옆의 회로들 말고는 서로 영향을 주는 이들이 없다. 그는 신문에서 보았던 이곳의 멸망 이야기를 떠올렸다. 충분히 하나의 세상일 수 있음에도 서로 떨어져나가길 반복한 이들을. 어쩌면 그 이야기는 고향 행성의 미래를 예지하는 걸지도 모른다. 끊임없이 생겨난 오류를 견디지 못하고 하나이길 포기한 거겠지.

정말로 사랑이라는 게 있는 거라면 일어나서는 안 되는 이야기가 아닌가. 지성체가 다른 지성체에게 애착을 갖는다면, 아무리 오류가 일어나도 서로를 고치고 붙잡아주려 하겠지. 다른 회로와 사랑에 빠지는 일 같은 건 솔직히 상상이 가지 않았다. 만에 하나 기적이 생겨서 돌아간 후에도 사고하고 행동할 수 있다면, 그렇다면 제 옆의 회로를 이처럼 사랑할 수 있게 될까.

적어도 제 앞에 놓인 사랑이 제 것이 아님은 잘 알았다. 호프는 한쪽 손을 쓱 풀더니 그의 손바닥 위로 자연스레 말을 걸어왔다.

—지금부터는 조금 버거울 거야.

호프는 맞잡은 팔을 홱 치켜들더니 그를 밀고 잡아당기길 반복했다. 소매가 해진 셔츠가 자리를 잡지 못하고 팔랑였다. 버거울 거라던 말과 다르게, 호프의 움직임이 잠깐 멈추었다. 벌써 끝내는 건가 싶은 찰나, 호프가 그의 팔을 홱 잡아당겼다. 그는 관성을 이기지 못하고 그대로 앞으로 쓰러졌다. 그나마 다행인 건 그의 얼굴이 처박힌 곳이 땅바닥이 아닌 호프의 품이라는 점이었다. 호프는 잠깐 붙잡은 손을 풀어 손가락으로 핀잔을 써내렸다.

—자주 하던 동작인데.

—알잖아. 나, 아무것도 기억 못 하는 거.

—몸은 기억하고 있을 줄 알았지. 네가 그랬잖아.

—내가 무슨 말을 했는데?

—아직은 일러. 넌 나한테 한 말은커녕, 너에 대해서조차 기억 못하잖아.

호프는 아내와 처음 만났을 때를 회상하듯 말했다. 그건 신문에서 말하는 황금기가 끝나갈 즈음의 이야기였다.

—넌 원래 유명한 연구소에 다녔었어. 황폐한 땅에서도 자랄 수 있는 새로운 식량 자원을 개발하는 게 네 꿈이었고.

―너도 그런 사람이었어?

―아니. 굳이 말하면 그 반대였지. 어쩌면 같을 수도 있고. 나는 빼앗는 쪽이었거든.

호프는 한 나라의 군인으로서 다른 나라를 약탈하는 동시에 자기 나라의 것들을 지켜냈다. 둘이 걸어온 길은 너무나 달랐으나, 나라의 번영을 이루고자 하는 마음은 같았다. 그게 둘이 각자의 진로를 택한 이유였고, 서로에게 끌린 이유였다. 영양가 있는 사실들만 뽑아보면 이랬다.

호프는 세영이 저를 처음 볼 때 지었던 미소 이야기만으로도 몇 분을 떠들어댔다. 사람을 구하기 위해 직접 땅에 내려온 천사라는 둥, 과하다 못해 호프 말고는 아무도 공감하지 못할 감상들이 끊임없이 쏟아져나왔다. 둘의 만남 정도야 예전 문명이 어떤 모습인지 유추하기에 좋은 단서였으니 꽤 흥미를 기울여 들을 수 있었다. 그러나 분명 사실과는 동떨어져 있을 개인적인 감상을 계속 입력할 필요는 없었다. 이야기가 맥락을 잃어갈 즈음에야 본론이 툭 던져졌다.

―왜 한 달 동안이나 돌아오지 않았던 거야?

그는 진짜 세영이 무슨 연유로 자리를 비웠는지 모른다. 잠깐 나갔다가 실종된 건지, 아니면 이별을 고하고 영영 떠난 건지. 기억을 잃었다는 면죄부로도 쉬이 물을 수 없었다. 사랑이 이렇게나 진실을 뒤틀 정도로 강력한 편향이라면 더욱 그랬다.

—내가 떠나기 전에 뭐라고 말했어?

—그건 왜?

—이유를 떠올리는 데 도움이 될까 싶어서. 사실은 그것도 기억이 안 나.

—당연한 걸 묻네. 금방 돌아오겠다고. 그러니까 너무 걱정하지 말라고 말해줬지.

그것이 진짜인지 가짜인지 알 수 없는 답변이었다. 설령 세영이 스스로 떠났다고 해도 그 사실을 호프가 그에게 알려줄 이유는 없으니까. 그가 곁에 있길 바란다면 더욱 그랬다.

—기억을 잃은 건 언제야?

—꽤 최근이야. 며칠 안 됐어.

—그럼, 대체 어쩌다 그렇게 된 건데? 첫 기억은 언제야?

—맨 처음 기억은……

의문이 들끓어 버티기 힘들 즈음, 시야 끝에 천막이 닿았다. 그 앞에는 가만히 앉아 이쪽을 바라보는 아이가 있었다. 호프의 콧노래가 피날레를 향해 나아갔다. 느릿했던 발걸음은 빨라진 노래를 따라 점점 속도를 붙였다. 외웠다고 생각한 스텝은 제멋대로 튀어나온 바닥 탓에 조금씩 뒤엉켰다. 그는 갑자기 버거워진 속도에 얼른 호프의 눈치를 살폈다. 호프의 미간이 찌푸려지면 찌푸려질수록 박자는 점점 다급해졌다. 발이 그렇게 빨라지면 내딛는 힘은 더 가벼워질 만한데도 걸음 하나하나가 거칠고 무겁기 그지없었다.

박자가 절정에 달할 즈음, 오른발을 내딛자마자 밟힌 콘크리트 조각이 덜컥 흔들렸다. 순간 몸이 뒤로 젖혀졌다. 몸을 어떻게든 균형을 잡아보려 했으나 익숙하지 않은 신체로는 힘든 일이었다.

"조심해!"

조금 다치긴 해도 죽진 않겠지 싶어 그대로 쓰러지려 했다. 그러나 호프가 끝까지 그의 손을 놓지 않고 있다는 걸 깨달았다. 계속 붙잡고 있으면 같이 강둑 아래로 떨어질 텐데. 뿌리치려 해봐도 꼭 잡은 손은 여전히 그를 붙들었다. 그와 호프의 거리가 점점 가까워지고, 호프는 그를 제 쪽으로 끌어당기며 감싸안았다. 뭐라 대처할 새도 없이 픽, 소리와 함께 호프의 등이 콘크리트 더미와 충돌했다.

"다치진 않았어?"

호프는 미간을 찌푸리면서도 그의 상태를 먼저 물었다. 그 와중에 순간 글씨로 써야 한다는 것이 떠오른 건지 얼른 그의 손바닥에 걱정을 써내렸다.

—다친 데는 없어? 어지럽지는 않고?

—괜찮아.

그가 멀쩡한 것을 확인한 뒤에야, 호프는 아려 오는 등을 붙잡으며 상체를 일으켰다. 호프는 콘크리트 더미를 짚고 일어나는 동시에 그의 손을 꽉 잡은 채로 몸을 일으켜주었다. 잘못 부딪혔더라면 정말 큰일날 뻔한 상황이었다. 그나마 판판한 곳에 등부터 떨어진 게 천운이었다. 호프에게는 떨어질 곳이나 어디서부터 떨어질지를 계산하는 능력조차 없었다. 그는 그걸 며칠 동안의 관찰로 이미 짐작했고, 그 무모함에 당황했다.

─왜 놓지 않았어?

─네가 다치는 걸 두고 볼 수 없잖아.

호프는 그가 몸을 전부 일으킨 후에야 손을 놓아주었다. 아까까지 쏟아내던 질문들은 전부 의심에서 싹튼 것들이었다. 그렇게 맹렬히 쏘아댈 때는 언제고 몸까지 던져가며 저를 보호하는 게 도무지 이해가 되지 않았다. 정의할 수 없는 행동은 그에게 있어서는 최악의 공포였다.

그는 자유의 몸이 되자마자 쏜살같이 천막 입구로 향했다. 천막 앞의 아이는 어느새 책을 읽고 있었다. 아이는 눈으로 책의 내용을 쓱 훑다가, 좋아하는 문장이 눈에 밟히면 목소리를 내어 읽고는 했다.

"넌 춤은 안 춰?"

아이는 다 해진 책을 손에 꾹 쥐며 대답했다.

"책을 읽는 게 더 좋아요."

역시나 알아듣기 편한 목소리였다. 어린 지성체일수록 목소리의 진동수가 높아서 더 명확히 인식되는 걸까. 그러고 보면 아이는 호프가 손가락으로 뜻을 전하는 걸 보았음에도 그걸 따라 하진 않았다. 그가 먼저 말을 건 적이 있어서일까.

"춤추기 좋은 날이라던데."

"춤추는 건 지루해 보이거든요."

그가 아닌 다른 사람이었다면 춰보지도 않은 걸 어떻게 아느냐고 말했을 거다. 하지만 그는 춤에서 흥미로운 구석을 찾지 못했다. 호프가 무심코 흘린 말들이 궁금증을 일으키긴 해도, 발을 내딛는 행위 자체가 주는 즐거움 같은 건 실오라기 하나 찾지 못했다.

"춤추는 건 즐거운 일이라던데."

"그건 사람마다 다르니까요."

개체마다 쌓아온 정보가 다르니 당연한 일이었다. 그래서 그는 그 말에 특별히 놀라지 않았다. 다만 지루해 보인다는 생각을 어떻게 하게 됐는지는 조금 궁금했다. 그러나 아이는 잠깐 생각에 빠진 틈에 다시 제가 쥔 책에 몰입했다.

*

둣이와 마주앉아 이야기를 나눌 때도. 제 손을 잡은 채 위태로이 춤을 출 때도 세영은 웃지 않았다. 예상 밖의 일을 마주했을 때마다 신난 기색을 감추지 못하던 모습이 여전히 선연했다. 여자는 세영의 손을 찬찬히 살폈다. 춤을 추던 그날, 여자는 그의 소맷단 아래에서 낯익은 흉터를 보았다. 예전에 세영이 실험하다 시약을 엎질러 생겼다던 상처였다. 그 상처가 익숙했음에도 목 뒤가 서늘했던 이유는 그 흉터가 사진으로만 남은 과거의 흔적이었기 때문이었다.

잠든 세영에게서 색색대는 숨소리가 들리지 않았다. 사진이 사람이 되기라도 한 것처럼, 눈앞의 세영은 정말 사진 속 모습과 똑 닮아 있었다. 그러나 사진으로 담기지 않는 것들이 이 사람에게서는 보이지 않았다. 제가 해온 연구의 기록을 읊어내듯 들려주던 발랄했던 목소리도. 생명 하나도 놓치지 않고 반짝이며 쳐다보던 눈빛도. 세상이 끝나는 날까지도 변하지 않았던 것들이 이리 쉽사리 사라질 리가 없었다.

"나, 나중에 나이 들어서 정말 치매라도 걸리면 어떡하지."

"그걸 벌써 걱정하는 거야?"

"난 내가 전쟁터에서 죽을 줄 알았지. 전쟁할 국경마저 사라질 줄은 몰랐지만. 알잖아. 나 위험군인 거."

"기억을 잃는 게 무서워?"

"당연하지. 내가 사라지는 거잖아. 떠올릴 기억이 사라지는 게 얼마나 무서운 일이겠어."

"사라지지 않아. 떠올릴 수 있는 것만 기억이 아니니까."

"그게 무슨 말이야?"

"나무를 생각해봐. 나무는 기억을 떠올리지 않아. 하지만 어떻게 살아왔는지는 그 나이테를 보면 알 수 있지. 열심히 자라난 때일수록 간격이 점점 멀어지잖아."

"그래서?"

"네가 살아온 시간을 담은 게 기억이야. 넌 시끄러운 밤이면 깊이 잠들지 못하고, 등에는 커다란 흉터가 있지. 그건 네가 전쟁터를 누빈 기억을 잊어도 사라지지 않을 흔적들이야."

"그것들도 기억이야?"

"기억이지. 널 이루는."

말조차 제대로 하지 못할 정도라면 분명 심각한 일을 겪었을 터이다. 그래서 목소리도 눈빛도 잃어버렸으리라 생각하려고 했다. 그러나 흉터는 다른 문제였다. 그 흉터를 사라지게 만든 건 살아남기 위해 투쟁하며 입은 상처들이었다. 하얀 팔을 뒤덮은 자상은 과거에 입은 흉터 따윈 온통 뒤덮었다. 이곳을 살아오며 입은 기억이었다. 과거에서 뚝 떨어지기라도 한 걸까. 그래서 지울래야 지울 수 없는 기억마저 전부 없애고 돌아온 걸까.

여자는 오늘도 깊이 잠들지 못했다. 부스럭대는 소리는 자장가도 되어주지 못한 채 온 밤을 채웠다. 천막 문이 다시금 펄럭인다. 눈꺼풀이 무거워 쉽게 뜨이지 않았다. 겨우 몸을 일으켜 둘러보자 오늘 밤도 세영은 흔적도 없이 사라진 채였다.

밤하늘 아래에서 세영의 뒷모습을 바라보는 건 이제 일상에 가까웠다. 세영이 다리 위를 걷는다. 흔들림 하나 없이 편안한 걸음이었다. 새벽이 아닌 한밤을 누비며 강 반대편으로 사라진다. 쫓으려 했으나 발이 떨어지지 않았다. 달빛을 등지고 나아가는 모습이 세영이라기 보다는 여자를 저세상으로 데려가려는 환상처럼 보였다. 환상이 점이 되어 보이지 않자 심장이 덜컥 내려앉았다. 이미 따라가기에는 늦었다. 밤이 지나고 돌아오길 바라야만 했다. 세영이 떠난 한 달 동안 겪었던 밤을 다시 반복해야 했다.

여자는 강을 향해 가까이 다가갔다. 시체 썩는 냄새가 훅 풍겼다. 세영과 같이 있을 때는 아무렇지 않게 느껴졌던 것들이 실은 비참하기 그지없는 재앙이라는 걸 다시금 실감했다. 이곳의 강물은 마실 수 없다. 전쟁을 겪으며 죽어가던 강은 이젠 마시는 것만으로도 몸을 썩게 만드는 독 그 자체가 되었다.

강을 따라 쓰러진 시체들이 즐비한 이유는 간단했다. 이곳의 식수는 이 많은 사람을 버틸 만큼 충분치 않았다. 갈증은 이성 같은 건 가볍게 지워버린다. 이 강에 어떤 것들이 흐르느지, 얼마나 많은 사람이 이 물을 마시고 죽었는지는 중요치 않다. 물이라고 부를 수 있을지 의문스러울 정도로 새까맣게 물든 강물은 죽음을 앞둔 이에게는 생명수로 보인다. 죽기 전에 머리를 채운 건 결국 채우지 못한 갈증뿐이고, 그 발걸음이 향하는 곳은 자연스레 그들의 갈증을 해소해줄 물이 있는 곳이었다. 그렇게 강물을 들이켠 이들은 이미 쇠약해진 몸이 급작스러운 독성을 이기지 못해 일어나지도, 기어다니지도 못하고 가만히 쓰러진 채 천천히 죽어간다. 여자는 그 장면을 직접 본 적이 있었다. 그때의 충격은 몇 번의 위기 속에서도 여자가 끝내 강으로 향하는 일이 없도록 붙잡아주었다. 세영이 있을 때는 그렇게까지 강해질 수 있었다.

여자는 하류 쪽으로 시선을 돌렸다. 저기로 계속 걸어가면 세영이 사라진 후로는 한 번도 가지 않았던 곳이 나온다. 남은 물자를 생각하면 한참 전에 갔어야 했다. 그럼에도 용기를 내지 못했던 건 만에 하나 일어날 만남 때문이었다.

*

마냥 동그랗던 달이 반이나 잘려나간 즈음, 그는 천막에 있던 모든 책을 읽었다. 호프의 하루 루틴을 꿰게 됐고, 아이가 다음에 할 행동을 쉬이 예측했다. 이들에게서 더 얻을 수 있는 정보는 호프가 종종 말해주는 아내와의 과거 정도였다. 지성체의 성장 과정을 기록하는 데 몇 년 정도를 쓰는 것도 나름 유의미하지 않을까 고민하기도 했으나, 새로운 정보가 부족하다는 생각은 지울 수 없었다.

그날도 평소와 같은 날인 줄로만 알았다. 그러나 호프는 오늘 평소에는 하지 않던 행동을 보였다. 가방에 잔뜩 짐을 싸고, 그 뒤에 곡괭이와 삽을 묶었다. 그는 호프에게 다가가 수첩에 어딜 가려는 거냐고 적어 보여주었다.

—쓸 만한 걸 좀 구해보려고.

호프는 그렇게 말하며 힘겹게 짐가방을 들어 멨다. 그는 자신이 예상한 범주 바깥의 행동에 민감히 반응했다. 그는 아이와 함께 천막에 남는 대신 호프의 여정을 따라나서는 쪽을 택했다. 오늘만큼은 아이를 관찰하는 것보다 그쪽이 더 흥미로웠다.

둘은 강 하류를 따라 서쪽으로 두 시간 가까이 걸었다. 그쯤에는 강줄기로부터 새어나오듯이 갈라진 개천이 있었다. 그는 이 개천의 끝도 바다에 닿아 있을까 생각하며 호프를 따라 개천 하류로 내려갔다. 개천의 시체들은 가라앉을 공간조차 없는지 둥둥 뜬 채로 나아가고 있었다. 꼬박 한 시간을 더 걸었을 즈음, 그는 아까 보았던 이들이 결국 바다에 가지 못하리라는 걸 깨달았다. 하천을 가로지르는 잔해는 하류로 가는 길을 완전히 막아버렸다. 끝에 닿지 못한 시체들은 갈 곳 없이 쌓여 같이 떠내려온 쓰레기들과 얽혀 산을 이뤘다.

—여기도 기억 안 나?

—여기가 어딘데?

—쓰레기장. 우리가 물건 구하려고 자주 오는 곳이었잖아.

호프는 층층이 쌓인 시체인지도 파편인지도 모를 것들을 밟고 올라갔다. 누구보다 물자가 급한 호프에게 쓰레기는 원석이었고, 시체는 방해물이었다. 가끔 비상식량을 주머니에 넣어두었던 이들도 있었으나, 호프는 굳이 그걸 찾으려 시체를 뒤지진 않았다.

그는 호프와 조금 떨어진 곳에서 시체와 폐기물을 구분하려 노력하며 주변을 둘러보았다. 이곳의 시체는 강가의 것들보다 훨씬 오래 물속에 방치된 바람에 찢어진 천 더미와 함께 뒤섞여 있으면 어디서부터가 사람 몸인지 구분조차 어려웠다. 신원을 구별하기는 당연히 불가능했다. 원래 아는 사람이 아니고서야 언뜻 봐서는 그 무엇도 추정하기 힘들었다.

'아는 사람이 아니고서야.'

그는 누군가의 시체에서 시선을 떼지 못했다. 얼굴은 불어 터진 바람에 이목구비를 연상하기조차 힘들었고, 몸 곳곳은 주변의 쓰레기와 얽혀 이 시체산과 한 몸이 된 것처럼 보였다. 그런데도 그의 인식 체계는 사람의 신경이 반응하는 속도보다 더 빠르게 그 몸뚱어리가 누구의 것인지 알아챘다. 하얀색 코트는 조직이 얽히고설켜 시체 위에 핀 곰팡이처럼 보였다.

그가 멈춰 섰다는 걸 알아챈 호프가 발걸음을 돌렸다. 시체를 감출 새도 없이 빠르게. 겉모습만 어설프게 꾸며낸 그의 앞에는 진짜의 시체가 놓여 있었다. 호프의 눈동자가 시체를 향해, 그리고 그를 향해 옮겨갈 동안 그는 새로운 관찰 대상을 찾기로 결정을 내렸다. 혹시나 해코지라도 당할까 싶어 급히 자리를 피하려던 찰나였다.

"괜찮아?"

춤을 추다 넘어진 그때처럼, 다급한지 말이 먼저 튀어나왔다. 급하게 나온 말은 죽다 못해 부패하기 직전의 사람에게 할 만한 말은 아니었다. 무슨 상황인지 분석하기도 전에, 호프는 그의 팔을 잡아당겨 제 쪽으로 끌어왔다.

―너무 빤히 보지는 마. 죽은 사람 오래 봐서 좋을 거 없어.

그는 차마 그 말에 알았다고 대답하지 못했다. 이 상황을 논리에 끼워맞추는 것만으로도 충분히 피곤했다.

―괜찮아. 무시해도 돼. 우린 늘 이래왔어.

호프는 그의 손을 아플 정도로 세게 쥔 채 글씨를 꾹꾹 누르며 새겼다. 그가 답하기도 전에, 호프가 급작스레 껴안는 바람에 가까이 다가온 심장이 거칠게 박동했다.

―미안해. 네가 기억을 잃었다는 걸 생각 못 하고 아무런

대비 없이 이런 풍경을 보게 해서.

호흡의 주기가 짧아지고, 미세하게 진동이 느껴졌다. 동공의 직경이 약간 커졌다. 그가 사랑을 얘기하던 때처럼.

—무시해. 그냥 시체야. 이미 죽었어. 무시해.

누구한테 말하는지 모를 글씨들이 끊임없이 수놓아진다. 픽. 둔탁하고 볼품없는 소리가 뒤쪽에서 들렸다. 누군가의 시체가 시체산의 경사를 따라 굴러떨어지고 있었다. 그는 제 뒤로 시선을 돌려 시체가 있던 자리를 확인했다. 이곳을 하얗게 채우던 시체는 실 한 올조차 남기지 않은 채 사라졌다.

이곳에서는 누군가가 죽는 일이 일상일 수밖에 없었다. 강가에서 본 시체 중에는 죽은 지 며칠 지나지 않은 것도 있었으니까. 그럼 그 사람도 당연히 그리되리라 생각해야지. 멀쩡히 돌아온, 겉모습 말고는 닮은 것도 없고 입고 왔던 옷은 말없이 버리고 온 자신을 의심해야지.

그는 태생적으로 의문이 많았고 그것을 저버리지 못하도록 태어났다. 그건 지성을 가진 존재라면 반드시 가져야 할 속성이었다. 의심하지 않는 건 완벽 속에 있을 때나 가능한 일이다. 그리고 완벽이라는 건 존재하지 않는다. 설령 존재한다고 해도 이 행성은, 적어도 이 강은 완벽과는 거리가 멀었다. 왜 묻지 않는 걸까. 알아내려 하지 않나. 제 아내의 시체를 보았으면 그 모습을 베낀 자신에게 적대감을 느껴야 하지 않나.

종이 더미를 빼곡히 채웠던, 역사처럼 쓰인 소설의 내용을 떠올렸다. 지성체들은 자신의 행동 양식이 땅 위에서의 삶을 오래도록 유지하기에 적합하지 않았음을 깨달았다. 그럼에도 변하지는 않았다. 지성체들은 자신들이 사는 곳을 나라라는 단위로 구분 지었고, 다른 나라를 다른 행성처럼 취급했다. 그들의 가치는 나라였고, 설령 제 행동들이 참변을 일으킨다 해도 제 땅 위가 아니면 그만이었다. 자기 나라의 자원만으로는 자신들이 먹고살 수 없게 된 그 시점에서 전쟁은 시작됐다. 나라가 점점 사라져가고, 지성체의 수도 줄어가는데 필요한 자원의 양은 점점 늘어만 갔다.

한 나라가 내린 극단적인 선택은 세상을 추락으로 이끌었다. 그 나라의 패전이 사실상 확실해진 시점이었다. 옆 나라와의 경계를 가로지르는 강에는 독극물이 풀어졌고, 사람을 태우는 열기는 흔적조차 남기지 않고 생을 앗아갔다. 그 나라는 안쪽에 있는 사람들이라도 살리기 위해서라는 명목으로 침략국과 자신 간에 건널 수 없는 땅을 만들었다. 나라들은 각자의 방법으로 자신의 땅을 요새로 만들었고, 당연하게도 자원의 수급량은 현저히 줄어들었다. 식량도 예외는 아니었다. 나라는 지역별로 분열하고, 지역은 도시 단위로 나뉘었다. 말 그대로의 뜻이었다. 지역과 지역 사이에는 발을 디딜 수 없는 죽은 땅들이 생겨나고, 도시와 도시 사이에는 사선이

이방인의 항해

그어졌다. 사람들은 몇천 년 동안 쌓아온 문명의 단계를 거꾸로 밟아갔다. 백 년도 되지 않았을 때, 자신의 가족, 크게는 공동체라고 부를 만한 단위는 사람과 사람을 가르는 모든 것이 되어 있었다. 그쯤 되었을 때는 칼을 겨눌 서로조차 남지 않았다. 누구의 손에도 세상을 끝낼 무기 같은 건 쥐어져 있지 않았고, 이젠 그런 무기가 필요하지도 않았다.

강을 따라 흐른 이들의 끝은 바다가 아닌 이곳의 시체산이다. 바다로 돌아가려는 줄만 알았던 지성체에게 진짜 고향 같은 건 없다는 걸 깨달았을 때, 그는 드디어 그 기사가 진실을 담았음을 깨달았다.

그의 고향은 멸망하지 않을 것이다. 적어도 같은 방식으로 끝을 맺지는 않을 터다. 전부보다 소중한 누군가만이 세상 전부인 것처럼 행동하는 건 회로에게는 불가능하니까. 다른 나라보다 자신의 나라를 우선시하고, 다른 도시보다는 자기 도시가 번영하길 바라고, 그중에서도 제 주변이 행복하길 바라고, 애정이 닿는 곳은 좁아져가는데 그 크기는 더욱 깊어져만 가고…….

애착이 오류를 감싸주는 게 아니었다. 애착은 오류 그 자체였다. 이야기꾼들은 자신이 주인공인 이야기들에 미쳐 다 같이 가라앉고 있다는 것조차 알지 못했다. 그들이 사랑이라 여긴 것이 한 치 앞에 놓인 진실조차 자신이 원하는 쪽으로 왜

곡해 바라보게 만든 탓이다. 그는 결론 끝에 결론을, 거기에 또 이어지는 결론을 내길 반복했다.

—왜 그랬어?

—뭐가?

—그 시체, 왜 발로 찼냐고. 다른 시체에는 손도 안 대던데.

—그야, 세영이 네가 그 시체를 무서워하니까.

그는 더이상 대꾸하지 않은 채 침묵을 지켰다. 여자에게는 이 모든 말이 진실이었다. 세상에게는 그것이 거짓일지 몰라도, 호프의 신체 반응은 두려울 정도로 안정적이었다. 불안할 정도로 빠르던 박동은 어느새 제자리를 찾아갔다.

이 여자는 군인이다. 제 나라를 아끼는 만큼 다른 나라에게서 많은 걸 빼앗았고, 때로는 아예 없애기도 했겠지. 전쟁의 최전선에 설 수 있는 건 폭력에 의미를 부여할 수 있는 이들 뿐이다. 나라 단위의 사회가 유지되려면 다른 생명을 빼앗는 데에 본능적인 제약이 있어야만 한다. 그 본능을 이길 정도의 편향이 그의 시야에 더해진 거다. 진실을 속이고, 결국에는 자기 자신마저 속여버린 게 그의 사랑이다.

호프는 그의 침묵을 이상하게 해석했는지 얼른 돌아가자며 쓰레기장을 뜨려 했다.

—가자. 집으로 돌아가서 좀 쉬면 괜찮아질 거야.

바다로 가야만 했다. 이곳보다 더 넓은 곳을 차지하고, 더 깊은 확률을 품은 유체의 한가운데로 뛰어들어 다시 처음부터 시작하고 싶었다. 그게 그가 내린 마지막 결론이었다. 천막에 도착할 즈음에는 노을이 지고 있었다. 지평선이 명확히 보이는 유일한 때였다. 그러나 그의 시선을 뺏은 건 선명한 지평선이 아닌, 때맞춰 나와 있던 아이의 모습이었다. 아이는 그날따라 그를 뚫어지게 바라보았다. 마치 변화를 읽기라도 한 것처럼.

그날 밤, 그는 호프의 호흡이 안정기에 접어들자마자 떠날 채비를 했다. 천막 안쪽 벽에 붙은 지도가 눈에 띄었다. 이전에 아이가 이것을 보여주며 해준 말이 선명하게 떠올랐다. 강이 흐르는 방향을 따라 걸으면 서해에 도착한다. 빈 천막에서도, 강가에서도 이런 멀쩡한 지도는 본 적 없었다. 지도가 있는 편이 돌아다니기에는 낫겠다 싶어 그는 지도에 손을 가져다댔다.

종이가 낡은 탓에 살짝만 닿았는데도 바스락거리는 소리가 울렸다. 동시에 기척이 느껴졌다. 기척을 따라 눈길을 돌리자, 자는 줄로만 알았던 아이와 시선이 마주쳤다. 다시 잠들던 평소와 달리, 아이는 살짝 떴던 눈을 몇 번 더 끔뻑이더니 천천히 몸을 일으켰다. 호프를 깨우지 않으려는 듯 아이의 행동 하나하나에는 조심스러움이 묻어났다.

"떠나는 거예요?"

짐가방을 멘 것도 아닌데 지도에 손대었다는 것만으로 어떻게 저런 추론을 하는 걸까. 얼어걸렸나 싶어 아이에게 되물으려던 찰나였다.

"애초에 이곳 사람도 아니었죠?"

묻기도 전에 대답을 얻었다. 아이는 이미 예전부터 자신을 읽고 있었다. 강을 낯설어하는 시선도, 춤을 지루해하는 모습도, 아이와 호프를 보는 시선이 어느새 변했다는 것도 말이다.

뒤늦게야 깨닫는다. 사랑에 눈이 먼 건 여자뿐이었다. 아이는 여자 곁에 있었다던 누군가를 알지 못한다. 덮어씌울 기억조차 없으니 아이 눈에 담긴 건 그냥 그일 뿐이었다.

"강을 밤하늘보다 오래 쳐다보는 사람은 처음 봤는걸요. 마치 강이 별들보다 신기하기라도 한 것처럼요."

그는 아이의 눈을 찬찬히 관찰했다. 목소리만큼이나 맑은 눈빛에는 어떤 환상도 묻어나 있지 않았다. 눈동자 위로 비쳐 보이는 그의 모습은 전부 눈동자의 색으로 물들어서 언뜻 보면 짙은 회색 덩어리로밖에는 보이지 않았다.

"어디서 오면 밤하늘을 그렇게 무신경하게 쳐다볼 수 있어요?"

그는 관찰자여야 했다. 그가 자신을 하나의 주체로 인식하는 순간 기록의 객관성은 사라진다. 진실을 보증할 수 없는 기록이 맞는 결말은 이야기라는 신분으로 추락하는 것뿐이다. 아이의 깨끗한 시선은 그를 관찰자가 아닌, 관찰당하는 대상으로 만들었다. 마치 나라는 게 있기라도 한 것처럼 말이다. 우습게도 아이가 진실에 가까워질수록 정보는 점점 오염되어갔다.

"하긴, 강도 바다도 없는 곳에서 오신 거라면 저라도 그럴 만해요. 사막이라던가. 거긴 정말 볼 게 밤하늘밖에 없겠네요. 그럼, 그 먼 곳에서 여기까지는 어떻게 오신 거예요?"

아무것도 대답할 수 없고 대답하지 않음에도 아이는 나도 모르는 내 조각을 찾아 끼워맞췄다. 최대한 정제하며 쌓아온 진실이 통째로 무너질 만큼의 위협이었다.

바다로 가려는 건 더 많은 정보를 수집하기 위해서였다. 문명의 기록이 아닌, 문명 그대로를 마주한다면 왜곡이라고는 어느 하나 섞여 있지 않은 정보를 얻을 수 있을 터니까.

"떠나려는 건 애초에 알고 있었어요. 바다 이야기를 들으실 때마다 눈이 빛나셨잖아요."

자신이 바다를 열망하는 건 문명의 가능성이 있는 장소이기 때문이다. 방금까지만 해도 그렇다고만 생각했다. 어느 순간부터 내 보상 체계는 바다라는 단어만으로도 강력히 반응했다. 회색빛 강도, 멀리서 보았던 푸른빛 바다도 물로 이루어져 있는데 왜 색이 그렇게나 다른 걸까. 바다에 비친 달은 어떤 식으로 일렁일까. 바다는 관찰할 대상이지, 상상의 배경이 아니었다. 그런데도 나는 바다에 도착한 미래를 그리기를 멈출 수 없었다.

"오늘 떠나시려는 거죠?"

여기서 보인 모든 행동이 바다를 향한 항해였다는 걸 이 아이는 언제부터 알고 있던 걸까. 사고하고 행동하는 기능은 오직 수집의 원동력을 위해서 존재한다고만 생각했다. 사고는 나의 기호를 만들고, 행동은 내게 선택지를 주었다.

"저는 아직 힘도 약하고, 아는 것도 그렇게 많지 않아요."

다음에 올 말은 충분히 예상이 갔다. 항해를 원하는 건 나뿐만이 아니니까.

"그래도 이 강만큼은 당신보다 잘 안다고 확신해요. 저랑 같이 있으면 길을 잃진 않을 거예요."

관찰할 대상이 있다면 나는 아직 그일 수 있다. 내 감상이라고는 하나 없이 그의 여정을 기록하기만 하는 거라면 오직 진실만을 담는 게 되겠지.

"대답해주세요. 목소리야 내실 수 있잖아요. 아니면 저분이 옆에 있어서 숨기는 거예요?"

어차피 끝이 정해져 있는 여행이다. 당장 다가올 일들은 몰라도 모든 것이 끝난 후 내게 무슨 일이 일어나는지는 명확했다. 그럼 그 과정이야 조금 뒤틀려도 되는 게 아닌가. 진실이

이방인의 항해

기만 한다면. 내 고향에 피해를 주지만 않으면 말이다.

"후회하지 않겠어?"

"지금까지 후회할 기회조차 없었는걸요."

그는 아이에게 손을 내밀었다. 아이의 입꼬리가 올라가는 걸 본 건 그때가 처음이었다. 회로는 저도 모르게 지금껏 관찰해온 표정 중 가장 높은 가중치를 그 미소에 매겼다.

자이언트 픽

투 유

ⓒ 김빵·김화진·김청귤·구소현·명소정

초판 인쇄	2024년 1월 19일
초판 발행	2024년 1월 25일

지은이	김빵 김화진 김청귤 구소현 명소정
펴낸이	지영주
편 집	한수림 김지인
표지 디자인	퍼머넌트 잉크
본문 디자인	데시그
마케팅	최기현
경영 지원	정의정 신세련

펴낸 곳	㈜자이언트북스
출판 등록	2019년 5월 10일 제2019-000085호
주소	경기도 고양시 덕양구 덕은1로 5 2층
전화	070-7770-8838
팩스	02-516-5320
홈페이지	www.giantbooks.co.kr
전자우편	books@giantbooks.co.kr
인스타그램	https://www.instagram.com/giantbooks_official/

ISBN	979-11-91824-35-3 (03810)